grafit

Chemnitzer Str. 31, D-44139 Dortmund
Internet: http://www.grafit.de
E-Mail: info@grafit.de

Umschlagillustration: Peter Bucker
Druck und Bindearbeiten: Fuldaer Verlagsagentur, Fulda
ISBN 3-89425-264-2
1. 2. 3. 4. 5. / 2004 2003 2002

Ralph Gerstenberg

Hart am Rand

Kriminalroman

grafit

Der Autor

Ralph Gerstenberg, geboren 1964, nach dem Abitur Tätigkeiten als Buchhändler, Kleindarsteller und Journalist, 1991–1997 Studium der Neueren Deutschen Literatur, Kultur- und Theaterwissenschaft, seit 1997 freiberuflicher Autor und Journalist in Berlin.

1998 debütierte er als Kriminalromanautor mit *Grimm und Lachmund* (›Adrenalin‹ im Argument Verlag). 2000 erschien bei Grafit mit *Ganzheitlich sterben* sein zweiter Henry-Palmer-Krimi.

Wir sind viele und wir sind zu zweit
Wir sind big in Berlin tonight

Die Sterne

Mona

Obwohl es nieselte, hatte Feueratze noch keine Lust, nach Hause zu gehen. Er zog die Kapuze seines Anoraks über den roten Haarschopf und nahm einen Schluck aus der Flasche. Die Jungs lagen längst in ihren Betten. Feueratze lächelte zufrieden. Knapp tausend Mark hatten sie in dieser Nacht einkassiert. Zwar tat ihm noch ein wenig die Hand weh, mit der er diesen dicken Mann davon hatte überzeugen müssen, ihm aus dem Weg zu gehen, aber fast tausend Mark in einer Nacht – das musste gefeiert werden!

Doch nun saß er allein auf der Parkbank. Die Glocke der Sophienkirche schlug dreimal und der Klang erinnerte Feueratze an die Kleinstadt, aus der er vor knapp dreißig Jahren hierher gekommen war. Aus der Bar gegenüber drang Musik, sobald die Tür aufging. *Greenwich!* So hießen die Kneipen heutzutage. Jede Menge Jungvolk. Nichts für ihn.

Die Flasche Korn hatte er vorhin an einem Imbiss gekauft, der die ganze Nacht geöffnet hatte. Aber allein zu Hause mit einer Flasche Korn ... Da blieb er lieber hier draußen im Freien. Schade, dass Richie nicht da war. Mit dem konnte man immer noch einen trinken, egal, wie spät es war.

Ein Mann in einem Lodenmantel bewegte sich leicht schwankend auf Feueratze zu. Er war unrasiert und trug einen Jägerrucksack auf dem Rücken. In der rechten Hand hielt er einen Katzenkorb. Feueratze hatte ihn noch nie gesehen.

»Ist hier noch frei?«, erkundigte sich der Mann, und als Feueratze nickte, stellte er den Katzenkorb auf den Boden, legte seinen Rucksack auf die Bank und setzte sich daneben.

»Ooch 'n Schluck?« Obwohl der Mann irgendwie seltsam aussah, kam Feueratze ein wenig Gesellschaft nicht ungelegen.

»Ich heiße Jonathan«, sagte der Mann mit einem norddeutschen Dialekt, bevor er die Flasche ansetzte.

Feueratze erkannte sofort, dass dieser Jonathan ein Trinker war – so wie er selbst. Er war ihm also nicht unsympathisch. »Bist wohl nich von hier?«

»Aus Oldenburg.«

»Wat is 'n da drin in dem Korb?«, fragte Feueratze neugierig, nachdem ihm Jonathan die Flasche zurückgegeben hatte.

»Mona, mein Sonnenstrahl!«

»'ne Katze?«

»Mein einziger Liebling.«

»Lass mal sehen!«

Jonathan schüttelte energisch den Kopf.

»Wat is 'n los, ick will mir doch bloß mal deine Mieze ansehen.«

»Mona hat Angst. Sie kennt sich hier nicht aus. Und Max habe ich schon verloren.«

»Wer is 'n Max?«

»Ihr Bruder. Jetzt ist er fort, weil dieser verdammte Tierarzt das Fenster offen gelassen hat – dieser Katzenschänder!« Das letzte Wort brüllte Jonathan in die Nacht.

»Noch 'n Schluck?«, fragte Feueratze und hoffte, ihn damit wieder ein wenig beruhigen zu können. Wenn der hier weiter so rumschrie, dann rief womöglich noch jemand die Bullen.

»Sechs Wochen habe ich Max gesucht«, erklärte Jonathan, nachdem er von dem Schnaps getrunken hatte. »Jeden Tag. Habe Zettel aufgehängt und von morgens bis abends systematisch die ganze Stadt durchkämmt. Ohne Erfolg. Erst bin ich meinen Job losgeworden, dann meine Wohnung. Und jetzt sind wir hier, Mona und ich.« Er warf einen liebevollen Blick auf den Katzenkorb.

»Na, du bist ja vielleicht 'n dämlicher Hund. Wegen so 'nem blöden Katzenvieh hast du deine Hütte und deine Arbeit verloren?« Feueratze musterte verständnislos die merkwürdige Gestalt in dem dreckigen Lodenmantel.

»Mona ist das Einzige, was ich noch habe«, murmelte Jonathan und blickte gedankenverloren in eine Pfütze.

Verrückt, dachte Feueratze, der Typ hat sie nicht alle. Er spielte mit dem Gedanken, nach Hause zu gehen. Sich nachts im Regen mit einem Irren eine Flasche Schnaps zu teilen – da konnte er sich wahrlich etwas Besseres vorstellen.

»Ich muss mal«, verkündete Jonathan und stand auf. »Kannst du so lange auf Mona aufpassen?«

»Na gut«, brummte Feueratze und zündete sich eine Zigarette an. Eine rauchen konnte er ja noch. »Nicht da!«, rief er, als Jonathan gleich hinter der Bank in den Sträuchern verschwinden wollte, und zeigte ihm das Gebüsch auf der anderen Seite, das seine Freunde und er als Toilette benutzten. Wäre ja noch schöner, wenn hier jeder hinpinkeln würde, wo er wollte.

Während er auf die Rückkehr Jonathans wartete und rauchte, fiel sein Blick immer wieder auf den Katzenkorb.

»Na, Mona«, hörte er sich sagen. »Is dit nich ’n bisschen nass da drin? Daran hat dein durchjeknalltet Herrchen wohl nich jedacht. Wollen mal sehn.«

Er öffnete den Deckel. Zwei grüne Augen funkelten ihn an. Mona war schwarz wie die Nacht. Feueratze wollte sie streicheln. Doch bevor seine Hand den Katzenkopf berühren konnte, sprang das Biest aus dem Korb, rannte quer über die Straße und verschwand hinter den Planen eines Baugerüstes.

»Warte doch, du verdammtes Mistvieh!«, rief Feueratze ihr hinterher.

Er wollte aufstehen, um sie zu verfolgen, aber der Alkohol hatte seinen Körper schwerfällig gemacht. Plötzlich hörte er es neben sich schnaufen. Er drehte sich um und starrte in das wutverzerrte Gesicht von Jonathan. In dessen Hand blitzte blanker Stahl. Feueratze wollte etwas sagen, doch er brachte nur einen gurgelnden Laut heraus. Die Klinge, die in seine Brust gerammt wurde, ließ ihn erstarren. Der nächste Messerstich trennte seinen Körper von seiner Seele.

Das Attentat

Das Tor der Justizvollzugsanstalt Tegel öffnete sich. Der Kleintransporter einer Installationsfirma verließ das Gelände. Ein Lieferwagen davor wollte eingelassen werden. Hinter ihm schlossen sich die Stahltüren. Feine Regentropfen, die sich auf der Windschutzscheibe meines Volvos sammelten, bildeten einen Schleier, durch den ich das Backsteingemäuer des Eingangs beobachtete. Seit Tagen nieselte es ununterbrochen.

Hannah war fast vollständig hinter ihrer Zeitung verschwunden, die sie vorhin an einem Kiosk gekauft hatte. Seit ungefähr einer halben Stunde standen wir nun schon im Halteverbot und warteten darauf, dass Theo mit einem Koffer in der Hand zum letzten Mal dieses Tor durchquerte. Vier Jahre hatte er dort drinnen verbracht, weil er die Berliner Clubszene mit den chemischen Substanzen versorgt hatte, ohne die die Technobewegung vermutlich kaum aus den Startlöchern gekommen wäre. Er hatte den Speed für die 200 Beats pro Minute produziert und dafür einen ziemlich hohen Preis bezahlt. Vier Jahre hatte ich Theo nur bei gelegentlichen Besuchen im Gefängnis gesehen oder an einigen Wochenenden, an denen er Hafturlaub hatte. Obwohl er im letzten halben Jahr sogar Freigänger gewesen war, hatte die Häufigkeit unserer Treffen kontinuierlich abgenommen. Im sterilen Besucherraum der Haftanstalt wollte keine rechte Stimmung aufkommen, und wenn Theo draußen gewesen war, waren unsere Gespräche regelmäßig im Alkohol ertrunken, sodass es nach zwei Tagen eine ziemliche Strapaze war, ihn zur rechten Zeit einigermaßen nüchtern wieder im Knast abzuliefern. Zum Schluss hatte es zwischen uns eine stillschweigende Vereinbarung gegeben, mit unserem nächsten Treffen bis zu seiner Entlassung zu warten.

Langsam wurde es kalt im Auto. Ich ließ den Motor wieder an und drehte die Heizung auf. Hannah warf mir einen dankbaren Blick zu. Dann stellte ich das Radio ab, das mich nervte, seitdem ich es eingeschaltet hatte, und schob eine Kassette von Tom Waits ins Tapedeck, die ich extra in Erinnerung an alte Zeiten eingesteckt hatte, um unser Wiedersehen zu feiern. Bei den ersten Klängen von *Telephone call from Istanbul* konnte ich sehen, dass Hannah auch damit einverstanden war.

»Schon wieder ein Überfall«, sagte sie, gab mir einen Teil der Zeitung und tippte auf einen Artikel mit dem Titel *Wirte in Angst – Serie von Raubüberfällen auf Berliner Szene-Kneipen reißt nicht ab*.

Seit Wochen hielt eine Bande von ›Tresengangstern‹ vor allem Besitzer von Clubs und Kneipen rund um die Hackeschen Höfe in Atem. In der Regel kamen sie zu dritt oder zu viert. Einer bedrohte den Barkeeper mit einer Pistole, die anderen hielten die Gäste in Schach. So kassierten sie jedes Mal die gesamten Einnahmen und, wenn sie sich besonders sicher fühlten, auch noch die Wertsachen der Besucher. Die Polizei hatte aus »ermittlungstechnischen Gründen« eine Informationssperre verhängt und beschränkte ihre Öffentlichkeitsarbeit vorerst darauf, besorgten Gastwirten ihre gemeinsam mit der Hotel- und Gaststätteninnung erarbeitete Broschüre *Geld oder Leben* zu empfehlen. Die enthielt einige Tipps, wie man sich vor einem Überfall schützen konnte – beispielsweise indem man einen großen Hund neben dem Tresen postierte oder zu fortgeschrittener Stunde Gäste nur noch nach Klingelzeichen und Sichtkontrolle einließ. Wirklich nützliche Hinweise also.

»Hast du Axel schon mal gefragt, ob er euch einen Kampfhund spendiert?«, fragte ich Hannah, während ich den Lokalteil wieder zusammenfaltete.

»Sehr witzig!«

Axel gehörte das *Submarine*, eine kleine Kellerbar am Hackeschen Markt, in der Hannah arbeitete. Da sich die Täter offensichtlich auf Läden spezialisiert hatten, die in der so genannten neuen Berliner Mitte gerade angesagt waren, war die Befürchtung nicht ganz unberechtigt, dass sie auch dort demnächst mal auf eine Stippvisite vorbeischauen würden.

»Dass dieser Kerl immer zu spät kommt, selbst zu seiner Entlassung«, schimpfte Hannah und hielt die Hände über die Öffnung neben dem Handschuhfach, aus der mittlerweile ein lauwarmer Luftstrom wehte. »Der würde sich selbst auf seiner eigenen Hochzeit verspäten.«

»Vielleicht kann er ja nichts dafür.«

»Natürlich kann er nichts dafür. Ich bitte dich, Henry! Hast du es schon jemals erlebt, dass Theo keine Entschuldigung gefunden hätte? Es gibt immer irgendeinen Grund, für den er selbstverständlich nichts kann. Und wenn alles nichts hilft, lässt er seinen Charme spielen. Der kann doch nicht mal was dafür, dass er eingebuchtet worden ist.« Langsam redete Hannah sich in Rage.

»Sei nicht ungerecht«, entgegnete ich. »In den ersten Monaten hinter Gittern hatten seine Selbstvorwürfe beinahe religiösen Charakter. Er hat sogar den Allerhöchsten um Vergebung gebeten. Kannst du dir Theo beim Gottesdienst vorstellen?«

Doch Hannah schien das nicht zu überzeugen. Das letzte Mal, als sie ihn gesehen hatte, war er an einem Wochenende draußen und dementsprechend alkoholisiert gewesen. Ich erinnerte mich noch gut, dass er im *Submarine* vor dem Tresen jede Frau angemacht hatte, die zufällig in seine Nähe gekommen war. Und genauso gut erinnerte ich mich noch an den Blick, mit dem Hannah ihn dabei beobachtet hatte: eine Mischung aus Mitleid und Befremden. In diesem Blick hatte sich Theos ganzes Elend widergespiegelt. Geil, betrunken und erfolglos bei den Frauen – tiefer konnte man nicht sinken.

Dabei hatte Theo Hannah einmal mindestens so nahe gestanden wie mir. Mitte der achtziger Jahre, als auf unserer Seite der Mauer noch regelmäßig die Jahrespläne übererfüllt wurden, gab es für uns nichts, was eine Anstrengung lohnend hätte erscheinen lassen. Wir lebten in einem künstlichen Vakuum, hatten unser Abitur in der Tasche und ansonsten nichts außer Zeit, die wir größtenteils zusammen verbrachten. Wenn ich heute daran zurückdenke, erscheint mir unsere Beziehung zu dritt so seltsam und unwirklich wie die Welt, in der wir damals lebten. Hannah hat sich als Erste daraus verabschiedet. Sie war realistisch genug gewesen zu kapieren, dass es nicht ewig so weitergehen konnte, und hatte sich in Richtung Westen auf und davon gemacht. Kurze Zeit später hatte Theo einen Studienplatz bekommen, der ihn dazu befähigen sollte, das Zeug herzustellen, für das er dort gesessen hatte, von wo wir ihn jetzt abholten.

Inzwischen hatte Hannah sich wieder beruhigt. Sie kramte einen kleinen silbernen Spiegel aus der Tasche, strich sich ihre halblangen kastanienbraunen Haare zurück und begann sich mit einem dunkelroten Stift die Lippen nachzuziehen, obwohl die eigentlich schon ganz gut bemalt aussahen. Mittlerweile war es Viertel vor elf. Um zehn hatte Theo entlassen werden sollen.

Während Hannah sich schminkte, beobachtete ich einen Mann vor dem Eingang der Haftanstalt. Er trug keinen Schirm, nur einen Hut, der ihn etwas vor dem Regen schützte, und stand dort bestimmt schon genauso lang, wie wir hier im Auto saßen. Den Kragen hochgeschlagen, eine Hand wie Napoleon vor der Brust in den Mantel geschoben, lehnte er an einem Geländer und harrte fast bewegungslos im Regen aus. Nur hin und wieder entzündete er geduldig eine Zigarre, wenn der Regen, der inzwischen stärker geworden war, wieder einmal die Glut gelöscht hatte. Ich schaltete den Scheibenwischer ein, um ihn besser sehen zu können. Sein Alter war schwer zu schätzen. Er konnte sechzig sein, aber auch siebzig. Die grauen Haare trug er halb lang, dazu einen Dreitagebart und eine Brille. Ich wunderte mich, dass er sich nicht irgendwo unterstellte. Fast hätte man annehmen können, sein stoisches Ausharren bei Wind und Wetter vor dem

Gefängnistor sei eine Art Demonstration – für bessere Haftbedingungen, gegen offenen Vollzug oder was weiß ich. Vielleicht hatte er dem Pförtner eine Mitteilung zukommen lassen, dass er so lange hier stehen blieb, bis die Anstaltsleitung zu einer Anhörung bereit war. Doch je länger ich ihn betrachtete, wie er dort am Geländer lehnte und den Eingang nicht aus den Augen ließ, desto merkwürdiger kam mir der Mann vor. In mir keimte ein seltsamer Verdacht. Womöglich wartete er auf jemanden, mit dem er noch eine Rechnung zu begleichen hatte, jemand, der heute entlassen wurde.

»Ist dir der Mann dort im Regen schon aufgefallen?«, fragte ich Hannah.

Sie blickte von ihrem Spiegel auf und sagte: »Na endlich, da kommt er ja!«

»Wer?«

»Na, wer wohl?«

Dann sah auch ich Theo, wie er mit einer Sporttasche über der Schulter uns winkend entgegenlief. Der Mann am Geländer zog etwas unter seinem Mantel hervor. Ohne zu zögern stieß ich die Wagentür auf und brüllte, so laut ich konnte: »Theo, Achtung!«

Im selben Augenblick blitzte es. Ich stand neben dem Auto und konnte nichts anderes tun als zuzusehen, was in wenigen Metern Entfernung vor meinen Augen passierte.

Allerdings hatte ich keinen Schuss gehört. Und Theo fiel auch nicht von einer Kugel getroffen zu Boden, sondern lief dem vermeintlichen Attentäter entgegen und umarmte ihn.

»Was ist denn mit dir los?«, fragte Hannah und musterte mich skeptisch.

»Nichts, ich dachte nur …«

»Na komm, gehen wir zu ihm!« Sie nahm die Blumen vom Rücksitz, die sie für Theo gekauft hatte, und stieg ebenfalls aus dem Wagen.

Theo stand noch immer neben dem Mann, der nun in der einen Hand eine Sofortbildkamera hielt und mit der anderen ein Polaroidfoto trocken wedelte. »Das ist für dich, damit du diesen Augenblick nie vergisst, in dem dein neues Leben begonnen hat«, hörte ich Theos Bekannten sagen.

Theo betrachtete das Bild, das langsam vor seinen Augen Konturen annahm, und war sichtlich bewegt. Ich konnte mich nicht erinnern, ihn jemals zuvor so gesehen zu haben. Erst als er das Bild sorgfältig in die Tasche gesteckt hatte, schien er uns zu bemerken.

»Hannah, Baby, du siehst ja wieder aus wie Bargeld, komm in meine Arme!«, rief er. Nachdem er auch mich ausgiebig an seine Brust gedrückt hatte, stellte er uns dem grauhaarigen Mann vor, der noch immer mit der Kamera in der Hand neben ihm stand: »Das sind Hannah und Henry, meine besten Freunde.«

»Sehr erfreut!«

»Und das ist mein Vater.«

Erst jetzt bemerkte ich, dass der alte Mann die gleiche überdimensionale Nase, das gleiche Kinn und die gleichen Brauen hatte wie Theo. Nur seine Augen wirkten irgendwie größer und heller. Aber das lag vermutlich an der Brille. Außerdem erinnerte ich mich an eine Begegnung mit ihm, die vor ungefähr fünfzehn Jahren stattgefunden haben musste. Damals hatte sich Theo seinen Wartburg geborgt, um mit Hannah und mir an die Ostsee zu fahren. Theos Vater, der seinen Sohn kurz vor der Abfahrt noch in die Geheimnisse des Zweitakters eingeweiht hatte, war damals ein eleganter dunkelhaariger Mann gewesen, der mit weißem Hemd und goldenen Manschettenknöpfen die Motorhaube seines Wagens öffnete und zeigte, wo sich Zündkerzen, Keilriemen und der Wassertank für die Scheibenwaschanlage befanden. Ich glaube, er war für die Kulturarbeit in irgendeinem VEB zuständig gewesen. Irgendwann Anfang der neunziger Jahre hatte ich von Theo erfahren, dass seine Mutter gestorben war und sein Vater, der etwa zur gleichen Zeit seinen Job verloren hatte, kaum noch auf die Straße ging und sich mit Alkohol über den Verlust hinwegtröstete.

»Ich heiße übrigens Richard«, sagte er, nachdem er von Theo, Hannah und mir ein Foto gemacht hatte. Dann fuhren wir zusammen in meinem Volvo in Richtung Mitte. Theo wollte vorerst bei seinem Vater einziehen, der in der Auguststraße wohnte.

Richard saß neben mir auf dem Beifahrersitz, hinter uns kicherten Hannah und Theo, Mister Waits grölte: »Let me fall out the window with confetti in my hair«, und hin und wieder sang einer von uns mit, fast wie in alten Zeiten. Fast.

»Warum hast du uns eigentlich so lange warten lassen?«, fragte ich Theo. »Dein Vater hätte sich im Regen fast den Tod geholt und Hannah wäre beinahe explodiert.«

»Tut mir Leid, aber es gab eine Menge Hände zu schütteln. Außerdem musste ich doch noch etwas organisieren, damit Hannah in Stimmung kommt.«

Ich hörte hinter mir einen Korken knallen und bekam am Hals ein paar Spritzer ab.

Hannah kreischte und spottete: »Sag ich doch, wenn ihm nichts mehr einfällt, lässt er seinen Charme spielen.«

»Auf die Freiheit!«, rief Theo. »Ich habe zwar keine Gläser, aber ich denke, Schampus kann man auch aus der Flasche trinken.«

Das war Theo. Während andere sich alle erdenkliche Mühe gaben, auf irgendwelchen geheimen Kanälen Alkohol ins Gefängnis zu schmuggeln, kam er mit einer Flasche Champagner wieder heraus. Im Rückspiegel konnte ich endlich wieder das vertraute Grinsen sehen, das ich bei unseren letzten Begegnungen so vermisst hatte.

Die Champagnerflasche machte die Runde und wir fuhren durch die verstopften Straßen am Potsdamer Platz, vorbei an Werbetafeln, Glasfassaden, Bauzäunen und Menschen, die mit hochgezogenen Schultern und starrem Blick den Bürgersteig entlangliefen. Obwohl die Stadt an diesem Tag grau und grässlich aussah, waren wir laut und ausgelassen wie eine Horde von Gymnasiasten am letzten Schultag.

Ankunft in der neuen Mitte

Hundegebell nach dem ersten Klingeln. Dabei hat bislang alles so gut geklappt. Nachdem ich Theo und seinen Vater nach Hause gebracht und Hannah am U-Bahnhof Rosa-Luxemburg-Platz abgesetzt hatte, fand ich sogar einen Parkplatz in der Dircksenstraße und stellte zudem fest, dass das Haus, welches ich mir ausgesucht hatte, zu den raren Gebäuden in dieser Gegend zählte, das über kein Türschließsystem mit Klingelanlage verfügte. Spätestens da hätte mir eigentlich klar sein müssen, dass mein Glückskonto für den heutigen Tag bereits überzogen war.

Die Tür wurde aufgeschlossen. Der Kläffer entpuppte sich als Dobermannverschnitt, was ihn mir nicht unbedingt sympathischer machte. Sofort schoss er auf mich zu und inspizierte, gefährlich knurrend, mein rechtes Bein. Sein Besitzer, der in der rechten Hand eine halb geöffnete Büchse Hundefutter hielt, rief ihn zurück und musterte mich misstrauisch. Ein weiteres schlechtes Zeichen: Der Mann bevorzugte das typische betont unmodische Besserwisser-Intellektuellen-Outfit – Kordhosen und Schlabberpullover. Sofort fühlte ich mich absolut overdressed in meinen dunkelgrauen Hosen, dem schwarzen Mantel und den frisch geputzten englischen Lackschuhen, die ich mir extra für diesen Job zugelegt hatte. Heute wäre der Secondhandlook, den ich normalerweise bevorzugte, angebrachter gewesen. Aber wer konnte so was ahnen?!

»Guten Tag, mein Name ist Palmer! Tut mir Leid, wenn ich beim Essen störe. Ich arbeite für eine Filmproduktionsfirma, die gerne in Ihrer Wohnung drehen würde, selbstverständlich nicht umsonst.«

Nach den letzten Worten dieser Einleitung öffneten sich in der Regel alle Türen. Diese nicht. Der Hund hatte inzwischen das Interesse an mir verloren und forderte seine

Mahlzeit, indem er mit den Vorderpfoten auf dem Linoleumfußboden des Treppenhauses schabte. Der Typ, der ungefähr so alt war wie ich, rührte sich nicht von der Schwelle.

»Wie viel?«, fragte er grimmig und rieb sich mit der linken Hand das unrasierte Kinn.

Obwohl mir klar war, dass es ihm nicht ums Geschäft ging, sondern um die Information, um neuen Stoff für kritische Betrachtungen, erklärte ich ihm bereitwillig, dass eine Monatsmiete pro Tag plus Spesen schon drin wären.

Er lächelte säuerlich und legte los: »Kannst du dir eigentlich vorstellen, dass es Leute gibt, die hier einfach nur wohnen wollen und denen euer Fernsehscheiß tierisch auf die Nerven geht? Ständig kommen hier irgendwelche Kamerateams an und denken, ihnen gehört das Haus, wenn sie mit einem Packen Scheine wedeln. Wenn man morgens die Tür aufmacht, stolpert man über lauter Kabel, nachts leuchten einem Scheinwerfer ins Schlafzimmer, ständig fliegen die Sicherungen raus, Komparsen pinkeln ins Gebüsch und sein Fahrrad, das man im Hausflur abgestellt hat, findet man im Hof wieder, weil es nicht ins Bild passt. Dafür müsste man eigentlich eine Mietminderung fordern.«

Die Idee schien ihm zu gefallen, denn er gehörte zweifellos zu jenem Typus von Mietern, an dem sich Verwaltungen und Hausbesitzer die Zähne ausbissen. Wahrscheinlich gab es nur deshalb noch keine Klingelanlage in diesem Haus, weil dieser Mann die Mietergemeinschaft dagegen mobilisiert hatte.

»Und warum kommt ihr alle ausgerechnet hierher, um eure Filme zu drehen?«, fuhr er fort und beantwortete seine Frage gleich selbst. »Weil die debilen Konsumzombies der neuen Spaßkultur hier direkt vor der Tür toben. In diesem Viertel gibt es die tollen, gestylten Läden mit den hippen Leuten drin, die alle gleich aussehen. Die ultraschrille Metropole! Klar, dass ihr die als Kulisse braucht für eure supercoolen Filme. Nur gibt es eben noch ein paar uncoole Menschen, die hier einfach nur wohnen wollen und das nicht besonders lustig finden.« Er sah mich an, als ob ich ihm Leid täte. Ich war ein typischer debiler Konsumzombie der neuen Spaßkultur.

»Na ja, du kannst ja nichts dafür«, sagte er schließlich wie zu einem Vollidioten und fügte noch gönnerhaft hinzu, indem er auf die Tür gegenüber wies: »Vielleicht solltest du es mal bei denen versuchen. Ich könnte mir vorstellen, dass die an deinem Angebot interessiert sind.«

Ich ignorierte, dass er mich permanent duzte, betrachtete die Fleischklumpen in der Hundefutterbüchse und nahm mir vor, mich auf gar keinen Fall provozieren zu lassen. Schließlich hatte ich noch etwas vor und wusste aus Erfahrung, dass es absolut sinnlos war, jemandem zu widersprechen, der die Welt durch die von hitzigen Debatten in überfüllten Hörsälen beschlagene Brille eines permanent kritischen Bewusstseins betrachtete. Abgesehen davon hatte er durchaus Recht. Aber wer wollte das zugeben?

»Na dann«, verabschiedete er sich und wirkte auf einmal viel entspannter und ausgeglichener. Der Hund war schon in der Wohnung verschwunden und bettelte hinter der Tür um Freibankfleisch aus der Dose.

Also klingelte ich an der Nachbarwohnung, deren Lage für meine Zwecke mindestens ebenso gut war. Das Haus hatte ich entdeckt, als ich in der vergangenen Woche mit der S-Bahn daran vorbeigefahren war. Die Lage war ideal für eine Sexszene zwischen einem Kokaindealer und der sechzehnjährigen Tochter eines Bundestagsabgeordneten. Die Szene sollte auf dem Balkon gedreht werden – mit Blick über die Dächer der neuen Berliner Mitte und dem Fernsehturm im Hintergrund. Das übliche Panorama eben, das man in all den von Klischees nur so strotzenden Berlinthrillern, die derzeit wie am Fließband produziert wurden, bewundern konnte.

Es schien niemand zu Hause zu sein. Sicherheitshalber klingelte ich noch einmal.

Es ist mir ein Rätsel, warum die Produzenten darauf bestehen, das Gleiche immer wieder zu drehen. Wahrscheinlich weil ihnen etwas Entscheidendes fehlt: Fantasie und ein Sinn für Wahrhaftigkeit. Im Grunde wäre es doch praktischer, wenn sie *eine* Wohnung mieten würden, 200 Quadratmeter im Dachgeschoss mit Parkett und Aussicht auf das neue Berlin, und dort alles filmen würden, was an Russen-, Polen- und Zigarettenmafia-, Kinderporno-, Geldwäscher- und Drogenhändlerschinken so anfällt. Doch ich durfte mich nicht beklagen. Genau dieser Art von Produktionen verdankte ich meinen neuen Job. Location-Scout. Als ich diese Bezeichnung zum ersten Mal hörte, war ich begeistert. Ich hatte schon immer einen Beruf mit einem englischen Namen haben wollen. Headhunter, Webdesigner, Callboy oder Businessman, das klingt doch nach was. Meine früheren Professionen hießen: Student ohne Abschluss, Sozialhilfeempfänger, Möbelträger und Pizzafahrer.

Location-Scout – die Frau, die dieses Zauberwort zum ersten Mal aussprach, war heute meine Agentin. Hannah hatte uns im *Submarine* miteinander bekannt gemacht. Sie hieß Alexa und war zehn Jahre jünger als ich. Ich hatte sie auf einen Cuba libre eingeladen und am Ende des Abends ihre Karte in die Tasche gesteckt. So einfach geht das manchmal. Am nächsten Tag hatte ich sie angerufen und meinen ersten Auftrag bekommen. Das war genau zum richtigen Zeitpunkt passiert. Ich war Mitte dreißig und extrem gefährdet, ein Monument des Stillstands zu werden, jemand, den es eigentlich nur noch in Filmen oder Kriminalromanen gibt und der in den Werbetexten immer als sympathischer Loser oder Überlebenskünstler bezeichnet wird.

Ich holte eine meiner Visitenkarten heraus, die ich mir vor kurzem hatte anfertigen lassen, schrieb auf die Rückseite: *Wenn Sie klüger sind als Ihr Nachbar, rufen Sie mich an!*, und steckte die Karte an die Tür, hinter der ich eine Wohnung vermutete, die Alexa interessieren könnte.

Am Anfang war es mir schwer gefallen, für eine Frau zu arbeiten, die genau das Gegenteil von mir war: jung und extrem erfolgreich. Doch da sie bislang mit meiner Arbeit zufrieden war und ich regelmäßig etwas auf mein Konto überwiesen bekam, war ich inzwischen sehr zufrieden mit meiner Chefin. Außerdem konnte sie ganz reizend sein, wenn sie Zeit dazu hatte. Meistens war sie jedoch im Stress. »Henry, ich brauche eine Top-Location – und zwar vorgestern!« So oder so ähnlich hörte es sich an, wenn mitten in der Nacht oder in aller Herrgottsfrühe mein Telefon klingelte und sie am Apparat war.

Der Soundtrack meines Lebens lief zwar noch immer nicht in den Top Ten, aber ich konnte meine laufenden Kosten bezahlen und hatte manchmal sogar noch was zum Verjubeln übrig. Das war doch schon was. Um meine Flexibilität zu steigern – denn darauf kam es ja offensichtlich an auf dem Arbeitsmarkt der Zukunft, die längst begonnen hat –, hatte ich mir ein Mobiltelefon, einen Gebrauchtwagen und eine neue Garderobe zugelegt. Manchmal kam ich mir schon vor wie einer dieser pomadigen Schnösel, die mittags in den Sushi-Bars rumhingen, in der *Herald Tribune* blätterten und nebenbei telefonierten. Zufälligerweise wohnte ich sogar in der Gegend, die solche Leute magisch anzuziehen schien – in Berlin Mitte, Oranienburger Straße. Oder wie hatte mein neuer Freund von der kritischen Schule eben so schön gesagt: in der ›ultraschrillen Metropole‹.

Die Wohnung gehörte Isabel, der Mutter meiner ehemaligen Freundin Alissa, die vor einiger Zeit unter seltsamen Umständen ums Leben gekommen war. Dabei wäre ich beinahe selbst aus dem Rennen geschleudert worden. Der Tod von Liss hatte mich ziemlich mitgenommen und ich hatte es mir erst kaum vorstellen können, in dieser Wohnung zu leben, in der mich alles an die Zeit erinnerte, die wir dort zusammen verbracht hatten. Doch Isabel hatte nicht lockergelassen. Sie selbst konnte die Wohnung nicht nutzen, wollte sie jedoch weder verkaufen noch an fremde Leute vermieten. Irgendwann hatte ich zugestimmt, dort einzuziehen, zunächst auf Probe, und beschlossen, es als eine Art Therapie zu betrachten.

Mittlerweile lebte ich schon über ein Jahr dort. Achtzig Quadratmeter im Dachgeschoss. Mietfrei! Die Betriebskosten waren zwar wesentlich höher als die Miete für meine alte Wohnung, doch der Ausblick von der Terrasse – vor allem im Frühjahr, wenn die Bäume im Monbijou Park ihre ersten Blätter bekommen und die Wiesen grüner sind als die Uniformjacken der Polizisten vor der Synagoge – ist schwer zu überbieten. Außerdem gewöhnt man sich an kaum etwas schneller als an Luxus.

Als ich das Treppenhaus in der Dircksenstraße verließ, regnete es noch immer. Ich steckte mein Notizbuch ein, in das ich den Namen des Mieters der Wohnung, die ich mir ansehen wollte, geschrieben hatte, um mir gegebenenfalls seine Telefonnummer über die Auskunft besorgen zu können. Es war vierzehn Uhr. Ich beschloss, etwas zu essen. Um die Ecke befand sich ein kleines Restaurant, in dem es Fish and Chips mit Malzessig gab.

Kein Haschisch im Puff

»Komm rein«, sagte Theo. »Wir haben schon auf dich gewartet.« Er führte mich durch einen Korridor mit vergilbten Blumentapeten und einer schmiedeeisernen Wandgarderobe. Aus einem der Zimmer drang das Lachen von Hannah. Es roch nach den billigen Zigarren von Theos Vater, der eine davon in der Hand hielt, als er mir entgegenkam. Zur Feier des Tages hatte er sich einen Schlips umgebunden und ein weißes Hemd angezogen. Seine Füße steckten jedoch in Pantoffeln. Er nahm mir meinen Mantel ab und hängte ihn an die Garderobe.

»Dann kann das Festessen ja beginnen«, stellte er gut gelaunt fest. »Ich werde gleich anfangen zu kochen, denn das Fräulein Hannah muss ja heute Abend leider noch ihren Dienst verrichten.«

»Er will kochen?«, fragte ich Theo, nachdem sein Vater in der Küche verschwunden war.

»Keine Angst, er macht nur ein paar Würstchen warm. Den Kartoffelsalat hat er schon heute Nachmittag produziert.«

Hannah saß auf einem gelb-grün gestreiften Sofa aus den achtziger Jahren, auf dem eine braune Wolldecke lag. Zwei dazugehörige Sessel, die ebenfalls schon ziemlich mitgenommen aussahen, standen um einen verstellbaren Couchtisch herum, der ungefähr zur gleichen Zeit wie die Sofagarnitur in einem ostdeutschen Möbelkombinat seine Geburtsstunde erlebt haben musste. Dem Ensemble gegenüber befand sich eine Hellerau-Schrankwand, in der ein Plattenspieler, ein alter Fernseher und allerlei Krimskrams standen: Porzellanfiguren, ein Pokal vom Betriebssportfest der Kabelwerker von 1979, einer dieser holzgeschnitzten Teller, die DDR-Bürger immer von ihren Ungarn- oder Bulgarienurlauben mitgebracht hatten, eine bauchige Keramikkaraffe mit sechs Bechern und Ähnliches. Die ideale Location für einen Ostnostalgieschinken à la *Sonnenallee.* Unter den Büchern, die in mehreren Fächern Platz beanspruchten, entdeckte ich ein zehnbändiges Lexikon, billige Klassikerausgaben, einige Romane von Robert Merle sowie *Das siebte Kreuz* von Anna Seghers. Die Sachen, die sich nicht hinter Glas befanden, waren mit einer dicken Staubschicht überzogen. In einer Ecke stand ein verwaister Ständer für Zimmerpflanzen. Die gelbgrauen Stores passten ausgezeichnet zu der Auslegware, die vielleicht einmal hellbeige gewesen war. Zu dem allgegenwärtigen Geruch der Zigarren von Theos Vater gesellte sich eine abgestandene Note von irgendetwas, das schwer zu definieren war. Das einzig Frische in diesem Zimmer war der Blumenstrauß von Hannah.

»Du weißt, meinem Vater ging es in den letzten Jahren nicht so besonders«, sagte Theo leise, als wollte er sich für den Zustand der Wohnung entschuldigen. »Der Tod meiner Mutter hat ihn ziemlich mitgenommen.«

Neben der Blumenvase lag ein in Leder gebundenes Fotoalbum auf dem Tisch, in dem Hannah nun blätterte. Ich setzte mich zu ihr auf das Sofa. Während sie die Bilder betrachtete, lächelte sie hin und wieder: Theo mit kurzen Hosen, weißen Söckchen und einer Schultüte in der Hand oder Theo mit Wanderstock und Tirolerhut vor einem Felsen in der Sächsischen Schweiz, sein Vater in Badehose am Ostseestrand, beim Mundharmonikaspielen oder beim fröhlichen Deklamieren eines Textes während einer Brigadefeier. Bilder aus einer besseren Zeit, zumindest für Theos Vater. Hochzeitsfotos. Theos Mutter war eine dunkelhaarige, zierliche Frau mit zarten Gesichtszügen gewesen. Der Sohn kam eindeutig nach seinem Vater, der inzwischen das Zimmer betreten hatte, eine Schüssel mit Kartoffelsalat auf den Tisch stellte und ankündigte, dass die Würstchen auch gleich soweit seien. Er begann Messer, Gabeln und Untersetzer zu verteilen.

Dabei wirkte er zerstreut, suchte in Schubfächern nach Servietten, vergaß die Gläser und stieß sich den Kopf an einer offenen Schranktür. Jedes Hilfeangebot unsererseits lehnte er jedoch rundweg ab. »Immer mit der Ruhe, das haben wir gleich.« Er kratzte sich am Kopf. »Ach ja, die Gläser!«

Seinen glasigen Augen nach zu urteilen, hatte er die Heimkehr seines verlorenen Sohnes schon gebührend begossen. Als sein Blick auf das Foto von seiner Hochzeit fiel, hielt er kurz inne und sagte, ohne lange nachzudenken: »Das war vor 38 Jahren, zwei Monaten und drei Tagen.« Dann verließ er das Zimmer wieder. Aus der Küche drang das Klappern von Geschirr.

»Wird Zeit, dass die Party in Gang kommt«, brach Theo das Schweigen und öffnete eine Schranktür, hinter der sich eine Plattensammlung befand.

Bald standen auch die Würstchen, Bier und ein paar Gewürzgurken auf dem Tisch, Glenn Miller swingte im Hintergrund und Theos Vater erhob sein Glas.

»Das Leben ist wie eine Ozeanfahrt«, sagte er bedeutungsvoll und blinzelte in unsere kleine Runde. »Peitschende Stürme, Wellenberge und dann wieder strahlend blauer Himmel bis zum Horizont. Manch einer will nach Indien und landet in Amerika, andere, die gerade noch im Salon eines Luxusdampfers getanzt haben, treiben nun auf dem Meeresgrund. Blinde Passagiere in Frachträumen hoffen auf eine Chance in der neuen Welt. Und wer sich einmal auf die Reise begeben hat, kann nicht mehr umkehren. Das erinnert mich an eine Geschichte, die mir mal ein alter Freund aus der Ukraine erzählt hat ...«

Theo räusperte sich. »Vater!« Offenbar kannte er nur zu gut dessen Hang zu metaphorischem Pathos. Da der ehemalige Kulturfunktionär seine ausufernden Reden nun nicht mehr vor den Werktätigen seines Betriebes halten konnte, neigte er wohl dazu, privat bei jeder sich bietenden Gelegenheit das Wort zu ergreifen.

»Schon gut. Was ich sagen will: Ich freue mich, dass du da bist, Theo, dass ihr da seid, Fräulein Hannah und Henry, und erhebe tief bewegt mein Glas auf dieses großartige Ereignis.«

Während wir aßen, kam Theos Vater immer mehr in Fahrt. Er verriet uns das Geheimnis des Kartoffelsalates, das ihm seine Frau verraten hatte: »Keine Zwiebeln, die schmecken zu sehr vor, und keine Mayonnaise, sondern Salatsauce, Gurken aus dem Spreewald, wenig Salz, dafür viel Pfeffer, weißen, wegen der Farbe!« Und er redete viel von seiner Arbeit, die er offenbar geliebt hatte, denn seine Augen strahlten und seine Wangen glühten, wenn er Geschichten erzählte von irgendwelchen Betriebsfesten, die er organisiert hatte, mit Exportbier und Rotkäppchensekt, selbst verfassten Versen und kabarettistischen Einaktern über den Arbeitsalltag im sozialistischen Wettbewerb. Keine Feier ohne die originellen Einfälle des Kollegen Trepka! Parteipolitischen Aktivisten waren die feuchtfröhlichen Kollektivpartys des agilen Geselligkeitsorganisators allerdings wohl ein Dorn im Auge gewesen. Fehlender Klassenstandpunkt, Verstöße gegen die Parteidisziplin, wiederholte Kritik an der Betriebsleitung und der führenden Rolle der SED! Das reichte aus, um Theos Vater durch einen politisch zuverlässigeren Kollegen zu ersetzen. Fortan hatte sich der gelernte Bauingenieur ausschließlich seinen Aufgaben in der Produktion zu widmen gehabt. 1990, pünktlich zur Währungsunion, hatte er seine Kündigung erhalten. Doch daran wollte er an diesem Tag nicht denken, ebenso wenig an den Tod seiner Frau. Stattdessen erzählte er Anekdoten von Parteisekretären, denen er Wodka ins Bier geschüttet hatte, um sie von seinem Programm zu überzeugen, und rezitierte Gedichte, die damals zum Stein des Anstoßes geworden waren.

Nachdem Theo die Schallplatte umgedreht hatte und die ersten Töne der *Moonlight Serenade* erklangen, legte sein Vater die Zigarre in den Aschenbecher und erhob sich aus seinem Sessel.

»Das ist Musik, zu der ich früher mit Amalia getanzt habe«, erklärte er, leicht schwankend, und verbeugte sich vor Hannah. »Darf ich um diesen Tanz bitten?«

Hannah wurde in kleinen Kreisen über den Teppich geführt, und Theo holte die Polaroidkamera aus dem Korridor, um die beiden zu fotografieren. Obgleich sein Vater schon einiges getrunken hatte, bewegte er sich mit schlafwandlerischer Sicherheit im Rhythmus der Musik. Dabei blickte er ernst und abwesend in den Raum, in dem er sich mit Hannah drehte. Nur manchmal erschien die Andeutung eines Lächelns auf seinen Lippen, als hätte die Musik vor seinem geistigen Auge eine Erinnerung aufblitzen lassen.

Hannah war einen halben Kopf größer als Richard Trepka, zumindest heute, wo ihre Füße in knöchelhohen Schnürstiefeln steckten, die sie schon für ihren Dienst hinter der Bar trug und die einen wunderbaren Kontrast zu den karierten Filzpantoffeln von Theos Vater bildeten. Theo fotografierte auch die Füße des ungleichen Paares. Als das Stück vorbei war, lagen die Polaroids bereits fertig entwickelt auf dem Tisch.

»Vielen Dank, Fräulein Hannah, es war mir ein Vergnügen!« Theos Vater verbeugte sich noch einmal.

»Ganz meinerseits«, entgegnete Hannah und warf Theo und mir einen spöttischen Blick zu. »Endlich mal ein Mann, der noch richtig tanzen kann.«

»Durch den Tanz wird die Musik sichtbar, hat mal irgendein kluger Mensch gesagt«, erklärte Theos Vater. »Aber das ist nur die halbe Wahrheit. Es wird noch viel mehr sichtbar, viel mehr!«

Nach diesen philosophischen Betrachtungen des alten Mannes verabschiedete sich Hannah. Theo und ich versprachen, später im *Submarine* bei ihr vorbeizuschauen. Wir räumten den Tisch ab und Theo zeigte mir das Zimmer, in dem er seine Jugend verbracht hatte, ein schmaler Raum mit einem Bett und einem Kleiderschrank. Jetzt stand seine Sporttasche darin, aus der er ein Päckchen Tabak und eine Tüte Haschisch zog.

»Hast du die auch aus dem Knast mitgebracht?«

Wieder konnte ich das altbekannte Grinsen in seinem Gesicht bewundern, bei dem sich seine Nasenlöcher öffneten wie heute Morgen zum letzten Mal die Tür seiner Zelle.

»Lass uns abhauen, ich muss jetzt raus hier«, sagte er.

Es war schon kurz vor zweiundzwanzig Uhr und mir war von Beginn an klar gewesen, dass er seinen ersten Abend in Freiheit nicht zu Hause verbringen wollte. Ich schlug vor, mit meinem Wagen zu fahren, der nur wenige Straßen entfernt stand. Doch Theo bestand darauf, dass wir ein Taxi nahmen. »Wer weiß, ob du am Ende noch fahren kannst. Und ich bin auf Bewährung draußen. Da will ich mich nicht gleich am ersten Abend betrunken und bekifft hinter dem Steuer erwischen lassen.« Womit er auch gleich angedeutet hatte, welche Highlights der Freizeitgestaltung heute noch auf dem Programm standen.

Sein Vater hatte es sich inzwischen auf dem Sofa bequem gemacht. Er wirkte erschöpft und betrunken, traurig und glücklich zugleich.

»Was hast du jetzt eigentlich vor?«, fragte ich, als wir am Hotel Adlon vorbei auf das Brandenburger Tor zufuhren. Regentropfen liefen die Fensterscheiben hinunter. Es sah aus, als würden die Lichter der Stadt darin verschwimmen. Der Pariser Platz war fast menschenleer. Nur ein paar fröstelnde Polizisten vertrieben sich die Zeit vor Gebäuden, die von Scheinwerfern angestrahlt wurden.

Theo, der gerade damit beschäftigt war, sich einen Joint zu bauen, sah mich verständnislos an. »Na, was wohl?«

»Ich meine nicht heute Nacht. Normalerweise hat doch jemand, der aus dem Knast kommt, einen Plan im Kopf – oder offene Rechnungen zu begleichen. Die Tore öffnen sich, die Sonne scheint. Unser Held steht allein auf der Straße und betrachtet blinzelnd die Welt, in der schon wieder jede Menge Ärger auf ihn wartet. Na ja, du kennst doch selbst solche Filme.«

Ich bemerkte den skeptischen Blick des Taxifahrers im Rückspiegel. Er war um die fünfzig und sah aus, als wäre er bereits mit dem Polstersitz seines Fahrzeugs verwachsen. Es schien, als hätte er im Laufe der vielen Jahre auf der Straße unsichtbare Seismographen im Nacken entwickelt und würde sofort spüren, wenn sich hinter seinem Rücken etwas zusammenbraute. Vermutlich hatte das Wort ›Knast‹ sein Alarmsystem in Bereitschaft versetzt. Dabei hatte ich es gar nicht besonders laut ausgesprochen.

»Du machst dir also Sorgen um meine Zukunft.« Theo steckte den fertigen Joint in die Innentasche seiner Lederjacke. »Da bist du nicht der Einzige. Aber ich kann euch beruhigen. Ich weiß zwar noch nicht genau, was ich tun werde, aber es gibt ein paar Bekannte, die mir einen Gefallen schuldig sind. Bei denen werde ich mich vielleicht mal sehen lassen.«

»Genau so gehen solche Filme dann weiter.«

Er lachte und strich sich mit der Hand durch die Haare, die er jetzt etwas kürzer trug als früher, die aber immer noch nach allen Seiten abstanden, als wäre er gerade erst aus dem Bett gekrochen. Lässig lümmelte er sich auf dem Sitz und tat so, als betrachte er gedankenverloren die Lichter der nächtlichen Großstadtkulisse, aber ich kannte ihn lange genug, um zu wissen, dass noch etwas folgen würde.

»Außerdem treffe ich mich übermorgen mit einem Verleger, der sich für das Zeug interessiert, das ich im Knast so zusammengeschmiert habe«, sagte er schließlich betont beiläufig.

»Du hast ein Buch geschrieben?« Es war ihm tatsächlich gelungen, mich zu überraschen.

»Man kommt auf die seltsamsten Gedanken, wenn man vierundzwanzig Stunden am Tag eingesperrt ist. Wie Pascal schon gesagt hat: ›Das Unglück des Menschen ist auf seine Unfähigkeit zurückzuführen, still in seinem Zimmer zu bleiben.‹ Unter Umständen ist vielleicht das Glück eines Menschen darauf zurückzuführen, dass er gezwungen wird, die zehn Quadratmeter, die man ihm zubilligt, nicht zu verlassen.«

»Gelesen hast du auch! Ich bin beeindruckt.«

Theo war nicht gerade der Typ, von dem man Schöngeistiges erwartete. Oft genug hatte er seinen Kopf allein dazu benutzt, gegen eine Wand anzurennen. Eine künstlerische Neigung oder gar der Sinn für interpretatorische Feinheiten waren mir bislang noch nicht an ihm aufgefallen. Im Gegenteil, als ich noch am kulturwissenschaftlichen Institut eingeschrieben war, hatte er mich oft genug damit aufgezogen, dass ich meine Zeit mit Hirnwichserei verplemperte, während er sich ausschließlich mit naturwissenschaftlichen Fakten beschäftigte.

»Wie soll dein Buch eigentlich heißen? Die Memoiren eines Pillendrehers?«

Theo wackelte mit dem Kopf wie ein Kritiker, dem eine Formulierung seines Kollegen zu undifferenziert war. »*True Crime* nennt sich die Reihe, in der es erscheinen soll. Das ist ein neuer Trend in der Kriminalliteratur. Storys, die nicht an Schreibtischen von irgendwelchen Lohnschreibern ausgedacht werden, die keine Ahnung davon haben, was auf der Straße passiert, sondern von Leuten, die wirklich etwas davon verstehen, Experten sozusagen.«

»Experten wie dich!«

»Zumindest weiß ich, wie es ist, wenn man hinter Gittern sitzt, und wie man sich fühlt, wenn man in den Zeitungen liest, dass diejenigen, die damals die finstersten Deals gemacht haben, heute zum Jetset gehören, Politikern die Hände schütteln und ein Lokal nach dem anderen aufmachen.«

»Du suchst also immer noch den Ärger wie andere Leute das Glück. Kein Wunder, dass die wenigen Menschen, die dich erstaunlicherweise noch mögen, etwas besorgt sind, findest du nicht?«

»Kann schon sein, dass nicht jedem gefällt, was ich geschrieben habe.« Er grinste zufrieden.

Wir fuhren durch den Kreisverkehr auf dem Ernst-Reuter-Platz.

»Sauwetter«, schimpfte der Taxifahrer, der sich inzwischen wieder entspannt und das Radio eingeschaltet hatte – einen Sender, der rund um die Uhr Nachrichten brachte. Der Sprecher hatte gerade verkündet, dass wenig Wetteränderung in den kommenden Tagen zu erwarten sei. Also weiterhin Nieselregen und Temperaturen zwischen fünf und zehn Grad! Nicht gerade typisch für eine Woche mitten im Januar. Das fand auch der Mann im Radio und interviewte einen Meteorologen zu der Frage, ob solche Wetterverhältnisse bereits Vorboten einer drohenden Klimakatastrophe seien. Kein Grund zur Panik, beruhigte ihn die sonore Stimme des Wettermannes, aus den Jahren 1804, 1868 und 1902 seien Berichte über ähnliche klimatische Bedingungen in den Wintermonaten bekannt. Allerdings sei es zumindest auffällig, dass sich die subtropischen Einflüsse in den kühleren Jahreszeiten häuften. Ich hatte schon länger den Verdacht, dass es in wenigen Jahren nur noch ein einziges Wetter geben würde, das ungefähr so aussah wie das am heutigen Tag. Gewiß wäre das kein Grund zur Freude, hätte jedoch den Vorteil, dass es ein langweiliges Gesprächsthema weniger gäbe auf dieser Welt.

»Jetzt links«, kommandierte Theo.

»Wohin fahren wir eigentlich?«, fragte ich. Dem Blick des Taxifahrers im Rückspiegel konnte ich entnehmen, dass er das auch gerne gewusst hätte.

Doch anstatt meine Frage zu beantworten, verkündete Theo: »Wir sind gleich da.« Anscheinend wollte er mich überraschen.

Wenige Minuten später hielten wir vor einer kleinen Bar in Wilmersdorf. Während Theo bezahlte, beobachtete ich eine schwarzhaarige Frau, die vor der Tür stand und telefonierte. Außer einem engen Lacklederrock, Netzstrümpfen und einer transparenten Bluse, durch die ein schwarzer BH schimmerte, war sie mit nicht viel mehr bekleidet als einem

Paar Pumps, das im Regen glänzte. Dieser Januar mochte zwar einer der wärmsten der letzten fünfhundert Jahre sein, aber ein solches Outfit erschien mir dann doch etwas zu luftig für ein Telefonat auf der Straße. Wenigstens waren die Absätze ihrer Schuhe hoch genug, dass sie keine nassen Füße bekommen konnte. Als sie meine Blicke bemerkte, lächelte sie mich herausfordernd an. Sogleich wurde sie jedoch wieder von ihrem Gesprächspartner abgelenkt.

»Ja, ich bin da, komm doch vorbei. Klar, hundertprozentig. Okay!«, hörte ich sie noch sagen, bevor ich mit Theo das Etablissement betrat, vor dem die Frau stand und telefonierte.

Der Laden war gerammelt voll. Ungefähr zwanzig Männer mittleren Alters drängelten sich in dem winzigen Raum vor dem Tresen, dazwischen tummelten sich ein paar junge Frauen, die auch nicht mehr anhatten als die Schwarzhaarige draußen im Regen. Mir wurde klar, dass es in diesem Lokal ein paar spezielle Angebote gab, die nicht auf der Karte standen. Theo strahlte mich an. Hinter der Bar zapfte eine Frau mit halblangen rotbraunen Haaren ein paar Biere.

»Theo! Schön, dich zu sehen!«, rief sie durch das Gedränge hindurch.

»Hallo, Fiona!«, erwiderte Theo. »Das hier ist mein Freund Henry.«

»Hallo, Henry!« An einigen Stiernacken vorbei konnte ich sehen, dass sie mir zuwinkte. Ich winkte über mehrere Schultern hinweg zurück.

»Macht doch mal Platz!«, verscheuchte Fiona zwei bierbäuchige Schnauzbärte, die Löcher in die Luft starrten und den Tresen blockierten.

Theo bahnte sich einen Weg und ich folgte ihm.

»Wie lange bist du denn schon draußen?«, fragte sie ihn, als wir uns endlich nach ganz vorne durchgekämpft hatten.

»Seit heute Vormittag«, antwortete Theo.

»Oh, là, là, und dann kommst du gleich zu mir?«

»Es gibt eben gewisse Prioritäten.« Theo zwinkerte ihr zu und offenbarte einmal mehr das Dunkle in seiner Nase.

»Verstehe! Zwei Bier?« Während sie zapfte, schaute sie immer wieder aus den Augenwinkeln zu uns herüber und lächelte.

Lüsternes Geplänkel mischte sich mit Zigarettenrauch und dem Duft von Rasierwasser und schwerem Parfum. Obwohl mindestens fünf notgeile Böcke um mich herum von einem Fuß auf den anderen traten und ihre Männerwitze rissen, ohne mich zu beachten, hatte ich das Gefühl, von allen Seiten angestarrt zu werden. Die mussten doch mitkriegen, dass ich nicht hierher gehörte. Aber niemand schien sich an meiner Anwesenheit zu stören. Im Gegenteil. Die Frauen warfen mir provozierende Blicke zu wie die Schwarzhaarige vorhin auf der Straße. Vielleicht war das auch nur das typische Was-hat-ein-Typ-wie-ich-im-Puff-verloren-Gefühl, das wahrscheinlich jeder kennt, der es abgesehen von allerlei moralischen Bedenken nicht als besonders antörnend empfindet, Sex allein als ein Bedürfnis zu betrachten, das durch die Dienstleistungen einer Branche befriedigt werden kann. Vielleicht bin ich auch einfach nur ein hoffnungsloser Romantiker.

»Theo, wo hast du mich hingeschleppt?«, fragte ich, nachdem Fiona uns unsere Biere hingestellt hatte und wir wieder unter uns waren, weil sie sich um die Wünsche anderer Gäste kümmern musste.

»Sei nicht so uncool. Trink erst mal was und rauch einen mit mir, dann wirst du bald lockerer.« Er holte den Joint aus der Tasche und zündete ihn an. »Fiona ist wirklich exquisit«, flüsterte er mir ins Ohr, nachdem er ein paar Mal tief inhaliert hatte.

»Ist das eine von deinen Bekannten, die dir noch einen Gefallen schulden?«

Anstatt zu antworten, reichte er mir den Glimmstängel. Der Grasgeruch breitete sich rasch aus und legte sich über das Duftgemisch um mich herum.

Trotz der vielen Gäste, die auf Getränke warteten, widmete Fiona uns auf einmal wieder ihre ganze Aufmerksamkeit.

Das Lächeln war jetzt allerdings aus ihrem Gesicht verschwunden.

»Theo, könntest du deinem Freund bitte sagen, dass so etwas in meiner Bar nicht geraucht wird.«

Ich stand da mit dem Joint in der Hand wie ein Pennäler, der beim Kiffen auf dem Schulklo erwischt wurde. Theo fing an zu lachen. Einige Köpfe drehten sich zu mir herum. Dieser Laden ging mir langsam gewaltig auf die Nerven.

»Seit wann bist du denn so streng zu deinen Gästen?«, fragte Theo, nahm mir den Joint ab und entfernte vorsichtig die Glut von der Spitze.

»Ich muss einfach aufpassen. Ein paar hysterische Ziegen vom Bezirksamt wollen mir die Konzession entziehen. Die sind der Meinung, es sei sittenwidrig, vorne eine Bar zu betreiben und im Hinterhaus stundenweise Zimmer zu vermieten. Anstiftung zur Prostitution!« Fiona lachte und schüttelte den Kopf über so viel Weltfremdheit in den Amtsstuben. »Die Frauen, die bei mir arbeiten, braucht niemand mehr anzustiften, die haben sich dafür entschieden, ihren Körper zu verkaufen, und das ist ihr gutes Recht, finde ich. Wahrscheinlich hätten diese scheinheiligen Beamtentussis es selbst mal wieder richtig nötig und befürchten nur insgeheim, dass ihre Männer bei mir mehr Spaß haben als bei ihnen zu Hause.« Wenn Fiona sich aufregte, schien jeder Muskel ihres schlanken Halses in Bewegung zu sein. Sie war vermutlich schon über vierzig, doch die Konkurrenz der wesentlich jüngeren Frauen, die vor dem Tresen arbeiteten, brauchte sie nicht zu fürchten.

»Fiona, deine Bar ist eine Institution, die können sie nicht einfach so dichtmachen«, beruhigte sie Theo.

»Wenn das wirklich passieren sollte, dann garantiere ich dir, dass die Sexualverbrechen im Bezirk sprungartig ansteigen. Und jetzt entschuldigt mich bitte.«

Sie lief zum anderen Ende der Theke, wo eine zu stark geschminkte Blondine mit einem schütteren Endvierziger im Schlepptau auf sie wartete. Fiona gab der Frau einen Schlüssel und wünschte dem Mann viel Spaß, woraufhin die beiden unter den neugierigen Blicken aller Anwesenden das Lokal verließen.

»Musst du eigentlich immer jedem Klischee entsprechen?«, nörgelte ich in Theos Ohr.

»Wovon sprichst du?«

»Von dem Exknacki, der die erste Nacht in Freiheit natürlich unbedingt mit einer Frau verbringen muss, und wenn sich nichts anderes ergibt, eben ins Bordell geht.«

»Psst.« Mit übertriebener Geste legte Theo einen Finger auf seine Lippen. »Fiona kann ziemlich ungemütlich werden, wenn man ihre Bar so bezeichnet.«

»Die ganzen Frauen sind wohl nur hier, weil sie ungeheuer scharf darauf sind, mit einem dieser Proleten eine Nummer zu schieben?«

»Immerhin können sie sich aussuchen, wen sie mit aufs Zimmer nehmen. Fiona kassiert lediglich einen Teil der Einnahmen als Miete. Ansonsten ist das hier eine ganz normale Bar.«

»Mein Gott, du klingst ja schon so, als wärst du ihr Pressesprecher! Woher kennst du sie eigentlich?«

»Fiona?«

»Redet ihr gerade über mich?« Fiona, die soeben noch mit einem Typen in Schlips und Anzug geflirtet hatte, dessen Frau womöglich im Bezirksamt daran arbeitete, den Laden dichtzumachen, stand plötzlich wieder vor uns an der Theke. Sie hatte wirklich Talent darin, jedem in der Bar das Gefühl zu vermitteln, dass sie ihm mehr Aufmerksamkeit widmete als allen anderen Gästen. Kokett klimperte sie mit den Lidern. Ihre makellos weißen Zähne strahlten effektvoll zwischen morellenrot bemalten Lippen.

»Ich erkläre meinem Freund Henry gerade, dass wir schon seit vielen Jahren miteinander befreundet sind«, erläuterte Theo.

»Wir haben uns auf Anhieb verstanden«, bestätigte Fiona und beugte sich über den Tresen, als wollte sie Theo ihre

Brüste präsentieren – als kleine Aufmerksamkeit oder aus Erinnerung an die alten Zeiten. »Vielleicht lag das daran, dass wir eine ähnliche Art hatten, unsere Geschäfte abzuwickeln. Theo bezahlte die Mädels mit seinen Pillen und ich die Männer mit dem, nun ja, was Gott mir gegeben hat. Wir brauchten beide kein Geld, um das zu bekommen, was wir wollten.«

»Naturalien gegen chemische Substanzen, verstehe.« Ich verfolgte die unsichtbare Linie von Theos Pupillen zu Fionas Dekolleté.

»Übernimmst du für eine Stunde die Bar?!«, rief Fiona, der sein Blick ebenfalls nicht verborgen geblieben war, einer Kollegin mit gepierctem Bauchnabel zu und angelte sich, ohne eine Antwort abzuwarten, einen Schlüssel vom Brett.

Theo legte seinen Arm um meine Schulter und redete leise, aber bestimmt auf mich ein: »Jetzt steh nicht rum wie bestellt und nicht abgeholt, wir sind hier, um uns zu amüsieren. Verstanden?! Also vertreib dir gefälligst die Zeit mit einem der Mädchen. Wie findest du die Kleine, da in der Ecke? Ich bezahle – alles klar!?« Dann führte er Fiona zur Tür. Neidische Blicke folgten ihnen, bis sie auf der Straße verschwunden waren.

Das kann dauern, dachte ich und schaute auf die Uhr. Es war schon halb zwölf. Ich bestellte noch ein Bier und suchte mir einen Platz an einem Tisch, der sich etwas abseits von der Theke befand. Ich brauchte eine Ecke für mich, um mal durchzuatmen. Erst als ich mich bereits gesetzt hatte, bemerkte ich die Schwarzhaarige von der Straße. Sie hockte auf dem Fußboden und sammelte Lippenstifte, Portemonnaie und eine Haarbürste ein, die aus ihrer Handtasche gefallen waren. Nachdem sie alles wieder verstaut hatte, setzte sie sich mir gegenüber und nahm eine Zigarette aus einem silbernen Etui. Ich gab ihr Feuer. Sie bedankte sich. Ihre Stimme klang tief und rauchig, wie die von Lauren Bacall. Und erneut erschien dieses selbstsichere und herausfordernde Lächeln auf ihren Lippen.

»Lass mich raten, du leidest unter Kaligynephobie und bist nur aus therapeutischen Gründen hier«, sagte sie und blies den Rauch in meine Richtung.

»Kali... was?«

»Kaligynephobie – die Angst vor schönen Frauen.«

»Genau.« Ich konnte meine Überraschung nicht verbergen. Eine Erweiterung meines Vokabulars hätte ich an diesem Ort nicht erwartet. Meine Irritation schien sie zu amüsieren.

»Und du finanzierst dir auf diese Weise dein Psychologiestudium«, erwiderte ich schließlich, um etwas zu sagen und nicht wie ein Depp dazusitzen und sie nur anzustarren.

»Zurzeit mache ich eine Zusatzausbildung als Domina. Falls du also mal jemanden brauchst, der dich fesselt, knotet oder stranguliert ...«

»Besten Dank, damit habe ich bereits Erfahrung.«

Jemand hatte mal versucht, mich mit einem Strick um den Hals an die Decke zu binden. Seitdem war mein Bedürfnis nach Sadomaso-Fesselspielchen, wenn es jemals in meinem Unterbewusstsein existiert haben sollte, ein für allemal gestillt.

»Überleg's dir. Ich bin gut. Ich streichle deine Seele.«

»Bestimmt nicht, aber das Fetisch-Outfit steht dir sicher hervorragend.«

»Na, das ist doch schon ein Anfang.«

»Ein Anfang wovon?«

»Von einem Gespräch, wie es in einer solchen Bar geführt wird. Oder willst du mir erzählen, dass du nur hier bist, weil dein Freund dich mitgebracht hat?«

Vielleicht war es dieses ironische Lächeln, das mich faszinierte, oder ihre selbstbewusste Art, mich herauszufordern. Jedenfalls hatte ich zum ersten Mal seit dem Tod von Alissa das Gefühl, dass eine Frau mich durcheinander brachte. Dass sie eine Nutte war und sich aus geschäftlichen Gründen mit mir unterhielt, spielte dabei nicht die geringste Rolle.

»Ist aus deiner Verabredung von vorhin nichts geworden?«, fragte ich sie direkt.

Doch das ging ihr offenbar etwas zu weit. Statt zu antworten, stellte sie nur fest: »Du bist neugierig, aber unentschlossen, weil du glaubst, ein solcher Laden entspricht nicht deinem Niveau. Stimmt's?«

»Kann sein, und weißt du, was ich noch glaube?«

Sie sah mich erwartungsvoll an.

»Dass du genauso wenig hierher passt wie ich.«

Enttäuscht verdrehte sie die Augen. »Ich hoffe, du entdeckst jetzt nicht deinen Helferkomplex. Die Nummer ist nämlich öde.«

Sie kramte in ihrer Tasche und holte eine silberne Dose heraus.

»Wie heißt du eigentlich?«, fragte ich sie.

»Luzia.«

Aus der Dose nahm sie eine Pille, die so aussah wie die Dinger, die Theo früher produziert hatte. »Darf ich?«

Mit einem Schluck von meinem Bier spülte sie die kleine bunte Kugel runter.

»Das hat Fiona aber gar nicht gerne.«

»So?« Sie strich sich langsam eine schwarze Strähne hinter das rechte Ohr. Dabei benutzte sie mein Gesicht wie einen Spiegel. Sie schaute es an, um die Wirkung ihrer Geste zu überprüfen. Dann reichte sie mir die silberne Dose. »Willst du auch eine? Vielleicht hilft das.«

Ich schüttelte den Kopf. »Lieber nicht, ich leide unter Neopharmaphobie.«

Genervt verzog sie das Gesicht. »Ist es nicht anstrengend, immerzu originell zu sein?«, fragte sie schließlich, warf die Pillendose in ihre Handtasche und stand auf.

Sie zog sich eine enge Lederjacke über, verabschiedete sich von der gepiercten Dame hinter dem Tresen und verließ, ohne sich noch einmal zu mir umzudrehen, die Bar.

Während ich sie dabei beobachtete, wie sie vor der Tür versuchte, ein Taxi anzuhalten, ärgerte ich mich über den Blödsinn, den ich gerade geredet hatte. Doch es gehört wohl zu den Gesetzmäßigkeiten dieser Welt, dass man idiotisches

Zeug von sich gibt, wenn man zum ersten Mal einer Frau begegnet, die einem gefällt. Ihr Job erleichterte die Sache auch nicht gerade. Wie flirtet man mit einer Prostituierten? Obwohl ich das Gefühl hatte, etwas versäumt zu haben, war es irgendwie auch komisch und entbehrte nicht einer gewissen Absurdität, dass ich enttäuscht war, weil sie mich sitzen gelassen hatte. Schließlich hatte ich keinerlei Anstalten gemacht, mit ihr ins Geschäft zu kommen. Und sie war ja nicht hier, um sich zu vergnügen oder jemanden kennen zu lernen, der etwas anderes von ihr wollte, als sich für Bares bei ihr zu erleichtern.

Aber ich konnte einfach nicht aufhören, ihr hinterherzustarren. Wie sie da mit hochgeschlagenem Kragen im Regen zwischen den parkenden Autos auf der Straße stand und ihre schwarzen Haare vom Wind zerzaust wurden. Warum lief ich ihr nicht nach und lud sie auf ein Glas in ein anderes Lokal ein? Weil sie mich ausgelacht hätte. Warum ließ ich mir nicht wenigstens ihre Telefonnummer geben? Sie hatte mich nicht einmal nach meinem Namen gefragt. Warum auch?

Ein Taxi hielt vor der Bar, sie stieg ein und ich schaute noch eine ganze Weile durch die Glastür auf die leere Straße, so lange, bis ein zufriedenes und glückliches Grinsen über mir auftauchte.

»Na, hast du dich gut amüsiert?«, fragte Theo und kicherte mit Fiona im Duett. Offensichtlich hatten sie sich den Joint geteilt.

Ein Vampir im Spiegel

Als ich aufwachte, hatte ich ein Gefiepse im Ohr. Zunächst hielt ich es für eine Wahrnehmungsstörung, die ich auf den zweifellos noch vorhandenen Alkohol in meinem Blut schob. Doch das Geräusch verschwand, wenn ich mir die Ohren zuhielt. Also konnte es nicht in meinem Kopf sein. Ich öffnete die Augen und erblickte zuerst die graue Wolkendecke am Himmel, für die ich an diesem Morgen Gott dankte – ein Sonnenstrahl hätte mich vermutlich zu Staub zerfallen lassen. Dann sah ich den Wecker auf dem Boden neben der Matratze, auf der ich lag. Ein gezielter Schlag – und es hatte sich ausgefiepst. Das war das Gute an der altmodischen Technik, man konnte sie fast im Schlaf bedienen. Dennoch war ich plötzlich hellwach. Ich erinnerte mich, warum ich den Wecker gestellt hatte, obwohl ich mich wunderte, dass ich nach der gestrigen Orgie noch dazu in der Lage gewesen war. Nachdem Theo sich überschwänglich von Fiona verabschiedet hatte, waren wir mit einem Taxi ins *Submarine* gefahren, wo wir den Abend – oder besser: den Morgen – mit allen erdenklichen alkoholischen Getränken, die uns Hannah auf Kosten des Hauses mixte, und mit Erinnerungen an gemeinsam verbrachte Zeiten hatten ausklingen lassen.

Es war bereits zwölf Uhr, als ich von der Matratze aufsprang und ins Bad rannte. In einer halben Stunde war ich mit Hannah verabredet, und ich erinnerte mich noch genau, dass ich ihr vor unserem Abschied im *Submarine* hoch und heilig versprochen hatte, pünktlich zu sein. Ich wusste ja, wie sehr sie es hasste, auf jemanden zu warten.

Ein Blick in den Spiegel verriet mir, dass ich mich nicht nur wie eine Schnapsleiche fühlte, sondern auch so aussah: ein rotes Delta geplatzter Äderchen in den Augen, dunkle Ränder darunter, Krähennestfrisur und so blass wie Klaus Kinski in *Nosferatu*!

Ich stellte mich rasch unter die Dusche und putzte mir beim Kaffeekochen die Zähne. Nebenbei holte ich mir ein schwarzes T-Shirt aus dem Schrank, zog ein armygrünes Sweatshirt mit V-Ausschnitt darüber, schlüpfte – passend zum Wetter – in meine schlammfarbene Jeans und entschied mich für ein dunkelgrau kariertes Secondhandsakko, dessen Ärmel mir etwas zu kurz waren. Den Kaffee trank ich im Flur, während ich mir die Schuhe anzog. Dann warf ich mir einen Schal um den Hals, knöpfte den obersten Knopf des Sakkos zu und verließ kurz vor halb eins die Wohnung.

Selbstverständlich nieselte es, als ich auf die Straße trat. Mit hochgeschlagenem Kragen lief ich an der Synagoge vorbei. Die Polizisten, die sie bewachten, blickten trübsinnig unter den schwarzen Schirmen ihrer in die Stirn gezogenen Mützen hervor. Ich bog in die Tucholskystraße ein, rannte schräg über die Fahrbahn auf einen Laden für koschere Lebensmittel zu und bemerkte den Blick einer jungen Frau mit kurzen roten Haaren, die in einem Café saß. Sie trank einen Espresso, vergaß ihre aufgeschlagene Zeitung und schaute hinter mir her. Vielleicht, dachte ich, während ich weiterhastete, überlebte mein Bild in ihrem Gedächtnis ein paar Sekunden. Vielleicht dachte sie noch an mich, während ich daran dachte, dass sie daran denken könnte. Seltsame Gedanken hatte man manchmal, wenn man aus dem Schlaf gerissen wurde, seinen Kater spazieren führte und die grauen Zellen die Geschwindigkeit nicht mithalten konnten, die der Rhythmus des Lebens einem abverlangte.

Beinahe pünktlich öffnete ich die Tür zu dem Laden, in dem ich mit Hannah verabredet war.

»Da bist du ja«, rief sie mir anstelle einer Begrüßung zu. Sie stand mitten in einem halb dunklen Raum, dessen Wände gefliest waren, vermutlich handelte es sich um eine ehemalige Fleischerei. Die beiden Männer, mit denen sie sich unterhalten hatte, vergaß sie vor lauter Aufregung vorzustellen.

Den einen kannte ich, Ulli, ein Barkeeper aus dem *Oxymoron*. Hannah hatte gestern erzählt, dass sie sich gemeinsam mit ihm selbstständig machen wollte. Ich vermutete, dass die Beziehung der beiden nicht nur geschäftlich war, auch wenn ich dafür keinerlei Beweise hatte. Doch bereits der Verdacht genügte, dass ich ihn nicht mochte, genauso wenig wie all die anderen Typen, mit denen Hannah einmal etwas gehabt hatte. Obwohl die Affäre zwischen Hannah und mir nur sehr kurz gewesen war und bereits über ein Jahrzehnt zurücklag, war ich immer noch eifersüchtig, wenn sie einen anderen Liebhaber hatte. Es war zwar albern, aber ich glaube, Theo ging es ganz ähnlich.

Der zweite Mann war Mitte vierzig und nicht sehr groß. Er pflegte einen Dreitagebart, dessen Haare in etwa so lang waren wie die grauen Stoppeln, die sich in geordnetem Rückzug zu seiner hinteren Schädelhälfte befanden. Wahrscheinlich rasierte er sich zweimal pro Woche rundum. Seinen Bauch versteckte er unter einem weiten gelb-grünen Hemd, das er über eine kunstvoll zerschlissene Jeans gezogen hatte. Seine Füße steckten in orangenen Turnschuhen, die teuer aussahen. Mehrere Ringe zierten seine fleischigen Ohren. So wirkte er wie ein Berufsjugendlicher, der nicht bemerkte, dass er sich langsam, aber sicher zu einer Karikatur seiner selbst entwickelte. Ich meinte mich zu erinnern, ihn schon einmal gesehen zu haben. Einer von diesen selbsternannten Stars der neuen Party-Szene, glaubte ich, die in den Clubs von Berlins Mitte den letzten Rest vom Erbe der Subkulturen verscherbelten. Ich nickte ihm und Ulli kurz zu, während Hannah mich bereits durch die Räume führte. Ihr halblanges Haar hatte sie nachlässig mit zwei Gummis zu Zöpfen gebunden, die wie kastanienbraune Staubwedel vor meiner Nase tanzten.

»Na, wie findest du das?«, wollte sie wissen, fuhr jedoch, ohne eine Antwort abzuwarten, sogleich fort: »Du musst dir natürlich vorstellen, dass diese Wand hier durch eine Plexiglasscheibe ersetzt wird, durch die man einen wunderbaren Blick auf den Danceroom hat.« Sie führte mich nach hinten, in den größten der Räume, der sicher einmal als Lager für

Schweinehälften und Rinderviertel gedient hatte. »Hierher kommt der Tresen, da drüben werden wir ein paar Schalensessel und Plastiktische hinstellen. In die Decke soll ein ovaler Spiegel eingelassen werden. Die Wände bemalt ein Künstler mit Jugendstilornamenten. Verstehst du? Die Playboy-Ästhetik der Siebziger kombiniert mit Elementen der Salonkultur der zwanziger Jahre.«

»Interessant«, murmelte ich und rieb mir das Kinn.

»Mehr hast du dazu nicht zu sagen, du verdammter Ignorant?«, rief sie aufgebracht. »Ich dachte, du würdest vielleicht begeistert sein, mich ermutigen, Fragen stellen, Zweifel äußern, was weiß ich! Was glaubst du eigentlich, warum ich dich bei der Besichtigung dabeihaben wollte?«

»Hannah, entschuldige, schalte doch bitte mal einen Gang runter. Damit ich eine Chance habe, hinterherzukommen. Ich bin eben erst aufgewacht.«

»Ach Gott, ja!« Mit gespieltem Mitleid sah sie mich an. »Du siehst wirklich beschissen aus.« Ihr rechter Nasenflügel vibrierte – ein untrügliches Zeichen dafür, dass sie ziemlich geladen war.

Ulli, der uns mit dem Mann, den ich nicht kannte, inzwischen gefolgt war, grinste mich an.

»Und wer hat die Drinks gemixt, die mich so zugerichtet haben?«, fragte ich.

Aber Hannah war inzwischen derart in Fahrt, dass sie nichts und niemand mehr stoppen konnte. »Ich kenne Typen, die trinken zehn, ach was, zwanzig davon und niemand merkt ihnen am nächsten Morgen – ich betone: Morgen! – etwas an.«

»Tut mir Leid, dass ich so ein Schlappschwanz bin.« Ich verließ den Raum, ohne ein weiteres Wort zu verlieren.

»Ja, verpiss dich, dann kannst du wieder in Ruhe um dich selbst kreisen! Das ist ja wohl deine Lieblingsbeschäftigung!«, hörte ich Hannah noch hinter mir toben.

Wütend schmiss ich die Tür hinter mir zu. Ich fühlte mich ungerecht behandelt, aber es tat mir auch weh, Hannah so stehen zu lassen. Ihre Nervosität und Dünnhäutigkeit überraschten mich allerdings. Von Theo und mir war sie einiges gewöhnt. Und normalerweise war es eigentlich nicht ihre Art, so schnell die Fassung zu verlieren. Bislang hatte sie kaum von ihrem zukünftigen Club gesprochen. Und ich hatte nicht nachgefragt, weil ich das Gefühl hatte, dass sie selbst damit anfangen musste. So war es gewiss auch ein Beweis ihrer Nähe und ihres Vertrauens, dass sie mich bei der Besichtigung dieser Räume hatte dabeihaben wollen.

Einen Augenblick blieb ich stehen und überlegte, ob ich umkehren und mich bei ihr entschuldigen sollte, lief dann aber doch weiter und nahm mir vor, mich künftig mehr um sie zu kümmern.

Als ich das Café betrat, war die rothaarige Frau, die mich vorhin durch die Fensterscheibe beobachtet hatte, nicht mehr da. Nur ihre leere Espressotasse stand noch auf dem Tisch. Die Zeitung, in der sie geblättert hatte, lag zusammengefaltet daneben. Ich setzte mich auf den Stuhl, auf dem sie gesessen hatte und schaute auf die regennasse Straße. Vielleicht entdeckte ich ja meine Seele, die mir folgte, weil sie mit dem Tempo meiner äußeren Hülle an diesem Vormittag nicht mithalten konnte. Ich bestellte Toast mit Käse und einen Milchkaffee. Ein paar Touristen mit Basekaps und bunten Schirmen huschten am Fenster vorbei.

Bevor der Kaffee kam, klingelte mein Mobiltelefon. Eigentlich rechnete ich mit einem Anruf von Alexa – wegen der Wohnung, die ich gestern hatte besichtigen wollen. Der Drehtermin rückte näher. Aber es war eindeutig Theos Bariton, der da noch etwas verkrächzt, als hätte er heute Morgen mit Whisky gegurgelt, aus der Ohrmuschel schnarrte.

»Henry?«

»Morgen, Theo, wie fühlt man sich nach einer durchzechten Nacht?«

»Du musst unbedingt herkommen!«

»Was ist denn los?«

Seine Stimme klang trotz des versoffenen Timbres irgendwie verhalten und beinahe wehleidig. »Du musst unbedingt herkommen!«, wiederholte er.

»Okay«, sagte ich. Schließlich befand sich die Wohnung seines Vaters gleich um die Ecke. »Lass mich nur erst zu Ende frühstücken. In einer halben Stunde bin ich da.«

»Henry, ich will dich nicht unter Druck setzen, aber es ist etwas passiert.«

»Und du willst nicht am Telefon darüber sprechen.«

»Nein!«

»Du kannst einem ja richtig Angst machen. Also gut, ich bin gleich bei dir.«

Ich nahm noch einen Schluck von dem Milchkaffee, der gerade gebracht wurde, belegte eine Toastscheibe mit Käse, klappte die andere darauf, bezahlte und ging.

Meine Seele hatte sich immer noch nicht blicken lassen. Wahrscheinlich zog sie es vor, bei diesem Wetter im Bett zu bleiben. Das hätte der Rest von mir auch gerne getan. Stattdessen stand er nun vor der Tür in der Auguststraße, würgte den letzten Bissen von dem trockenen Toast herunter und drückte auf den Klingelknopf.

Theos Kopf erschien im Türspalt. Er hatte eine ähnliche Strubbelfrisur wie der Typ, den ich heute Morgen im Spiegel gesehen hatte. Auch die Blässe in seinem Gesicht kam mir irgendwie bekannt vor.

»Gott sei Dank!«, sagte er und ließ mich herein. In der Hand hielt er ein Wasserglas, auf dessen Boden eine Tablette zerfiel.

»Wo brennt's denn?«

Statt zu antworten führte er mich ins Wohnzimmer. Auf dem Tisch lagen noch das Fotoalbum, die Polaroidkamera und die Bilder, die Theo von Hannah und seinem Vater beim Tanzen gemacht hatte. Daneben standen eine fast volle Flasche Bier und ein Aschenbecher mit einer angerauchten Zigarre auf der Ablage. Obwohl es draußen nicht gerade hell war, wirkte die Wohnung bei Tageslicht noch verstaubter, vergilbter und vergammelter als gestern Abend.

Theo sagte noch immer nichts. Er nickte nur kurz in Richtung des Sofas, auf dem sein Vater bei unserem Abschied gelegen hatte.

»Soll ich dir beim Aufräumen helfen?«, fragte ich schließlich, um ein bisschen voranzukommen.

»Er ist weg«, sagte Theo, schüttelte das Glas und blickte traurig und abwesend in die trübe Flüssigkeit.

»Wer?«

»Mein Vater.«

»Und wo ist er?«

»Keine Ahnung.«

So ratlos hatte ich Theo noch nie gesehen. Als er mich anschaute, kam ich mir vor wie ein Internist, von dem eine schicksalsentscheidende Diagnose erwartet wurde. Dabei war ich eigentlich derjenige, der Fragen stellen sollte, fand ich.

»Vielleicht hatte er einen Termin«, versuchte ich ihn zu beruhigen. »Sicher wollte er dich heute Morgen nicht wecken.«

Statt etwas zu erwidern, führte Theo mich ins Schlafzimmer. Als ich den Raum betrat, stieß ich mit dem rechten Fuß gegen eine leere Schnapsflasche, die daraufhin unter das Doppelbett rollte. Die Türen des Kleiderschranks standen weit offen. Hosen, Hemden, Jacken, Strümpfe lagen durcheinander auf dem ungemachten Bett. Der Inhalt mehrerer Schubfächer war auf dem Fußboden verteilt worden. Eine Nachttischlampe war heruntergefallen und zu Bruch gegangen, ebenso ein Bild von Theos Mutter.

Theo hob es auf und entfernte das zersprungene Glas aus dem Rahmen.

»Hier sieht's ja wüst aus«, stellte ich überflüssigerweise fest.

»Es ist meine Schuld«, sagte Theo und stellte das Bild zurück auf den Nachttisch.

»Ich glaube, ich kann dir nicht ganz folgen.«

»Das Manuskript ist auch verschwunden.«

»Dein Buch, von dem du mir gestern erzählt hast?«

Er nickte und nahm einen Schluck aus dem Glas, das er immer noch wie einen Drink in der Hand hielt.

»Dann ist doch alles klar! Dein Vater sitzt in irgendeinem Café um die Ecke, genehmigt sich ein Katerfrühstück und liest sich dabei an deinen Jugenderinnerungen fest.«

»Ich habe es ihm gegeben, damit er weiß, was ich getan habe und warum.«

»Das wird ihn sicher interessieren.«

Ich ging zurück in den Korridor und machte Anstalten, die Wohnung zu verlassen. Schließlich hatte ich heute noch einiges vor.

Doch Theo schüttelte energisch den Kopf und wirkte auf einmal so aufgelöst wie die Tablette in seinem Glas. »Das würde er niemals tun«, sagte er. »Nie!«

»Was?«

»Einfach so zu verschwinden.«

»Theo, ich weiß nicht, wie lange du wach bist, aber er kann höchstens ein paar Stunden weg sein. Kein Grund also, sich Sorgen zu machen.« Ein Blick in das Schlafzimmer ließ jedoch leichte Zweifel an meinen eigenen Worten aufkommen.

»Er würde niemals das Bild von meiner Mutter auf dem Fußboden liegen lassen.«

»Worauf willst du eigentlich hinaus?«

Theo schluckte den letzten Rest der aufgelösten Tablette und sagte voller Überzeugung: »Er ist nicht freiwillig gegangen.«

»Ehrlich gesagt, weiß ich noch immer nicht, was du damit sagen willst.«

»Dass er entführt wurde! Das ist doch offensichtlich.« Langsam wurde er ungeduldig. Eine solche Begriffsstutzigkeit hatte er von mir wohl nicht erwartet.

»Von wem und weshalb?«

»Von den Leuten, die etwas dagegen haben, dass mein Buch erscheint und dass ich wieder auf freiem Fuß bin. Da hat jemand unwahrscheinliche Angst. Oder glaubst du, es ist

Zufall, dass so etwas passiert – einen Tag, nachdem ich entlassen wurde?« Indem er wieder den Kopf schüttelte, beantwortete er seine Frage gleich selbst.

Theos Entführungsthese schien mir zwar ganz in der Tradition paranoider Verschwörungstheorien zu stehen und durchaus etwas mit den geistigen Getränken zu tun zu haben, die er gestern zu sich genommen hatte. Trotzdem versuchte ich pro forma darauf einzugehen. Was tut man nicht alles für seinen besten Freund.

»Ich weiß zwar nicht, was du geschrieben hast, aber es muss schon ziemlich brisant sein, wenn im Vorfeld der Veröffentlichung Schlafzimmer durchwühlt und Leute entführt werden.«

»Sie wollen mich unter Druck setzen. Bislang hatten sie nichts in der Hand, aber nun ...«

Sie! Ich hatte es befürchtet. 3. Person Plural – bevorzugt verwendet von Leuten, denen der sanfte Kuss der Paranoia den Geist verwirrt hatte!

»Wen hast du denn eigentlich konkret in Verdacht?«, fragte ich vorsichtig.

»Diese Arschgeigen können was erleben!«, erklärte Theo aufgebracht. »Mein Vater hat genug durchgemacht in seinem Leben. Das ist nicht fair, dass er auch noch Rechnungen bezahlen soll, die ich mit ein paar Idioten in dieser Stadt offen habe.«

»Wie wär's, wenn du erst mal einen Kaffee kochst und mir genau erzählst, worum es geht?«

Die dunkle Flüssigkeit dampfte in unseren Tassen. Theo rauchte eine Zigarette und hatte sich inzwischen etwas beruhigt. »Es war kein Zufall, dass die Bullen mich damals gekriegt haben. Eigentlich hatte ich mein kleines Labor längst dichtgemacht und mit der Pillendreherei aufgehört. Nach der großen Euphorie folgte wie immer der Kater. Und langsam zeigte sich, dass das Zeug nicht so harmlos war, wie anfangs alle dachten. Also wollte ich einen Schlussstrich ziehen. Aber Kässens und Jakubowski haben mich unter Druck gesetzt. Irgend so ein Riesenravespektakel stand an und sie brauchten etwas Zeit. Sie wollten sich nach einem neuen Hersteller umsehen, der billigere Ware lieferte als die Holländer und bessere als die Polen. Das sei ich ihnen schuldig, meinte Kässens, nachdem er mir das Zeug regelmäßig zu einem guten Preis abgenommen habe, und Jakubowski sparte nicht mit indirekten Drohungen. Nicht dass mich diese Flachwichser einschüchtern konnten, doch schließlich ließ ich mich überreden, einen allerletzten Posten zu liefern. Natürlich dachte ich auch an das Geld.«

Kässens und Jakubowski! Irgendwo hatte ich diese Namen schon mal gehört. Allerdings wusste ich nicht mehr in welchem Zusammenhang. Und Theo wollte ich im Augenblick nicht unterbrechen.

»Kaum hatte ich das Zeug produziert, standen die Jungs von der Drogenfahndung bei mir auf der Matte, verstehst du?« Er kniff die Augen zusammen, dass nur noch zwei schmale Schlitze übrig blieben. »Die haben mich auf dem silbernen Tablett serviert – wie ein verdammtes Spanferkel. Ihre Läden waren wegen diverser Drogengeschichten in die Schlagzeilen geraten. Von wegen: ›Let the sunshine in your heart‹. Für einige Partyfreaks war die viel gepriesene Friede-Freude-Eierkuchen-Bewegung inzwischen zu einer Reise ins Herz der Finsternis geworden. Kässens und Jakubowski brauchten jemanden, dem sie den ganzen Dreck in die Schuhe schieben konnten, damit sie selbst als Saubermänner dastanden, jemanden, der nicht direkt aus der Szene kam, weil sonst eventuell etwas hängen geblieben wäre. Mit anderen Worten: Sie brauchten einen Idioten wie mich.«

Ich erinnerte mich an Zeitungsberichte, in denen Theo nach seiner Festnahme als Obermafioso der Technoszene dargestellt worden war, als skrupelloser Verführer, der minderjährige Technokids süchtig gemacht hatte mit seinen Pillen, um an das Geld ihrer hart arbeitenden Eltern zu kommen. Wenn es stimmte, dass man Theo als Buhmann gebraucht hatte, als Blitzableiter für den angestauten Volkszorn, dann war das Konzept voll aufgegangen. Außerdem wusste ich jetzt, woher ich die Namen Kässens und Jakubowski kannte – aus den Lokalspalten der Tagespresse. Die beiden hatten in den Neunzigern den richtigen Riecher gehabt und die Technokultur im großen Stil vermarktet. Inzwischen gehörten ihnen eine Menge Clubs und sie trieben sich mit Vorliebe auf solchen Banketts rum, auf denen sich vor allem pomadige Edelfriseure, konservative Stadtpolitiker, Serienstars ›zum Anfassen‹ und abgetakelte Kleinkunstdiven mit Champagnergläsern zuprosteten.

Theo drückte seine Zigarette aus, zündete sich die nächste an und goss Kaffee nach. Sein linker Fuß tippte nervös auf das schmierige Linoleum in der Küche.

»Ich weiß nicht«, sagte ich und nahm noch einen Schluck von Theos Koffeindröhnung, obwohl sich mein Magen schon nach der ersten Tasse beschwert hatte. »Wenn ich dich recht verstehe, dann vermutest du, dass Kässens und Jakubowski deinen Vater samt Manuskript entführt haben, um zu verhindern, dass gewisse Wahrheiten über ihre damaligen Drogengeschäfte an die Öffentlichkeit gelangen, die ihren Ruf schädigen könnten. Klingt irgendwie ziemlich abenteuerlich, findest du nicht? Da wäre es doch irgendwie logischer, wenn sie einfach nur das Manuskript geklaut, deinen Verleger eingeschüchtert oder dir ein lukratives Angebot gemacht hätten, unter der Bedingung, dass du auf die Veröffentlichung verzichtest.«

Theo sah nicht so aus, als ob er meiner Logik folgen konnte. »Erstens leben wir im Computerzeitalter«, stellte er betont sachlich fest. »Da werden Texte im Allgemeinen auf Festplatten oder Disketten gespeichert. Zweitens hat mein Verleger tatsächlich anonyme Drohbriefe erhalten, nachdem das Buch im Verlagsprospekt angekündigt worden ist. Und drittens wissen Kässens und Jakubowski ganz genau, dass ich ihnen ins Gesicht lachen würde, wenn sie versuchten, mein Schweigen zu erkaufen.«

»Gut, dann ruf die Polizei an!« Ich legte mein Mobiltelefon auf die zerkratzte Sprelacartplatte des Küchentischs. »Wenn du wirklich davon überzeugt bist, dass Kässens und Jakubowski etwas mit dem Verschwinden deines Vaters zu tun haben, solltest du nicht zögern, die Kripo einzuschalten.«

»Danke für den Tipp. Du weißt ganz genau, dass die mich für verrückt halten würden.«

Bevor ich etwas erwidern konnte, klingelte das Telefon, das auf dem Tisch lag. »Entschuldige!«

Es war Alexa. Sie machte Druck wegen der Wohnung für den Balkonsex mit Hintergrund.

»Tut mir Leid«, sagte ich zu Theo. »Ich muss noch ein bisschen arbeiten. Vielleicht solltest du einfach noch etwas abwarten. Manchmal klärt sich alles von selbst. Ansonsten weißt du ja, wie du mich erreichen kannst.«

Ich steckte mein Telefon wieder ein und hatte heute schon zum zweiten Mal das Gefühl, einem meiner besten Freunde nicht genügend Aufmerksamkeit gewidmet zu haben. Vielleicht war ich wirklich auf dem besten Weg, einer von diesen superhippen Unverbindlichkeitsaktivisten zu werden, jemand, der ausschließlich um sich selbst kreist – wie Hannah so schön bemerkt hatte –, der durch den Tag hetzt, während seine Seele immer öfter auf der Strecke bleibt.

Luzia

Eines stand fest: Ich brauchte ein Bier! Das schien langsam zur Gewohnheit zu werden. Anstatt nach dem gestrigen Abend den heiligen Eid der Abstinenzler zu schwören – zumindest vorübergehend –, lehnte ich schon wieder am Tresen und sehnte mich nach einem Glas, an dem ich mich festhalten konnte.

Fiona schien mich nicht wieder zu erkennen. Sie lächelte routiniert, als ich endlich dazu kam, meine Bestellung aufzugeben. Vielleicht lag es daran, dass ich jetzt allein war – ohne Theo. So war mein Gesicht nur eines unter vielen in der Meute, die sich vor ihrem Tresen drängelte. Diesmal gab es nichts zu entschuldigen und nichts zu erklären. Niemand hatte mich ohne Vorankündigung in diese Bar geschleppt. Ich war ganz von allein in mein Auto gestiegen und durch die halbe Stadt gefahren – aus den gleichen Gründen wie die anderen hier.

Dabei war der Tag nach dem etwas chaotischen Auftakt doch noch ganz erfolgreich verlaufen. Ich hatte den Mieter der Balkonwohnung in der Dircksenstraße angetroffen – einen arbeitslosen Feinmechaniker (wie sein Besserwissernachbar vermutlich ein Relikt mit Mietvertrag aus DDR-Zeiten), dem jede Art von Nebeneinkünften gerade recht kam. »Schwarz auf die Kralle!« Meinetwegen so schwarz wie der Filterkaffee, den er gekocht hatte. Nach einer halben Tasse waren wir uns über die Summe einig geworden und hatten den Vertrag nach alter Schwarzarbeitersitte per Handschlag besiegelt. Ein Mann, ein Wort! Darauf einen Schluck Kaffee!

Hinterher hatte ich noch ein paar Fotos von dem Balkonzimmer und dem Ausblick gemacht, der an diesem Tag – wie überall in dieser Stadt – eher trüb war, und mich mit einem weiteren Handschlag verabschiedet. Wie wunderbar unkompliziert war doch die Arbeiterklasse! Die zwei Stunden, in denen der Film beim Schnellservice entwickelt wurde, hatte ich in einem dieser sündhaft teuren Lokale verbracht, die wie die Pilze aus dem Boden schossen – mit unfreundlichen Kellnerinnen, seltsamen Pastagerichten und pseudomediterranen Wandbemalungen.

Danach war ich zu Alexa in die Agentur gefahren. Die Fotos hatten sie nicht gerade vom Hocker gerissen. »Mein Gott, da müssen die Ausstatter ja das ganze Mobiliar auswechseln und zwei Tage lang renovieren. Hoffentlich ist das Parkett wenigstens in Ordnung.« In Anbetracht fehlender Alternativen bekam ich jedoch meine Provision sowie einen weiteren Auftrag. So schnell wie möglich sollte ich eine Villa in Zehlendorf für einen Ehemann-bringt-Ehefrau-zwecks-Erbschaft-um-die-Ecke-Thriller auftreiben.

Am Abend hatte ich versucht, Theo zu erreichen. Ohne Erfolg. Als ich auf dem Weg hierher an der Wohnung seines Vaters vorbeigefahren war, hatte kein Licht gebrannt. Ich konnte nur hoffen, dass inzwischen alles wieder in Ordnung war und er mit seinem Dad in der Kneipe saß, um auf den Schreck einen zu kippen. Doch da blieb so ein unbestimmtes Gefühl. Ich kannte Theo zu gut. Er war nicht gerade ein Meister im Abwarten-und-Tee-Trinken. Immer noch machte ich mir Vorwürfe, dass ich ihn allein gelassen hatte mit seiner Paranoia und dem verwüsteten Schlafzimmer. Wenigstens beim Aufräumen hätte ich ihm helfen können. Vielleicht hätte das seine verwirrten Gedanken auch wieder etwas geordnet.

»Ein Bier! Bitte schön.« Fiona stellte das Glas ab, nicht ohne mir einen ihrer einladenden Blicke zuzuwerfen, die sie als Appetitanreger großzügig in der Runde verteilte.

Die anderen Damen standen entweder im hinteren Bereich der Bar und versuchten angestrengt Blickkontakte mit den Gästen herzustellen, oder sie mischten sich direkt unter die Männer, die meistens zu zweit waren, nach jedem Satz grinsten und wie schüchterne Pennäler eine Zigarette nach der anderen rauchten. Die Frauen, das hatte Theo mir gestern noch erläutert, durften ein Gespräch, aus dem eine Geschäftsbeziehung entstehen konnte, nur provozieren, indem sie ihren Charme spielen ließen oder die sabbernde Meute mit ihren geschickt in Szene gesetzten körperlichen Reizen aufgeilten. Sämtliche Details mussten später im Zimmer geklärt werden. Fiona achtete streng darauf, dass ihre unausgesprochenen Spielregeln eingehalten wurden. Wie bei einer simulierten Grundsituation in einem Rollenspiel waren die Männer dazu aufgefordert, die Frauen selbst anzusprechen, und konnten sich bei Nichtgefallen sogar einen Korb holen. Zumindest theoretisch. Das sollte es jedem Durchschnittsfreier erleichtern, sich einzureden, die Dame, die er sich ausgesucht hatte, wolle es genauso wie er und das Geld sei eigentlich nur Nebensache. Fiona betrachtete es wohl als lebensnotwendige Imagepflege, alles zu tun, um diesen Mythos zu nähren. Nachdem sie gestern mit Theo aus dem Zimmer zurückgekehrt war, hatte ich mitbekommen, wie sehr sie sich darum bemühte, das Gerücht in der Runde zu verbreiten, egal, wie viel sie hinter der Theke zu tun hätte, wenn ein schicker Kerl mit breiten Schultern vorbeikäme und etwas von ihr wollte, müsse sie einfach mit ihm gehen, weil ihr Sex so viel Spaß mache – wie übrigens allen Frauen, die in ihrer Bar täglich arbeiteten. Womit sie sicher einigen Herren zu etwas mehr Spannung in der Hose verholfen hatte – und mir zum Anblick des breitesten Theogrinsens der Saison.

Allerdings konnte ich mir vorstellen, dass in Zeiten, in denen das Geschäft schlecht lief, die Arbeitsmoral in ihrer Bar zu sinken drohte. An diesem Abend sah jedenfalls keine der Frauen so aus, als würde sie einen Sumo-Ringer mit Hasenscharte von der Bettkante stoßen.

Eine blonde Russin mit pinkfarben bemalten Lippen bedankte sich mit geübtem Wimpernschlag, nachdem ich ihr ihre demonstrativ aus der Schachtel gezogene und in Zeitlupe vor meinen Augen in den Mund gesteckte Zigarette angezündet hatte. Nicht zu rauchen ist in diesem Gewerbe mit Sicherheit geschäftsschädigend. Danach schaute sie mich an, als hätte ich mit dieser ungewöhnlich zuvorkommenden Geste ihr Herz im Sturm erobert. Sogar ich hatte bei dieser Flaute noch gute Chancen. Wer hätte das gedacht?

Weil sie nicht von meiner Seite wich, fragte ich nach ihrem Namen.

Sie sagte: »Irina.«

In dem Moment entdeckte ich Luzia.

Sie kam in die Bar und lief schnurstracks zum Tresen, wobei sie die Menge davor teilte wie Moses das Rote Meer.

»Und wie heißt du?«, fragte mich Irina in gebrochenem Deutsch. Ich hatte bereits vergessen, dass sie neben mir stand.

»Henry«, antwortete ich, während ich beobachtete, wie Luzia einen Zimmerschlüssel auf den Tresen legte, den Fiona sogleich an das Brett hinter der Theke hängte. Ohne dass sie etwas sagte, bekam Luzia einen Kaffee hingestellt. Sie zog eine Zigarette aus der Tasche und zündete sie selbst an. Offenbar gönnte sie sich nach dem Dienst am Kunden eine kleine Pause.

Ein etwas zu gut gebräunter Mittvierziger mit Aknenarben, getönten Gläsern im goldenen Brillengestell und grauen Strähnen im halblangen Haar interessierte sich für Irina. An seinen Schneidezähnen glänzten Goldkronen. Die Ärmel seines Hemdes hatte er hochgekrempelt, damit man seine protzige Armbanduhr sehen konnte, die selbstverständlich ebenfalls golden war – wie wohl jeder metallene Gegenstand, den er an seinem Körper trug. Ich bestellte noch ein Bier bei Fiona. Der Goldknabe konnte sich ein Siegerlächeln nicht verkneifen. Offenbar hielt er es für ein Zeichen seines unwiderstehlichen Charmes, seines guten Geschmacks, seines noch immer fantastischen Aussehens und seines zur Schau gestellten Wohlstandes, dass er Irinas Aufmerksamkeit auf sich ziehen konnte, obwohl sie mit einem wesentlich jüngeren Mann im Gespräch gewesen war – wenn man unseren stockenden Wortwechsel mal so bezeichnen wollte. Obwohl ich bereits etwas abseits stand und auf mein Bier wartete, konnte ich hören, wie Irina auch ihn nach seinem Namen fragte.

»Ick bin der Jochen und woher kommst du?«

»Na, heute ganz allein hier?« Spöttisch musterte mich Luzia von der Seite. Sie trug dieselbe Arbeitskleidung wie gestern Abend: knapper Lederrock, transparente Bluse, schwarzer BH, High Heels und Netzstrümpfe.

»Aus therapeutischer Sicht sicher ein Fortschritt«, entgegnete ich.

»Gratuliere.«

»Allerdings könnte es sein, dass meine privaten Beziehungen darunter leiden.«

Sie inhalierte den Rauch ihrer Zigarette und schaute mich fragend an. Zum ersten Mal hatte ich das Gefühl, dass sich so etwas wie ein rein persönliches Interesse bei ihr regte.

»Es gibt ein paar Menschen, um die ich mich kümmern sollte, statt hier herumzustehen und mich mit Frauen zu unterhalten, die sich für ihre Gesellschaft bezahlen lassen.«

Fiona brachte mein Bier.

Während ich das Geld auf den Tresen legte, bemerkte ich, wie sie mit Luzia einen kurzen Blickwechsel hatte, der ungefähr so viel bedeutete wie: »Na, wie läuft's?« – »Keine Ahnung, seltsamer Typ!«

»Vielleicht solltest du dich erst mal um dich selbst kümmern, damit ist meistens auch den anderen geholfen«, ging Luzia wieder zur verbalen Kommunikation mit mir über. »Möglicherweise glaubst du ja auch nur, dass dich andere brauchen, weil du jemanden brauchst, der dich braucht.«

»Klingt kompliziert, aber vielleicht hast du Recht.«

»Bestimmt.«

Irina ließ sich von Fiona einen Zimmerschlüssel geben und verschwand mit dem Goldknaben im Schlepptau aus der Bar.

»Fionas Steuerberater!«, erläuterte Luzia, die meinem

Blick gefolgt war. »Spielt gerne den Playboy und kommt immer nur, wenn ein neues Gesicht in der Bar auftaucht. Er hat da so seine Grundsätze und schläft angeblich nie zweimal mit derselben Frau – vermutlich ein Überbleibsel aus seligen 68er-Tagen.« Sie lachte und pustete in ihren Kaffee. »Es ist schon komisch, wenn er vor dem Vögeln so tut, als würde er dir ein paar Scheine zustecken, damit du dir was Schönes zum Anziehen kaufen kannst, und nicht etwa, weil er es nötig hätte, dafür zu bezahlen.«

Ich spürte, wie mir der Gedanke daran, dass Luzia mit diesem Möchtegern-Playboy im Bett gewesen war, einen Stich versetzte, und versuchte, dieses idiotische Gefühl zu unterdrücken. Wenn ich bereits anfing, auf ihre Kunden eifersüchtig zu werden, war ich auf bestem Wege, den Verstand zu verlieren. Nervös kramte ich nach einer Zigarette und diesmal war es Luzia, die mir Feuer gab.

»So«, sagte sie und trank ihren Kaffee aus. »Dann werde ich mal wieder etwas Geld verdienen.«

Ich betrachtete den Lippenstift am Rand ihrer Tasse und hörte mich fragen: »Wie viel?«

»Bitte?« Luzia lächelte irritiert und sah mich an, als hätte sie nicht richtig verstanden. Dabei war ich mir vollkommen sicher, dass sie genau wusste, was ich meinte.

»Wie viel kostet es, mit dir auf ein Zimmer zu gehen?«

Entschlossen schaute ich ihr in die Augen, um den Eindruck zu vermeiden, ich könne es nicht ernst meinen. Ich war ohne Vorsätze hierher gekommen. Ich hatte nur gewusst, dass ich Luzia wiedersehen wollte. Dann war alles ganz schnell gegangen. Mir blieb nicht einmal genügend Zeit, um mich über mich selbst zu wundern. Und jetzt war es sowieso zu spät, einen Rückzieher zu machen.

Luzia blies den Rauch ihrer Zigarette in meine Richtung, als bräuchte sie etwas, hinter dem sie sich verstecken konnte, nachdem ihre Maske aus Selbstsicherheit, Ironie und professionell inszenierter Erotik verrutscht war.

»Zweihundert Mark die Stunde«, sagte sie unentschlossen,

als wäre sie die Kundin und müsste noch überlegen, ob sie sich auf das Angebot einlassen sollte.

»Einverstanden, dann lass uns verschwinden!«

Das *Submarine* war brechend voll. Junge Menschen mit hochgeschobenen Ray-Ban-Sonnenbrillen und Turnschuhen von Prada drängelten sich um die Barhocker. Vermutlich hatten ein paar Straßen weiter mehrere Touristenbusse gehalten. Hannah rannte hinter der Bar hin und her und hatte alle Hände voll zu tun. Doch das war gewiss nicht der einzige Grund, weshalb sie mich kaum beachtete. Ein flüchtiger Blick und ein kaum wahrnehmbares Nicken, das war alles.

Axel brachte mir ein Beck's, das ziemlich lauwarm war, weil die Flaschen schon verkauft wurden, bevor sie im Kühlschrank richtig kalt werden konnten. Das *Submarine* gab es seit zirka zwei Jahren. Auf den Namen war Axel wohl gekommen, weil sich der Laden im Souterrain befand. Die relaxte Club-Lounge-Atmosphäre, die hier herrschte, wirkte wie ein entspannter Gegenentwurf zu dem angestrengten Trend-Gehechel, das die Szene beherrschte. In der Regel konnte man hier in aller Ruhe etwas trinken und bei angenehmer Musik den Abend mit Stil ausklingen lassen.

Ich hatte mir gerade einen Platz in einer Ecke erkämpft, gedankenverloren an dem lauwarmen Flaschenbier genippt und mir eine Zigarette angezündet, als das Mobiltelefon in meiner Innentasche ertönte.

Genau das hatte ich befürchtet, bevor ich mir dieses Ding zugelegt hatte. Man gibt damit eine Freiheit auf, die gar nicht hoch genug eingeschätzt werden konnte: die Freiheit, unerreichbar zu sein und ungestört seinen Gedanken nachhängen zu können. Natürlich hat so ein Gerät auch einen Knopf zum Ausschalten. Aber wer ist schon in der Lage, damit umzugehen? Wozu beult einem das Teil die ganze Zeit die Tasche aus, wenn es keinen Mucks von sich geben kann? Wenn ich mir vorstellte, dass es hätte läuten können, während Luzia und ich …

Als ich das Telefon ans Ohr drückte, vernahm ich zunächst nur ein seltsames Stöhnen. »Hallo?«

»Wirklich schön, deine Stimme zu hören!«

»Theo, was ist los?«

»Ich habe mit Jakubowski und Kässens auf meine Entlassung angestoßen. Danach bin ich leider etwas ungünstig gefallen.«

»Verdammt, Theo!« Ich hatte gewusst, dass er nicht warten konnte. »Wo bist du jetzt?«

»Ich bin hier, auf dem Revier.«

Das klang wie ein hundsmiserabler Rocksong. Ich musste mir das rechte Ohr zuhalten, um Theo verstehen zu können. Axel hatte die Musik auf Wunsch lauter gestellt und irgendjemand musste eine witzige Bemerkung gemacht haben, die mehrere Frauen dazu veranlasste, laut loszukreischen.

»Wo genau?«, schrie ich gegen den Lärm an.

»Brunnenstraße. Welche Nummer?« Die Frage richtete er wohl an einen der Beamten im Raum.

»Schon gut. Ich weiß, wo das ist. In ein paar Minuten bin ich da.«

»Keine übertriebene Eile«, hörte ich Theo noch sagen, bevor ich auf den Knopf drückte und das Handy einsteckte.

Ich kämpfte mich durch die Menge nach vorn zu Hannah.

»Du siehst doch, ich habe zu tun«, fauchte sie mich an, als sie mich nicht mehr ignorieren konnte, und fuchtelte wie verrückt mit dem Cocktailshaker vor meiner Nase herum.

»Hannah, ich hätte gerne später mit dir gesprochen, aber Theo hat Probleme. Ich muss ihn abholen.«

»Was ist mit ihm?« Sie hörte auf mit dem Geschüttel und wischte sich nervös die Hände an ihrem Rock ab.

»Ich weiß es nicht. Anscheinend hat er große Sehnsucht nach daumendicken Metallstäben vor dem Fenster. Ich rufe dich an. Entschuldige!« Ich ergriff ihre rechte Hand, die kalt und noch immer etwas feucht war, und ließ sie erst wieder los, als sie mir in die Augen sah. Jemand fragte genervt, was mit seinem Drink sei.

»Grüß Theo von mir«, sagte Hannah, bevor sie den Mixer aufschraubte. »Und melde dich.«

Auf der Polizeiwache in der Brunnenstraße saßen drei bleiche Gestalten im grellen Leuchtstofflampenlicht und tranken Kaffee aus Plastikbechern. Zwei von ihnen waren mit Uniformen bekleidet. Die dritte trug eine dunkle Jacke, deren Naht an der einen Schulter aufgerissen war, und sah auch sonst einigermaßen ramponiert aus: Pflaster auf der rechten Braue, geschwollene Lippe, blau angelaufener und deformierter Unterkiefer. Als er mich mit seinem Cinemascope-Grinsen begrüßte, konnte ich sehen, dass ihm ein oberer Schneidezahn fehlte.

»Das ist mein Freund«, erklärte Theo den beiden blassen Beamten.

Ein paar Unterschriften und ein paar höhnische Kommentare von Theo, welche die Polizisten ausdrücklich nicht gehört haben wollten, dann konnten wir gehen. Ich ertrug die Prozedur mit dem Gleichmut eines Vaters, der dergleichen von seinem pubertierenden Sprössling bereits gewöhnt war.

»Was ist mit deinem Bein los?«, fragte ich, als Theo neben mir herhumpelte.

»Hab ich doch gesagt, ich bin gestolpert.«

»Und weil du die Hände gerade in den Taschen hattest, bist du mit dem Gesicht aufs Pflaster geschlagen.«

»Genau.«

»Und was ist mit deinem Vater?«

Er schwieg und wartete darauf, dass ich das Auto aufschloss. Ich wartete darauf, dass er antwortete.

»Lass uns noch ein Bier trinken gehen«, sagte er schließlich und prompt löste sich die Zentralverriegelung. Dabei war es mittlerweile schon halb zwei und ich hatte eigentlich nur noch Sehnsucht nach meinem Bett. Andererseits wollte ich mir nicht wieder Vorwürfe machen müssen. Vielleicht hatte Luzia ja Recht und ich litt tatsächlich unter einem Helferkomplex.

Schlaflos im Scheunenviertel

Erschöpft und mal wieder leicht betrunken lag ich endlich auf meiner Matratze und konnte nicht schlafen. Regen prasselte gegen die Fensterscheiben. In meinem Kopf lief alles durcheinander – wie in einem Tuschkasten, in den jemand ein Glas Wasser geschüttet hatte. Die Bilder des Tages im Bewusstseinsstrom: Luzia – wie sie vor mir die Treppe hinaufgegangen war. Ohne ein Wort. Die Bewegung ihres Hinterns unter dem schwarzen Lederrock. Ihr Zögern. Plötzlich die Verlorenheit zu zweit in dem Zimmer, das – abgesehen von einigen kitschigen Erotikfotos, roten Nachttischlampen und einem Spiegel über dem Bett – aussah wie das eines jeden x-beliebigen Hotels der Mittelklasse. Genauso steril.

Das Geld, das in ihrer Tasche verschwand. Der rauchige Klang ihrer Stimme. Der Geruch ihres Parfums, der sich mit dem ihrer Haut vermischte. Der kühle Seidenstoff ihrer Bluse und die Wärme ihres Körpers. Ihr schwarzes Haar, das schwer über ihre Schultern fiel. Der dunkelrote Lippenstift, der etwas verwischt war. Ihre braunen Augen, die mich schon wieder selbstsicher musterten, während sie ihre Fischnetzstrümpfe abstreifte. Ihre orangebraune Haut, die glatt und weich war. Der Wunsch, sie zu küssen. Ihre schmalen Hüften im Spiegel, als sie auf mir saß. Ihre Brüste in meinen Händen, klein und fest. Ihre Schultern, die sich immer wieder auf und ab bewegten. Die professionelle Behutsamkeit, mit der sie mir den Gummi überzog. Das leise Zittern ihrer Stimme beim Atmen, das überging in ein heiseres Stöhnen, das lauter wurde, als ich mich schneller bewegte. Ihre Hände, die sich am Bettrand festkrallten. Ihr Unterleib, der sich gegen meinen presste. Ihr geöffneter Mund.

Mein Gedächtnis hatte jeden Augenblick gespeichert und produzierte immer neue Bilder der Erinnerung. Der Pulsschlag hämmerte in meinen Schläfen. Zwischen Kopf und Schwanz glühten die Drähte. In meiner Fantasie hörte ich noch einmal Luzias lautlosen Schrei.

Danach natürlich die Frage, die unbeantwortet bleiben musste, weil ich sie nicht stellen durfte. Schließlich hatte ich sie für den Sex bezahlt, den ich mit ihr hatte, und nicht dafür, dass es ihr Spaß machte. Vielleicht war Sex sowieso nichts anderes als Selbstbefriedigung mit einem Partner.

Ich hatte für uns beide eine Zigarette angezündet und Luzia nahm eine Sektflasche aus der Minibar. Die restliche Zeit verbrachten wir nebeneinander auf dem Bett. Luzia wirkte entspannter. Vielleicht war sie froh, dass ich keine perversen Extras von ihr verlangt hatte. Oder es hatte ihr tatsächlich gefallen.

Ob ich es wahrhaben wollte oder nicht, ich war dabei, mir etwas vorzumachen, wie all die Typen, die sich unten vor Fionas Tresen drängelten.

Es war schon sechs Uhr morgens, als ich aufstand, um mir aus der Küche ein Glas Wasser zu holen. Ich trank es in einem Zug und goss noch einmal nach. Danach öffnete ich ein Fenster und lauschte den Geräuschen des erwachenden Tages. Die Straßenbahnen fuhren bereits wieder im Zehn-Minuten-Takt durch das Scheunenviertel. Eine S-Bahn zog wie eine Lichterkette das Viadukt zwischen Alexanderplatz und dem Hackeschen Markt entlang. Ein feuchter Keilriemen quietschte in einem Motorraum. Das Licht der Straßenlaternen fiel in mein Zimmer. Ich ließ mich wieder auf die Matratze fallen – ohne jede Hoffnung, in dieser Nacht noch etwas Schlaf zu finden. Schon als Kind war es mir völlig unmöglich erschienen, einfach an nichts zu denken, wenn ich abends, noch munter von den Ereignissen des Tages, in meinem Bett gelegen hatte. Ich konnte noch immer nicht an nichts denken. Wenn ich versuchte, nicht an Luzia zu denken, was schwer genug war, dachte ich an Theo.

Nachdem ich ihn von der Polizeistation abgeholt hatte, waren wir zu einer Bar in der Auguststraße gefahren, in der wir abgesehen von der Freundin des Betreibers die einzigen Gäste waren. Es gab nur Flaschenbier, aber das war wenigstens gut gekühlt.

»Ich sag dir, die haben die scheißende Angst«, behauptete Theo, wobei er mich durchdringend ansah.

»Von wem, zum Teufel, redest du eigentlich?«

»Von wem schon, von Kässens und Jakubowski! Ich habe ihnen einen Besuch abgestattet. Du hättest ihre Gesichter sehen sollen, als ich mit großem Trara in ihren Laden gestürmt kam.«

»Kann ich mir vorstellen.«

»Vorher hab ich ein bisschen rumtelefoniert. Ein paar alte Kontakte aufgewärmt und erfahren, dass meine beiden Freunde heute einen neuen Club eröffnen wollten, gleich hier um die Ecke, in der Rosenthaler Straße. Eine kleine Lounge, eigentlich ziemlich bescheiden für ihre Verhältnisse. Den Türsteher kannte ich von früher. Kein Problem also, reinzukommen. Als ich drinnen war, habe ich mir die beiden Arschgeigen gleich vorgeknöpft.« Wenn Theo grinste, kam seine neue Zahnlücke wunderbar zur Geltung. »Kässens hat zuerst versucht, ein bisschen auf alter Kumpel zu machen. ›Schön, dass du wieder draußen bist und mal vorbeischaust …‹ Bla, bla, bla. Ich musste erst einen Aschenbecher in einen ihrer Spiegel werfen, damit die Schleimerei aufhörte, und ein paar Gläser von der Theke fegen.«

»Und dann hast du sie gefragt, wo sie deinen Vater versteckt haben?«

»Dazu bin ich leider nicht mehr gekommen. Jakubowski hat eine harte Rechte. Ein paar Typen packten mich von hinten, während Jakubowski weiter auf mich einprügelte, und ließen mich dann draußen das Pflaster küssen, direkt vor den Füßen einer Polizeistreife. Gewiss eine der größten Erniedrigungen meines Lebens! Und nun frage ich dich, Henry, warum haben mich diese Arschgeigen nicht angezeigt? Immerhin habe ich in ihrem Laden randaliert.«

»Vielleicht, weil sie wussten, was du anscheinend schon

vergessen hast, nämlich dass du nur auf Bewährung draußen bist.«

»Ich sage dir, die haben Leichen im Keller. Denen ging der Arsch auf Grundeis.«

»Hast du das Verschwinden deines Vaters bei der Polizei gemeldet?«

Er verzog die Brauen und schniefte, als würde er unter Polypen leiden, was ja in gewissem Sinn auch der Fall war. »Die haben gemeint, ich solle noch etwas abwarten und mich gegebenenfalls wieder melden«, sagte er abwinkend. »Schließlich wäre es ja möglich, dass mein Vater bald wieder auftauchte. Ich glaube, die haben mich für nicht ganz zurechnungsfähig gehalten.«

»Seltsam.«

Beim zweiten Bier hatte ich Theo noch ein bisschen nach dem Inhalt seines Buches ausgefragt. Der Text basierte auf Tagebuchaufzeichnungen, die Theo im Knast gemacht hatte, und herausgekommen war so etwas wie der Erlebnisbericht eines ehemaligen Drogenproduzenten, gespickt mit Episoden und Hintergrundinformationen über die Berliner Club- und Partyszene der Neunziger, die neben einigen Beamten diverser Ermittlungsbehörden vor allem Kässens und Jakubowski interessieren dürften. Auf der Gegenwartsebene hatte Theo seine Erfahrungen hinter Gefängnismauern und vor allem die Läuterung, die damit verbunden war, verarbeitet. Das Manuskript war am Computer des Gefängnispfarrers entstanden, der Theo für eine Weile unter seine Fittiche genommen hatte, um seine Seele zu retten. Dort war der Text also noch gespeichert, sofern die Sekretärin die Datei inzwischen nicht gelöscht hatte. Außerdem besaß der Verleger, mit dem sich Theo am nächsten Morgen treffen wollte, noch ein Exemplar des ausgedruckten Textes.

Ich ging ins Bad, um mir eine Tablette zu holen. Die einzige Chance, noch ein paar Stunden Schlaf zu finden. Im Treppenhaus klapperte eine Briefkastenklappe. Einer meiner Nachbarn holte sich seine Zeitung – Lektüre für die Fahrt zur Arbeit. Ich konnte mich nicht mehr daran erinnern, wann ich das letzte Mal so früh aufgestanden war. Vielleicht vor zwei, drei Jahren, nachdem ich mein Studium abgebrochen und kurze Zeit in einem Speditionsunternehmen als Möbelträger gearbeitet hatte. Danach hatte ich mir nur noch Jobs gesucht, bei denen man nicht in aller Herrgottsfrühe aus dem Bett musste.

Nachdem ich die Pille geschluckt und mit reichlich Wasser nachgespült hatte, schloss ich das Wohnzimmerfenster. Der Lärm war inzwischen unerträglich geworden. Die Oranienburger Straße gehörte jetzt den Autofahrern und Bauarbeitern, die ihre Pressluftbohrer anschmissen und sich Witze zuriefen. Die Frauen, die nachts vor meinem Fenster auf und ab liefen, um ihre Körper potenziellen Kunden in ihren Blechkarossen für eine schnelle Nummer auf dem nächsten Parkplatz anzupreisen, hatten längst Feierabend. Und auch Luzia lag inzwischen wohl in ihrem Bett.

Ich dachte noch mal an unser Gespräch bei Sekt und Zigaretten, nackt in diesem Zimmer:

»Wie viele Kunden hast du eigentlich an so einem Abend?«

»Unterschiedlich. Nach dem zehnten mache ich jedenfalls Schluss.«

»Hat sich schon mal einer in dich verliebt?«

Luzia verzog das Gesicht. »Es gibt immer ein paar sentimentale Trottel, die Sex mit Liebe verwechseln und glauben, deine Seele retten zu müssen. Aber irgendwann wirft dir jeder vor, wo er dich kennen gelernt hat. Vergiss nicht, dass ich dich aus der Gosse geholt habe, du kleine Nutte!« Sie ahmte eine versoffene Männerstimme nach und warf sich lachend auf das Kissen.

»Klingt ziemlich desillusioniert.«

»Illusionen sind was für Leute, die dafür zahlen. Ich lasse mich bezahlen. Für die Illusion, trotz fehlender Haare und Bierbauch noch immer gut im Rennen zu sein. Für die Illusion, eine Frau wie mich glücklich machen zu können. Für die Illusion, Schönheit berühren zu können. Illusionen sind heutzutage sehr gefragt, weil die Wirklichkeit verdammt schwer zu ertragen ist, vor allem für Männer, die seit ihrer Geburt darauf getrimmt wurden, erfolgreich zu sein.«

»Was meinst du, wofür ich dich bezahlt habe?«

»Du bist ein Sonderfall. Ich glaube, du weißt es selbst nicht so genau.«

»Vielleicht, weil ich keine andere Möglichkeit gesehen habe, dich kennen zu lernen ...«

»Und kennst du mich nun?« Wieder der provokante Gesichtsausdruck!

»Ein bisschen.«

»Weil du für Geld mit mir gevögelt hast?« Sie tat so, als müsste sie laut lachen. »Wer bin ich denn, deiner Meinung nach?«

»Jemand, der seinen Gefühlen misstraut und Angst hat, etwas von sich zu verraten.«

»Falls es dir noch nicht aufgefallen ist, Schätzchen, ich bin im Dienst! Da habe ich grundsätzlich keine Gefühle. Die sind nämlich Privatsache.«

»Klar, da ist so ein kleiner Schalter im Kopf, mit dem man seine Empfindungen einfach ausschalten kann.«

»Was glaubst du, wie man es sonst aushalten soll, Typen an sich ranzulassen, die man nicht ausstehen kann?«

»Typen wie mich!«

»Ich sagte doch: Du bist ein Sonderfall.«

»Für Sonderfälle gibt es meistens auch Sonderregelungen.«

»Willst du noch mal?«

»Wie wär's, wenn wir mal essen gehen?«

»Ist das nicht die falsche Reihenfolge? Erst kommt das Essen und dann der Sex.«

»Normalerweise bezahle ich auch nur für das Essen. Hast du eigentlich einen Freund?«

»Keine Chance! Du wirst von mir keine Details über mein Privatleben erfahren.«

»Du erinnerst mich an eine Frau, in die ich mal verliebt war.«

»Jeden, der zu mir kommt, erinnere ich an irgendeine Frau«, lästerte sie. »An die große heimliche Liebe, die Frau, die er nie bekommen hat, oder an die Frau an sich, das weibliche Wesen, das nur in seiner Fantasie existiert.«

»Sie hieß Alissa. Ich habe sie nie richtig verstanden. Unsere Beziehung hatte etwas Provisorisches. Eine Übergangsregelung, die nur für den Augenblick bestimmt war. Es gab eine unsichtbare Grenze zwischen uns, eine Tür mit einem Geheimnis dahinter. Und ich habe nie versucht, sie zu öffnen, weil ich das Gefühl hatte, dass das, was sich dort im Verborgenen befand, eine zerstörerische Kraft besaß – eine Kraft, die stark genug war, unsere vage Verbindung ein für allemal auseinander zu sprengen.«

»Und was ist aus dieser Alissa geworden?«

»Sie ist tot.«

Im Keller

Dunkle Wolken hingen schwer am Himmel, als ich mit dem Volvo im Schritttempo durch Zehlendorf fuhr. Um munter zu werden, hatte ich eine Kassette von den Old 97's eingelegt und den Lautstärkeregler nach rechts gedreht. Die schmalen Einbahnstraßen, die Auerhahnbalz oder Wasserkäfersteig hießen, die leeren Bürgersteige, die Reihenhäuser und Altneubauten mit den kleinen Vorgärten, die ganze gepflegte Langeweile dieser Gegend bildete einen seltsamen Kontrast zu den dynamischen Gitarren und dem vorwärtstreibenden Rhythmus in meinem Auto. Das schwarze Wolkendach sah aus wie ein Unheil, das über die abgezirkelte Vorstadtidylle hereinzubrechen drohte. Die Old 97's sangen von einer Straße, die Oppenheimer hieß, als ich in den Waldhüterpfad einbog. Nein, das war absolut kein Viertel, in dem ich mich auskannte.

Ich holte einen Falk-Plan aus dem Handschuhfach und versuchte, mir einen Überblick zu verschaffen. Vermutlich war ich noch nicht dicht genug am Stadtrand. Auf der Karte entdeckte ich, dass es in der Nähe Wasser und Wald gab. Dort vermutete ich die Art von Häusern, die ich suchte. Ich gab Gas und fuhr den Quermatenweg in Richtung Krumme Lanke. Mein Instinkt hatte mich nicht getäuscht: Grundstücke mit Doppelreihenhäusern und Villen. Immer öfter versperrten mir Tannen und hohe Hecken den Blick. Ich stellte den Wagen am Straßenrand ab, hängte mir die digitale Videokamera um, die mir Alexa zur Verfügung gestellt hatte, und schlenderte zu Fuß weiter.

Während ich im Vorbeigehen imposante Gebäude hinter Zäunen betrachtete, schweiften meine Gedanken wieder ab zu Luzia. Bevor ich gegangen war, hatte ich ihr meine Karte auf den Nachttisch gelegt. Nun blieb mir nichts anderes übrig, als zu hoffen, dass sie sich bei mir meldete. In Fionas

Bar würde ich jedenfalls nicht mehr aufkreuzen. Das war die einzige Chance, zu Luzia eine andere Beziehung aufzubauen als eine geschäftliche, wobei mir nicht ganz klar war, wie das überhaupt möglich sein sollte nach der vergangenen Nacht.

Nach etlichen Grundstücken mit Gebäuden, die für Immobilienmakler vielleicht von Interesse sein konnten, als Filmkulisse jedoch vollkommen wertlos waren, wurde ich auf eine Gründerzeitvilla mit Terrasse und Wintergarten aufmerksam. Das Gebäude hatte schon bessere Zeiten erlebt, offenbarte jedoch genau die Art von Wohlstand, die auf einen selbstverständlichen Umgang mit Luxusobjekten schließen ließ. Alexa hatte mich diesbezüglich noch einmal genau instruiert. Sie wollte keine weiß getünchten Prestigebehausungen mit Swimmingpool und englischem Rasen, sondern etwas, das kultiviert und stilvoll aussah. Der Mann, dem seine Gattin in dem Film nach dem Leben trachtete, war der letzte Spross einer Verlegerdynastie. Das Geschäft mit den Büchern lief jedoch nicht mehr so gut – und seine Ehe wohl auch nicht. Die etwas bröcklige Fassade des Hauses würde sehr gut zu der gespenstischen, ›morbiden‹ Atmosphäre passen, die der Streifen – laut Alexa – vermitteln sollte.

Am Tor hing ein leicht angerostetes Schild, auf dem mit einem geschwungenen Schriftzug *Prof. Dr. A. Blomberg* stand. Darunter befand sich eine Klingel. Ich drückte mehrmals darauf, aber es schien niemand zu Hause zu sein. Die Eingangstür war verschlossen. Also filmte ich zunächst die Vorderfront, deren verblichener ockergelber Anstrich sicher auch farblich ausgezeichnet ins ästhetische Konzept des Films passen würde.

Dann klingelte ich am Nachbarhaus. Eine kleine weißhaarige Frau öffnete mir die Tür.

»Die Blombergs? Die sind für ein Jahr in den USA. Der Mann ist Professor und unterrichtet dort an der Universität. Aber ein junger Mann kümmert sich um das Haus und den Garten. Er müsste eigentlich da sein. Ich habe ihn heute

Vormittag schon gesehen.« Sie schaute durch das Verandafenster zum Nachbargrundstück hinüber. »Der hat nämlich ein Zimmer im Souterrain, das nach hinten rausgeht. Manchmal macht er die Musik so laut, dass er die Klingel nicht hört«, erklärte sie freundlich. »Kommen Sie, ich zeige Ihnen, wie Sie dorthin kommen.«

Sie holte sich einen Mantel, tauschte ihre Pantoffeln gegen ein Paar Gummistiefel und zog einen Krückstock aus einem Schirmständer. Während ich ihr von der Tür aus dabei zusah, strich ihre braun-weiß gescheckte Katze zwischen meinen Beinen herum und schnurrte.

Endlich wurde ich auf einem schmalen Weg an Mülltonnen vorbei hinter das Haus in den Garten geführt. Die Katze, deren weiße Pfoten ganz schwarz wurden, begleitete uns. Auch an meinen Sohlen klebten bereits einige Klumpen von dem aufgeweichten Boden, in dem meine Schuhe bei jedem Schritt versanken. Die alte Frau lief in ihren Gummistiefeln unbekümmert voran.

»Schauen Sie, junger Mann. Hier hinten gibt es keinen Zaun zwischen meinem Grundstück und dem der Blombergs. Gehen Sie einfach rüber und klopfen Sie an die Tür. Dort, auf der Rückseite des Hauses, geht eine Treppe runter zum Souterrain. Und bestellen Sie einen schönen Gruß von mir.«

»Vielen Dank.«

Die Gutgläubigkeit älterer Mitbürger wird von raffinierten und skrupellosen Trickbetrügern schamlos ausgenutzt, lautet ein Standardsatz in diesen Fernsehsendungen, in denen brave Bürger vor Betrügern gewarnt werden. Ich hatte der alten Dame zwar mit wenigen Worten und der Kamera in der Hand mein Anliegen vorgetragen, jedoch weder einen Ausweis gezeigt noch sonst irgendeinen Beweis geliefert, dass das stimmte, was ich sagte. Und schon überquerte ich die grüne Grenze zum Nachbargrundstück, dessen ahnungslose Besitzer zurzeit auf der anderen Seite des Ozeans europäisches Wissen vermittelten.

Als ich mich umdrehte, war die Frau bereits hinter einem verwitterten Pavillon und einigen Sträuchern verschwunden. Die Katze war misstrauischer als ihre Herrin. Sie ließ mich nicht aus den Augen. Im Abstand von zwei, drei Metern folgte sie mir.

Auf der Rückseite des Hauses der Blombergs befanden sich ein Wintergarten und ein Gewächshaus. Die Jalousien hinter den Fenstern des Souterrainzimmers waren heruntergelassen. Entgegen den Vermutungen der Nachbarin war jedoch keine Musik zu hören. Ich lief die Treppe hinunter und klopfte an die Tür. Keine Reaktion.

Der Katze, die das Geschehen aus sicherer Entfernung verfolgte, schien nicht zu gefallen, was ich vorhatte. Sprungbereit kauerte sie auf der obersten Treppenstufe und blinzelte mich von dort aus missbilligend an. Als ich die Klinke herunterdrückte und die Tür öffnete, hörte ich ein leises Fauchen in meinem Rücken.

Mehr als einen Tisch und einen Kleiderschrank konnte ich nicht erkennen. Gerade als ich mich bemerkbar machen wollte, hörte ich ein metallisches Geräusch neben der Tür.

»Keine Bewegung!«, befahl rechts von mir eine Männerstimme.

Unwillkürlich drehte ich meinen Kopf in die Richtung, aus der die Stimme kam. Im selben Moment traf mich ein harter Gegenstand an der rechten Schläfe.

»Keine Bewegung, habe ich gesagt!«, schrie der Mann, den ich nicht sehen konnte, weil Tausende kleiner Lichtpunkte durch die Dunkelheit flogen.

Dann wurde es sehr hell. Eine Schreibtischlampe blendete mich. Ich lag auf dem Boden. Beim Aufschlagen der Lider spürte ich einen Stich in meinem Schädel. Hinter dem grellen Lichtschein erkannte ich einen Schatten. Ich hielt mir die Hände vor die Augen. Hoffentlich hatte die Kamera, die neben mir auf dem Fußboden lag, nichts abbekommen. Alexa war sehr eigen mit ihren Sachen.

»Liegen lassen!«, befahl die Stimme, als ich danach greifen

wollte. Und als ich meine Hand wieder zurückzog, stellte sie fest: »Du verstehst also Deutsch, umso besser!«

Was sollte das denn?

»Also, wer schickt dich? Warum schnüffelst du hier herum?«

Langsam gewöhnte ich mich an die Lichtverhältnisse und konnte mehr als nur die Konturen des Mannes erkennen. Er war zwischen fünfundzwanzig und dreißig Jahre alt, zirka eins achtzig groß, trug einen Dreitagebart und hatte halblange, fettige Haare, die auf der rechten Seite ordentlich gescheitelt waren. Die Pistole in seiner Hand zielte abwechselnd auf meinen Kopf und meine Brust. An der Art, wie er mit der Waffe herumfuchtelte, und dem Vibrieren seiner Stimme, die er versuchte, äußerst gefährlich klingen zu lassen, war seine Nervosität zu erkennen. Wenn ich mich nicht sehr irrte, dann hatte der Typ genauso viel Angst wie ich.

»Vielleicht sollten wir uns erst mal ein bisschen beruhigen«, schlug ich vor und versuchte dabei selbstsicher zu wirken. »Und dann wäre ich Ihnen sehr dankbar, wenn Sie nicht permanent mit Ihrer Knarre auf meine lebenswichtigen Organe zielen würden.«

Er schien kurz zu überlegen, dann setzte er sich auf einen Stuhl und legte die Waffe vor sich auf den Tisch. »So, und jetzt setzt du dich dort hin.« Er zeigte auf das andere Ende des Tisches. »Und die Kamera schiebst du zu mir rüber.«

Ich stand langsam auf, nahm mir ebenfalls einen Stuhl und tat, was er von mir verlangte. Währenddessen schaute ich mich etwas in seinem Kellerzimmer um, dass aussah wie eine Mischung aus Studentenbude und Lagerraum. Zusammengewürfeltes Mobiliar. Neben dem Kleiderschrank befand sich ein altes Sofa, zwischen Fenster und Tür ein Bücherregal von IKEA und vor dem Fenster ein alter Schreibtisch, auf dem ein Computer samt Drucker sowie die Lampe standen, deren Kegel jetzt an mir vorbeistrahlte. Eine Tür in der rechten Wand führte wohl zu den übrigen Kellerräumen. Ansonsten stapelten sich überall Kisten und Pappkartons.

Als er sich eine Zigarette anzündete, griff ich in meine Tasche, um mir ebenfalls eine herauszuholen. Dabei konnte ich beobachten, wie sich seine Hand reflexartig auf den Griff der Pistole legte.

»Hast du Feuer?«, fragte ich, nun endlich auch vom Sie zum Du übergehend, schließlich duzte er mich schon die ganze Zeit.

Er nahm die Hand von der Waffe und schob ein rotes Einwegfeuerzeug zu mir herüber. »Kannst du dich ausweisen?«, fragte er wie ein Polizist, während ich mir meine Zigarette anzündete.

Ich zog meinen Personalausweis aus der Tasche, legte das Feuerzeug darauf und schob beides zu ihm zurück.

»Bei so vielen Schiebereien kommt man sich ja vor wie auf dem schwarzen Markt«, versuchte ich die Situation etwas aufzulockern.

Aber mein Gegenüber schien darauf zu bestehen, seine humorlose Masche durchzuziehen. Er starrte auf meinen Ausweis, murmelte meinen Namen und verglich das Passfoto mit meinem Gesicht.

»Ich bin Location-Scout«, erklärte ich schließlich. »Ich suche ein Gebäude, das als Kulisse für eine Filmproduktion dienen soll, und bin dabei auf dieses Haus gestoßen. Das ist das ganze Geheimnis.«

Obwohl er keine Miene verzog, konnte ich ihm ansehen, dass es in seinem Hirn arbeitete. Ohne mich aus den Augen zu lassen, schaltete er die Kamera ein, klappte den Bildschirm auf und schaute sich die Aufnahmen an, die ich schon von dem Haus gemacht hatte.

»Dich interessiert nur die Villa der Blombergs? Für irgendwelche Filmaufnahmen?« Anscheinend war er nicht gerade einer von der hellsten Sorte.

»Ich habe vorhin geklingelt und, als niemand öffnete, von der Straße aus die Fassade gefilmt. Dann hat mich die alte Dame von nebenan hier hereingelassen ...«

»Entschuldigung!«, unterbrach er mich, faltete die Hände

vor dem Gesicht, dass sie Nase und Mund verdeckten. Sein ganzer Körper fing an zu vibrieren, seine Augen begannen zu glänzen. Dann brach aus ihm ein schallendes Gelächter heraus, abrupt und unbeherrscht.

Eigentlich hätte ich mich über diesen Stimmungswechsel freuen müssen, doch die Tatsache, dass ich den Anlass dafür nicht kannte, irritierte mich ebenso wie die Hemmungslosigkeit seines hysterischen Lachanfalls. Vielleicht war der Typ unberechenbar und kam im nächsten Augenblick auf die Idee, dass es ganz spaßig wäre, mich abzuknallen, zu tranchieren und die Einzelteile in die Pappkartons zu verpacken, die hier überall herumstanden.

»Tut mir Leid«, entschuldigte er sich noch einmal, nachdem er sich etwas beruhigt hatte. »Ich wollte dich nicht erschrecken.« Er stand auf, gab mir die Kamera zurück und ließ die Pistole im Schreibtischschubfach verschwinden, in dem er noch andere Waffen aufbewahrte. Kurz konnte ich einen Blick auf das glänzende Metall werfen, bevor er die Schublade wieder schloss.

»Schon gut«, sagte ich und überlegte, wie ich am schnellsten wieder hier rauskam. Entweder war der Kerl irre oder ein Verbrecher, vielleicht auch eine Kombination aus beidem. Mein Bedürfnis, ihn näher kennen zu lernen, hielt sich jedenfalls in Grenzen.

»Was soll denn das für ein Film werden?«, fragte er interessiert.

»Ein Thriller, glaube ich.«

»Ich heiße übrigens Gregor.« Er streckte mir seine Hand entgegen.

»Henry.«

Der Händedruck war eher schwach, als wollte er mir auf keinen Fall noch einmal wehtun.

»Nett, dich kennen gelernt zu haben«, sagte ich. »Aber ich muss jetzt leider aufbrechen. Noch ein paar Häuser besichtigen. Du verstehst!« Während ich zu ihm redete, bewegte ich mich rückwärts, Schritt für Schritt auf die Tür zu.

»Nicht doch«, sagte er amüsiert, als hätte er mein simples Ablenkungsmanöver durchschaut. »Du wirst doch nicht gehen wollen, ohne mir deine Visitenkarte gegeben zu haben. Die Blombergs kommen in vierzehn Tagen zurück. Dann endet auch meine Zeit hier. Wie du siehst, bereite ich mich schon auf den Umzug vor.« Lächelnd zeigte er auf die Kartons in der Ecke. »Ich werde ein gutes Wort für dich einlegen. Das ist das Mindeste, was ich für dich tun kann. Wie wär's mit einem Whisky auf den Schreck, den ich dir eingejagt habe?«

»Besten Dank, nicht im Dienst!«

Er musste wieder lachen, und ich kam mir selbst ein bisschen komisch vor, als ich ihm wie ein grundsolider Geschäftsmann meine Karte reichte.

»Ich melde mich«, sagte er.

Ich öffnete die Tür und blickte in zwei grüne Augen, die blind in die Welt schauten. Die Katze der Nachbarin baumelte vor meinem Gesicht leblos im Wind und streckte mir ihre rosa Zunge entgegen. Eine klaffende Wunde am Hals hatte ihr braun-weiß geschecktes Fell blutrot gefärbt. Sie hing an einem Draht, der an ihrem Halsband befestigt worden war. Unter dem nietenbesetzten Leder steckte ein zusammengerollter Zettel – gewiss eine überflüssige Message, denn die Art der Nachrichtenübermittlung war Botschaft genug.

»Ich glaube, ich brauche doch einen Whisky.«

Gregor stieß mich zur Seite. Er zog den Zettel aus dem Halsband des Tiers, schlug die Tür zu und drehte den Schlüssel herum. »Verfluchte Scheiße!«

Ich bemerkte, dass seine Hände zitterten, als er den Zettel auseinander faltete.

»*WIR WISSEN MEHR ÜBER DICH ALS DU SELBST!*«, stand in fetten handgeschriebenen Blockbuchstaben auf blutbeschmiertem Papier. Gregor knüllte es zusammen und warf es wütend auf den Fußboden. Er ging zum linken Fenster, drückte zwei Lamellen der Jalousie auseinander und musterte durch den so entstandenen Schlitz das Grundstück. Dann wiederholte er das Ganze noch einmal auf der rechten Seite.

»Was, um Himmels willen, ist hier eigentlich los?«, fragte ich, nachdem ich auch noch zugesehen hatte, wie Gregor hektisch zwei Pistolen samt Munition aus dem Schreibtisch herauszog und begann, die Magazine aufzufüllen.

»Was hier los ist?«, erwiderte er, während er sich weiter mit den Waffen beschäftigte. »Sieht man das nicht? Die sind hinter mir her, die verdammten Iwans!«

»Hast du ihnen in den Wodka gespuckt?«

Irgendwie fiel es mir nicht ganz leicht zu akzeptieren, dass das, was sich hier vor meinen Augen abspielte, kein schlechter Film war. Ich sah Gregor zu, wie er fieberhaft mit seinen Waffen hantierte, ich sah den Schweiß auf seiner Stirn und die Blässe in seinem Gesicht. Vielleicht trugen auch das Halbdunkel des Raumes und die Abgeschlossenheit von der Außenwelt dazu bei, dass ich glaubte, in einer fremden Welt zu sein, die mit der Wirklichkeit nicht viel zu tun hatte – obwohl ich wusste, dass es da draußen Schweinehunde gab, die nicht einmal vor den Katzen von alten Frauen Halt machten, um jemanden in Angst und Schrecken zu versetzen.

»Ich möchte mal wissen, wie die mich gefunden haben«, sagte Gregor und nahm, nachdem er sich eine Pistole in den Gürtel gesteckt und die andere mit vollem Magazin wieder zurück in das Schubfach gelegt hatte, tatsächlich eine Flasche Lagavulin aus dem Bücherregal. »Fast ein halbes Jahr hatte ich Ruhe hier in meinem gemütlichen kleinen Unterschlupf und nun klebt mir dieses Pack wieder an den Fersen.« Er öffnete die Tür auf der rechten Seite des Zimmers und verschwand in einem dunklen Gang. Ich hörte Geklapper. Wenig später kam Gregor mit zwei Gläsern zurück. »Das hier war der einzige Ort, an dem ich mich sicher gefühlt habe. Nun wird es höchste Zeit, dass ich verschwinde.« Er goss für uns beide jeweils einen großzügigen Doppelten ein und stieß mit mir an.

»Cheers!«

»Auf deine Gesundheit!«

Er lachte, als hätte ich einen guten Scherz gemacht. »Das kann ich gebrauchen.«

Das Aroma des Malt Whiskys erinnerte mich an verbranntes Gummi. Ich nippte an der bernsteinfarbenen Flüssigkeit, während Gregor den Schnaps hinunterkippte, ohne auf den Geschmack zu achten. Er brauchte ihn wohl vor allem zur Beruhigung der Nerven.

»Was wollen die eigentlich von dir?«, fragte ich ihn.

»Geld, was sonst?!« Gregor stellte sein Glas ab, um sich eine Zigarette anzuzünden. »Die haben irgendwie spitzgekriegt, dass ich gute Geschäfte machte. Vor zirka einem Jahr sind dann ein paar Iwans in meine Stammkneipe gekommen und haben behauptet, ich hätte ihrem Obermafioso ein heißes Eisen angedreht. Völliger Blödsinn. Ich handle grundsätzlich nur mit fabrikneuer Ware. Wer kauft schon eine gebrauchte Puffe, mit der womöglich mal jemandem das Licht ausgeblasen wurde? Aber die haben sich auf keine Diskussion eingelassen. Ich solle Strafe zahlen, 50.000 Mark, sonst würden sie mich wegblasen.« Wie zur Illustration stieß er den Rauch seiner Zigarette explosionsartig aus.

»Du bist Waffenhändler?«

»Auch noch einen?«, ignorierte er meine Frage und goss sich einen weiteren Whisky ein.

»Nein, danke.« Ich zeigte auf mein halb volles Glas.

»Der größte Fehler war, dass ich bezahlt habe. Danach kamen sie regelmäßig, um zu kassieren. Die haben mich ausgequetscht wie eine Zitrone, und wenn ich nicht zahlen konnte, sofort Druck gemacht. Einmal haben sie ein Foto von meiner damaligen Freundin mitgebracht. ›Hübsches Mädchen!‹, hat der eine gesagt und das Bild mit seinem Feuerzeug abgefackelt. Die sind völlig skrupellos.« Er schüttelte wieder den Kopf. »Diese Sauhunde!«

»Ist deiner Freundin etwas zugestoßen?«

Natürlich musste ich sofort an Alissa denken.

»Sie hat es irgendwann nicht mehr ausgehalten und sich einen Typen gesucht, der auf weniger gefährliche Weise seine Brötchen verdient. Einen Pornoproduzenten.« Er grinste und zuckte mit den Schultern. »Ist eben nicht jedermanns Sache, sich abends auf dem Heimweg die Finger brechen zu lassen.« Zur Demonstration ballte er seine Hände zu Fäusten und streckte mir die beiden kleinen Finger entgegen, die in der Mitte seltsam gekrümmt waren.

Der Alkohol machte ihn immer gesprächiger. »Danach war mir klar, dass ich erst mal untertauchen musste. In einem solchen Job hast du keine Freunde, niemanden, bei dem du bleiben kannst, wenn es brenzlig wird, der das Risiko teilen will, mit dem du lebst. Also musste ich fürs Erste in ein Hotel. Sechs Wochen habe ich in einer kleinen Familienpension in Dahlem gewohnt. Aber ich konnte mich natürlich nicht den ganzen Tag in meinem Zimmer verkriechen, das wäre aufgefallen, außerdem hätte ich es gar nicht ausgehalten. Also habe ich mich an den Nachmittagen in der Freien Universität um die Ecke herumgetrieben, bin in der Mensa Mittagessen gegangen und habe sogar ein paar Lehrveranstaltungen besucht. So entdeckte ich auch an einem schwarzen Brett die Annonce von Professor Blomberg.«

Ich stellte mir Gregor zwischen all den Studenten vor, wie er mit seinen gebrochenen Fingern über den Campus spazierte. Sicher war er nicht weiter aufgefallen in seinen viel zu weiten und zu langen Hosen, dem zerknitterten Hemd, das er offen trug, dem ausgewaschenen T-Shirt darunter und den weißen Turnschuhen mit den üblichen Streifen. Niemand konnte in ihm einen Waffenhändler vermuten, wenn er zwischen den Studenten in einem Seminar über die Bildkultur im spätmittelalterlichen Danzig oder die Gestalt des Arbeiters in den Texten von Jünger, Heidegger und Schmitt saß. Ich dachte an meine eigene Studienzeit zurück, als ich ziemlich bald feststellte, dass die Inhalte, die an der Universität vermittelt wurden, ungefähr so viel mit der Realität zu tun hatten wie die Romane von Agatha Christie – nur waren die wenigstens unterhaltsam, während der um sich selbst kreisende wissenschaftliche Diskurs bestenfalls dazu geeignet war, das backfischhafte Bildungsbedürfnis von Erstsemestlern zu befriedigen. Wie grotesk mussten jemandem wie Gregor, der dem Raubtier bereits in den Rachen geschaut hatte, die pubertären Reflexionsversuche seiner um intellektuelle Anerkennung ringenden Banknachbarn vorgekommen sein.

»Blomberg suchte jemanden, der sich während seiner Gastprofessur in den Staaten um sein Haus kümmerte. Das war meine Rettung«, erzählte Gregor weiter. »Ich brauchte nur einen Studentenausweis zu fälschen und Blomberg davon zu überzeugen, dass ich für den Job geeigneter war als meine Mitbewerber. Vor dem Gespräch hatte ich mir das Haus und das Grundstück der Blombergs angesehen – den Wintergarten, das Gewächshaus, die Rosenstöcke. Ein Nachmittag in der Bibliothek mit floristischer Spezialliteratur – schon hatte ich den Job und dieses hervorragende Kellerversteck. Von hier aus konnte ich sogar meine Geschäfte wieder aufnehmen.«

»Sind da Waffen drin?«, fragte ich und zeigte auf die Umzugskartons.

Meine Frage schien ihn zu amüsieren. »Was ich hier habe, ist ausschließlich für den Eigenbedarf.«

Er zog die Pistole aus dem Gürtel, drehte sie wie ein Westernheld ein paar Mal um den Zeigefinger, zielte auf mich und machte: »Peng!« Dabei wirkte er wie ein Junge, für den das Leben nur ein Spiel war.

Doch vor der Tür hing eine tote Katze und irgendwann würden sich Gregors Erpresser auch nicht mehr damit begnügen, ihm nur die Finger zu brechen. Dann wäre das Spiel vorbei.

Er tat so, als würde er den Rauch vom Lauf der Waffe blasen, steckte sie zurück in den Gürtel und nahm einen weiteren Schluck von dem Whisky.

»Was sind das bloß für Menschen, die harmlose Katzen

töten«, seufzte er, als hätte er meine Gedanken erraten. »Das wird der armen Frau das Herz brechen.«

Es war schon komisch. Jemand, der die Kriminellen und ganz normalen Wahnsinnigen der Stadt mit Mordinstrumenten versorgte, machte sich Gedanken um die Gefühle einer alten Dame, die ihr Haustier verloren hatte.

»Trinken wir noch einen?«, fragte Gregor.

»Ist es dir eigentlich egal, was deine Kunden mit den Waffen so anstellen?«

»Entweder sie putzen und sammeln sie oder sie machen damit Löcher in Dinge, manchmal in Menschen. Ich bin kein Moralist. Ich bin Geschäftsmann.«

Ich stellte mein Glas auf den Tisch und schnappte mir die Kamera. Ich wollte nichts mehr wissen von den Abgründen, die sich in diesem trostlosen Kellerloch offenbarten. Meine eigenen waren mir tief genug.

Hannah in der Sonne

Der Tequila Sunrise, den Hannah vor mir auf den Tisch stellte, war der erste Farbtupfer an diesem düsteren Tag.

»Alles in Ordnung?«

Im Hintergrund liefen die Beach Boys. Im *Submarine* war heute ›California Day‹, den Axel einmal monatlich veranstaltete. Das Lokal war nur mäßig, also angenehm, gefüllt. Der Surf-Sound verbreitete eine entspannte Atmosphäre. Während es draußen regnete, schien hier drinnen ein wenig die Sonne.

»Hast du auch manchmal das Gefühl, dass nichts ist, was es zu sein scheint, dass jederzeit und überall das Unvorhersehbare geschehen kann?«, fragte ich, statt zu antworten.

»Sonst wäre das Leben doch ziemlich langweilig – oder?«

»Schon möglich, aber hin und wieder wäre es doch ganz schön, wenn es etwas gäbe, auf das man sich verlassen könnte. Ein stabiles Element. Ein bisschen Ordnung im Chaos.«

Hannah sah mich skeptisch an. »Das sind sicher nur Ermüdungserscheinungen. Ist ja auf Dauer auch ziemlich anstrengend, wenn man sich immerzu weigert, erwachsen zu werden«

»Sprichst du von mir?«

»Denkst du, ich würde das nicht kennen?«, fuhr sie fort. »Wir sind nicht mehr zwanzig.«

Während sie dies sprach, sang Brian Wilson *The warmth of the sun*, einen Song über Liebe, Sehnsucht und Geborgenheit, und mir wurde tatsächlich auf einmal richtig warm ums Herz. Hannah warf einen Blick zu Axel, der lässig eine Weizenbierflasche über den Tresen rollte und dann den letzten Rest Schaum in ein Glas füllte. Eine blasse Frau mit Augenrändern und einem lila Strickhut starrte in das Weizenbierglas, nachdem Axel eine Zitrone im Schaum versenkt hatte, und es schien so, als wären die aufsteigenden Blasen in der

Flüssigkeit eine Metapher für all die unterdrückten und uneingestandenen Sehnsüchte, die auf einmal an die Oberfläche traten. Die beiden Typen in Schwarz, die NIL rauchten und an diesem Abend sicher noch einiges vorhatten, schauten aneinander vorbei und lächelten mild in den Raum. Für einen Moment wurde das *Submarine* von einer Welle ergriffen, und mir kam es so vor, als sehnte sich jeder in meiner Nähe danach, ein wenig im Licht zu baden.

»Willst du einen Schluck vom Sonnenuntergang«, fragte ich Hannah und schob ihr das Glas hin, aber sie schüttelte nur den Kopf.

»Ich trinke nichts mehr.«

»Seit wann?«

Sie tat so, als müsste sie überlegen. »Seit gestern.«

Ich bot ihr eine von meinen Zigaretten an.

»Nein danke.«

»Verstehe, seit gestern.«

Sie lächelte verlegen und auf eine Art, als würde sie etwas von mir erwarten. Ich hatte keine Ahnung, was.

»Gibt es was Neues?«, fragte ich.

»Na schön«, sagte sie schließlich. »Du bist der Erste, der es erfährt. Ich hoffe, dass du das zu würdigen weißt. Ich war beim Arzt, weil meine Tage längst überfällig sind.«

»Nein!«

»Doch.«

Ich biss mir auf die Zunge. Beinahe hätte ich gefragt, ob sie es bekommen will. »Von Ulli?«

Jetzt musste sie laut lachen. »Wie kommst du denn darauf? Glaubst du, ich würde von einem Mann ein Kind kriegen, mit dem ich einen Club aufmachen will? Man muss Privates und Geschäftliches streng voneinander trennen – übrigens genauso wie Liebe und Freundschaft.« Sie zwinkerte mir zu und schmunzelte frech. »Sonst sind Verwicklungen und Missverständnisse vorprogrammiert. Außerdem ist Ulli schwul.«

Anscheinend nahmen meine Menschenkenntnis und Intuition mit zunehmendem Alter ab. Ebenso die Fähigkeit, spontan angemessen zu reagieren. Eine Fülle von widersprüchlichen Gedanken und Gefühlen machte mich unfähig, überhaupt etwas zu sagen.

Aber Hannah war Gott sei Dank klug und alt genug, um zu begreifen, dass einen Mann mitten in den Dreißigern, der sich hartnäckig weigerte, erwachsen zu werden, eine solche Nachricht einfach überfordern musste.

»Es freut mich, dass du dich freust.«

»Entschuldige. Ich bin nur ein bisschen überrascht.«

Sie nickte nachsichtig.

»Wer ist denn nun der Vater?«

»Klar, das beschäftigt dich am meisten. Man sieht dir schon an, wie du in Gedanken mit Theo telefonierst.«

Apropos Theo. Tatsächlich hatte ich mir vorgenommen, ihn so bald wie möglich anzurufen. Ich machte mir Sorgen, dass er mal wieder mit seinem Soloprogramm auf Tour war.

»Soll ich dir helfen?«, fragte Hannah Axel, als der an den Nachbartischen die Aschenbecher leerte.

Axel blinzelte durch seine Brille mit den gelben Gläsern, ohne die ich ihn noch nie gesehen hatte und die er angeblich nicht aus modischen Gründen trug, sondern weil er irgendein seltenes Augenleiden hatte. Aber sie passte gut zum *Submarine* und zur kalifornischen Sonne, die heute hier schien.

»Ich werde doch eine werdende Mutter nicht wegen ein paar Aschenbechern hochscheuchen«, sagte er gelassen und schlurfte zurück zur Theke.

»Ich bin also der Erste, der es erfährt!«

Hannah lachte nur. Lange hatte ich sie nicht mehr so unbeschwert gesehen. Glück glänzte in ihren Augen und strahlte mich an. Auf einmal schien sie zu wissen, warum sie auf dieser Welt war. In ihrem unsteten, nervösen Dasein gab es eine neue Mitte. Good vibrations, o Brian! Selbst ihr obligates Thekenfrauschwarz hatte sie gegen eine Kombination aus changierenden Lila-, Silber- und Blautönen getauscht, die sie nicht mehr ambivalent, geheimnisvoll und ziemlich sexy erscheinen ließen, sondern einfach nur schön.

»Das Kind ist von Veit«, sagte sie endlich.

»Veit?«

»Veit Kässens!«

O Gott! Mir klingelten noch die Ohren von Theos paranoiden Kässens-und-Jakubowski-Tiraden. Wenn er jetzt auch noch erfuhr, dass ein Teil des in seinem Sprachgebrauch untrennbar miteinander verbundenen Duos an Hannahs Schwangerschaft schuld war, dann betrachtete er dies gewiss als weiteres Indiz für die Richtigkeit seiner Kässens-und-Jakubowski-Verschwörungstheorie.

»Du siehst ja nicht gerade begeistert aus.«

»Veit Kässens. Ist das nicht dieser Clubbesitzer?«, fragte ich, um die Zeit zu überbrücken, die ich brauchte, um mich von dem Schock zu erholen. Auf einmal wusste ich, wer dieser dickliche Typ in dem gelb-grünen Hemd gestern bei dem Besichtigungstermin in Hannahs künftigem Laden war.

Hannah nickte. »Ihm gehören der *Silver Cube,* das *Raider's*, die *Chromosome Lounge*, der *J&K Club* und seit gestern das *Embryonic Rendezvous,* eine kleine intime Bar, gleich hier um die Ecke. Das heißt: ihm und Jacques Jakubowski.«

Embryonic Rendezvous, wie passend! Das war sicher die Bar, in der Theo gestern randaliert hatte. »Wie lange kennt ihr euch denn schon?«

Hannahs mit Absicht ungerade geschnittener Pony, der etwa zwei Zentimeter über ihren Brauen endete, rutschte jedes Mal, wenn sie die Stirn in Falten zog, etwas nach unten. »Seit etwa zwei Monaten.«

Ich verschluckte mich an meinem Cocktail. »Und dann willst du schon ein Kind von ihm?«

»Ich will kein Kind von ihm, ich will ein Kind! Ich werde bald fünfunddreißig. Irgendwann muss man ja mal Ernst machen und sich den Herausforderungen stellen, die das Leben für einen bereithält.«

Vergeblich suchte ich in ihrem Lächeln nach einer Spur von Ironie.

»Aber ausgerechnet mit einem neureichen Schnösel wie diesem Kässens!« Ich spürte, wie sich das ganze angestaute Entsetzen mit einem Mal entladen wollte.

Wenn Hannah die Brauen zusammenzog, weil ihr etwas missfiel, rutschte ihr Pony automatisch nach oben – so wie jetzt.

»Der geht doch über Leichen!«, fuhr ich unbeeindruckt fort, indem ich – zumindest sinngemäß – unseren gemeinsamen Freund zitierte.

»Du kennst ihn doch gar nicht!«

»Wenn es dir nur um das Kind geht, warum hast du es dann nicht mit mir gemacht. Wir hätten vorher alles genau bereden können und sicher eine Menge Spaß gehabt.«

»Henry, sei nicht albern.«

»Warum nicht? Ich bin größer, schlanker und mindestens zehn Jahre jünger als Kässens. Das sind schon rein biologisch die besseren Voraussetzungen. Ganz abgesehen davon, dass wir uns seit ewigen Zeiten kennen, du also wenigstens wüsstest, mit wem du es zu tun hast.«

»Es ist nun mal passiert. Was schlägst du vor? Soll ich es abtreiben lassen und mit dir ein neues machen?«

Keine schlechte Idee, aber so etwas durfte man höchstens denken, wenn man nicht vom Internationalen Tribunal zur Ahndung der Verbrechen gegen die weibliche Seele, die während der Schwangerschaft bekanntermaßen besonders empfindlich ist, zur Verantwortung gezogen werden wollte.

»Es ist also einfach so passiert! Als lebten wir nicht im Zeitalter der Verhütungsmittel. Hast du eigentlich einen Aids-Test machen lassen?«

»Du wirst geschmacklos.«

Anscheinend fing sie ernsthaft an, sich über mich zu ärgern. Aber ich war viel zu sehr in Fahrt, um jetzt aufhören zu können. »Und was ist mit deinem Club? Willst du vielleicht das Kinderbett neben die Bar stellen?«

»Glaubst du wirklich, ich würde einen solchen Laden aufmachen, wenn ich vorhätte, so wie hier jeden Abend hinter der Theke zu stehen? Außerdem bin ich ja nicht allein.«

Ihr Augenaufschlag war so vieldeutig wie diese Aussage. Plante sie mit Kässens bereits eine gemeinsame Zukunft? Nach zwei Monaten?! Oder was sollte das sonst bedeuten: Sie sei nicht allein? Meinte sie Ulli? Oder mich? Oder überhaupt alle, die mit ihr befreundet waren? Nach dem Motto: ›I get by with a little help from my friends‹?

Bei dem Gedanken an ›Hilfe von Freunden‹ fiel mir etwas anderes ein: »Mit wie viel Prozent sind Kässens und Jakubowski an eurem Laden beteiligt?«

Hannah sah mich an, als sei sie bei einer Unwahrheit ertappt worden. »Woher weißt du …?«

Eigentlich wusste ich es nicht. Mich hatte plötzlich nur so eine Ahnung befallen, dass hier Geschäftliches und Privates durchaus nicht so sauber voneinander getrennt wurden, wie es mir Hannah vorhin hatte weismachen wollen. »Wie viel?«

»Sie sind gewissermaßen unsere Strohmänner, die die Verhandlungen mit den Banken übernehmen. Ulli und mir hätte doch niemand einen Kredit gegeben.«

»Dann gehört ihnen praktisch alles.«

»Unsinn. Sie stellen uns das Geld der Banken zur Verfügung.«

»Völlig uneigennützig …«

»Natürlich sind sie am Gewinn beteiligt, aber nur so lange, bis wir den Kredit abbezahlt haben.«

»Wie großzügig! Aber wenigstens bleibt es ja dann in der Familie.«

»Warum musst du immer so verdammt zynisch sein? Kannst du dich nicht einfach mal mit mir freuen, wenn es mir gut geht?« Um ihre Tränen zu verbergen, drehte sie den Kopf zur Seite.

Ich stand auf und legte meine Hand auf ihre Schulter. »Hannah!«

Sie machte ihren Rücken steif und blickte starr geradeaus.

»Ich will doch bloß nicht, dass du dich auf etwas einlässt, das du später bereust.«

»Warum glaubst du immer zu wissen, was für mich richtig und gut ist? Wie kommst du darauf, dass ich irgendetwas bereuen könnte?«

Sie hatte Recht und ich erschrak über die Trauer und Wut in ihren leicht geröteten Augen, als sie mich ansah. Wenn mich bislang eine Frau so angeschaut hatte, dann war das ein untrügliches Zeichen dafür gewesen, dass etwas unweigerlich seinem Ende entgegenging.

»Liebst du ihn?«

Die Frage schien sie zu überraschen, aber immerhin war sie bereit, darüber nachzudenken. »Vielleicht, ich weiß es nicht. Wir kennen uns doch erst seit kurzem.«

»Ich sollte mich wohl lieber um mich selbst kümmern«, sagte ich schließlich und dachte an Luzia. »Damit ist vielleicht auch allen anderen geholfen.«

Obwohl Hannah noch das Papiertaschentuch in der Hand hielt, mit dem sie sich die Tränen weggewischt hatte, gelang es ihr schon wieder, ein bisschen zu lächeln. »Endlich mal ein vernünftiger Satz aus deinem Mund.«

»Entschuldige.« Mein Handy übertönte den Surf-Sound.

Hannah stand auf und ging zu Axel hinter den Tresen. Ich war noch ganz in Gedanken, während Alexas Stimme schon in mein Ohr drang.

»Du hast vielleicht Nerven, einen halben Tag warte ich bereits auf deinen Anruf! Der Produzent ist schon drauf und dran, uns den Auftrag zu entziehen. Was treibst du eigentlich die ganze Zeit?«

Gute Frage. Ich musste zugeben, dass mein kurzer Abstecher ins Waffenschiebermilieu mich nicht unbeeindruckt gelassen hatte. Ich war noch ein wenig in der Gegend herumgefahren, um Ausschau nach einer anderen stilvollen Fernsehvilla mit morbider Atmosphäre zu halten. Aber meine Stimmung war gewissermaßen im Keller geblieben. Die

Russenmafia tötet Katzen von alten Frauen. Junge Menschen dealen mit Knarren, statt sich mit Drogen, Sex und lauter Musik auf den Ernst des Lebens vorzubereiten. Und der Regen weichte diese Welt auf.

Später hatte ich mich dann erfolgreich davor gedrückt, mit Alexa zu telefonieren. Warum hatte sie mich eigentlich nicht eher angerufen, wenn die Sache so dringend war?

»Tut mir Leid, Alexa, ich hab da zwar was gefunden, was dir gefallen könnte, aber die Besitzer sind gerade in Amerika.«

»Hast du Aufnahmen gemacht und mit den Nachbarn gesprochen?«

»Ja, es gibt da auch jemanden, der sich um das Haus kümmert.«

»Hast du seine Telefonnummer?«

»Schon, aber ich warne dich, es könnte Komplikationen geben.«

»Die gibt es sowieso.«

»Das Haus hat keine gute Aura.«

»Bitte?«

»Du weißt schon – wie das ›Dakota‹.«

»Das ›Dakota‹?«

»Ach ja, das war vor deiner Zeit. Das Gebäude, in dem Polanski *Rosemaries Baby* gedreht hat und vor dem John Lennon erschossen wurde.«

»Gib mir die Nummer!«

Toller Vergleich! Besser hätte ich ihr die Hütte der Blombergs nicht ausreden können. Aber vielleicht machte ich mir auch zu viele Gedanken. Wenn Alexa das Haus wollte – bitte! Sollten sich doch ihre Auftraggeber mit dem Dealer und den Russen herumschlagen. Ein bisschen Recherche vor Ort hatte noch niemandem geschadet. Und vielleicht zeichnete sich die 30. Folge von *Die Straßen von Berlin* mal nicht durch Krawumm-Szenen und radebrechende Bösewichter mit Narbengesichtern aus, sondern durch realistische Milieuschilderungen und authentische Charaktere.

Während ich Alexa Gregors Nummer diktierte, beobachtete ich Hannah hinter dem Tresen. Manchmal schielte sie in meine Richtung und musste schmunzeln, wenn sich unsere Blicke trafen. Ich war froh, dass sie mir meinen kleinen Ausfall von eben nicht allzu übel genommen zu haben schien, und sah darin ein untrügliches Zeichen, dass unsere Beziehung bereits familiär geworden war. Wenn sie ein Kind bekam, dann fühlte ich mich dafür verantwortlich. Das war nun einmal so in einer Familie.

»Love and mercy, that's what you need tonight«, sang Brian Wilson, der König der harmoniesüchtigen Melancholiker und genialen Selbstzweifler, und Hannahs Augen glänzten, während sie Gläser spülte. Die kalifornische Sonne schien im Augenblick nur für sie.

»Henry, bist du noch dran?«

»Alexa!« Für einen Moment hatte ich sie ganz vergessen.

»Wir versuchen einfach unser Glück. Es bleibt sowieso keine Zeit mehr, etwas anderes zu suchen. Du bringst morgen Vormittag die Kamera im Büro vorbei, ja? Und drück die Daumen, dass es klappt!«

Ich hatte gerade das Handy ausgeschaltet, als Axel Hannah ans Telefon rief. Sie sagte kaum etwas, sondern nickte nur und hielt sich die Hand vor den Mund. Mein Glas mit dem Tequila Sunrise war leer und vor Hannahs Sonne schoben sich anscheinend dunkle Wolken. Die plötzlichen Wetterwechsel in diesen Breitengraden wurden langsam beängstigend. Ich ging zum Tresen, um zu hören, was los war.

»In welches Krankenhaus?«, fragte Hannah und sah ganz blass aus, als sie den Hörer auflegte.

»Ist was passiert?«

»Das war Nora vom *Embryonic Rendezvous.* Sie sind gerade überfallen worden.«

»In der Bar?«

Hannah nickte. »Vier bewaffnete Männer mit Masken vorm Gesicht. Sie haben die Kasse ausgeräumt und Veit zusammengeschlagen, als er versuchte, sie daran zu hindern.

Er war noch immer bewusstlos, als er ins Krankenhaus gebracht wurde.« Nervös zupfte sie an ihren Haaren. Das machte sie immer, wenn sie aufgeregt war und nicht wusste, was sie tun sollte.

»Diese Schweine!«, schimpfte Axel, der die Ohren gespitzt und alles mitbekommen hatte. »Und die Bullen kommen wie immer zu spät. Morgen besorge ich mir eine Uzzi, dann sollen diese Arschgeigen doch hier aufkreuzen. Ich werde ihnen einen angemessenen Empfang bereiten, damit der Spuk endlich ein Ende hat.«

Vielleicht sollte ich ihm mal Gregor vorstellen. Der hätte bestimmt das Richtige für Axel auf Lager. Unter diesen Umständen wäre das beinahe ein sozialfürsorgerischer Akt: Hilfe zur Selbsthilfe!

»Komm!«, sagte ich zu Hannah. »Ich fahre dich ins Krankenhaus.«

Alte Bekannte

In Trance – Bericht eines Drogisten stand auf dem Deckblatt des Manuskripts, das in meinem Briefkasten steckte. Wenigstens Theos Lebensbeichte hatte sich also wieder eingefunden. An den Umschlag hatte er einen handgeschriebenen Zettel geheftet:

> *Ich wäre dir dankbar, wenn du das gute Stück für mich aufbewahren könntest. Übrigens treffe ich mich morgen um elf Uhr im Paul-Heckel-Stadion mit jemandem, der womöglich etwas über meinen Vater weiß. Wenn es dich interessiert, sehen wir uns! Bis dann – Theo.*

Natürlich wusste er, dass ich neugierig war, besonders wenn er nur ein paar Andeutungen machte. Allerdings war es nun schon kurz nach zehn und Theo hatte das Manuskript gewiss bereits gestern Abend eingeworfen. Ich hatte nicht mehr auf den Briefkasten geachtet, als ich gegen halb zwei vom Krankenhaus nach Hause gekommen war.

Der Tag hatte kaum begonnen und ich musste mit nüchternem Magen eine Entscheidung fällen. Das Frühstück stand fix und fertig auf dem Tisch und die ganze Wohnung roch nach Kaffee. Eigentlich war ich nur nach unten gegangen, um die Zeitung zu holen. Doch jeder Schritt zieht einen anderen nach sich. Und so gab es mal wieder nur einen Schluck Kaffee im Stehen und ein halbes Brötchen im Gehen – oder richtiger: im Ungekämmt-mit-halb-übergestreifter-Jacke-die-Treppe-Hinuntersprinten.

In dem Dreieck zwischen Gips-, August- und Joachimstraße befand sich ein kleiner Park, an dem ich beinahe täglich vorbeikam, weil sich Alexas Büro schräg gegenüber befand. Wenn die Sonne schien, dann setzte ich mich manchmal mit einem Baguette auf eine der Bänke und sah den Arbeitslosen in ihren grellbunten Jogginganzügen beim Fußballspielen zu. Sie tranken Büchsenbier und hatten sich lustige Spitznamen gegeben: Krücken-Thommi, Heinz-Peter mit Bindestrich, Easy oder so ähnlich. Hin und wieder war ich mit dem einen oder anderen von ihnen ins Gespräch gekommen. Das kleine grüne Dreieck war zu ihrem letzten Refugium in der Spandauer Vorstadt geworden, in der die meisten von ihnen ihr ganzes Leben verbracht hatten. Nun befanden sich in den luxussanierten Häusern Galerien, von Stadtführern empfohlene ›Szene-Bars‹, Delikatessenbistros und Boutiquen mit zirka zehn Verkaufsobjekten auf der gesamten Ausstellungsfläche. Für die alten Männer war kein Platz mehr in der neuen Mitte. Sie waren einmal Kranfahrer gewesen oder Facharbeiter in einem Betrieb, der die Wende nicht überlebt hatte. Altlasten, die nicht in den Zeitgeist passten.

Ich freute mich jedes Mal, wenn ich schon von weitem ihre versoffenen Reibeisenstimmen hörte. Den Park hatten sie Paul-Heckel-Stadion getauft – nach einem verstorbenen Freund und weil sie auf dem Rasen gerne ein bisschen kickten.

An diesem Vormittag spielte hier allerdings niemand Fußball. Der ganze Platz war abgesperrt. In der Auguststraße drängelten sich jede Menge Polizeiwagen und Passanten, die den Beamten im Weg standen. Aus den Fenstern der Häuser rundum ragten Köpfe. Gesprächsfetzen, die ich im Vorbeigehen auffing: »Heute Morgen ham'sen jefunden ... Abjestochen! ... Nee, weeß keener ... Wahrscheinlich in der Nacht ... Wat soll 'n dit, du Penner?!«

Ich hatte jemandem auf den Fuß getreten, als ich mir einen Weg durch die Menge bahnte. Ohne mich zu entschuldigen, stieß ich ihn einfach beiseite.

»Ey, du hast se wohl nich mehr alle!«

Ich musste nach vorn, um zu sehen, was los war.

»Stehen bleiben, verdammt noch mal!«, schrie mich ein Polizist an, als ich über das rot-weiße Absperrband stieg.

»Ist schon in Ordnung, lassen Sie ihn durch!«, vernahm ich eine vertraute Stimme.

Hauptkommissar Oeser kam in voller Leibesfülle auf mich zu.

»Aber die Fußspuren …«

»Ja, ja, er geht hier vorne lang, da haben die Kollegen schon Abdrücke genommen.«

»Was ist passiert? Wo ist Theo?«

»Sie haben also immer noch nicht gelernt, dass ich derjenige bin, der die Fragen stellt«, sagte er, ohne die Miene zu verziehen, und führte mich am Rand der Wiese entlang zu einigen Sträuchern, hinter denen zwei Bänke standen. Vor der einen waren mit Kreide die Umrisse eines Körpers auf das Pflaster gemalt worden. In der Mitte der Zeichnung befand sich eine dunkelrote Blutlache, deren Ausläufer erst außerhalb der skizzierten Umrisse endeten. Auf der anderen Bank saß Theo.

»Ihr Freund hat mir schon ein paar interessante Dinge erzählt«, erklärte Oeser und strich sich über den Schnauzer. »Vielleicht leisten Sie uns ein wenig Gesellschaft.«

Theo sah ziemlich blass aus. »Das war Feueratze«, sagte er und deutete auf die Kreidezeichnung, »der Mann, mit dem ich verabredet war.«

»Seit wann ist Ihr Vater eigentlich verschwunden?«, fragte Oeser.

»Seit zwei Tagen«, antwortete Theo.

»Hat dieser Feueratze irgendwelche Andeutungen gemacht, warum er sich mit Ihnen treffen wollte?«

»Er hat nur gesagt, dass er etwas über meinen Vater wüsste, worüber er nicht am Telefon sprechen wollte. Ich hatte hier im Park ein bisschen herumgefragt, weil mein Vater hin und wieder hierher kam, wenn er sich einsam fühlte. Von den Männern, die auf der Wiese Fußball spielten, hat jedoch keiner eine Ahnung, wo er sein könnte, zumindest haben sie das behauptet. Für den Fall, dass einem von ihnen noch etwas einfallen sollte, hatte ich meine Telefonnummer dagelassen. Am Abend hat mich dann Feueratze angerufen. Aber irgendjemand hatte anscheinend etwas dagegen, dass wir uns trafen.«

»Sieht so aus«, pflichtete ich ihm bei, wofür ich mir einen missbilligenden Blick durch Oesers Kassenbrille einfing.

»Überlassen Sie die Schlussfolgerungen gefälligst mir«, brummte der Hauptkommissar. »Und fangen Sie um Himmels willen nicht wieder damit an, Detektiv zu spielen.« Seine rechte Hand wanderte unter den offenen Trenchcoat und legte sich auf sein Herz.

Als ich Oeser zuletzt begegnet war, hatte er gerade einen Infarkt hinter sich und einige Kollegen hätten ihn gewiss lieber für immer im Ruhestand gesehen. Aber eine vorzeitige Pensionierung kam für einen Mann wie Oeser nicht in Frage. Er hätte sie wohl auch kaum überlebt. Wenn man eine Arbeitsmaschine abschaltet, wird sie rostig und landet auf dem Schrott. Oeser war so eine Maschine. Unter Volldampf keuchte er mit seinem angegriffenen Herzen durch die Stadt, um Verbrechen aufzuklären, die in der Regel den Zeitungen nur wenige Zeilen wert waren. Soviel ich wusste, beschränkten sich seine privaten Kontakte auf ein paar Zierfische im Aquarium, in das er starrte, wenn er zu Hause ein wenig Entspannung und Vergessen suchte. Aber wahrscheinlich dachte er in Wirklichkeit über Indizien, Tatverdächtige und -motive nach, während in der künstlichen Unterwasserwelt Schleierschwänze, Salmler und Skalare ihre Runden zogen. Er sah nicht aus wie ein hoffnungsloser Gerechtigkeitsfanatiker, der nach all den Jahren bei der Mordkommission noch immer glaubte, dass durch die Lösung eines Mordfalls die Welt irgendwie besser werden könnte. Vielleicht war er einer der letzten Moralisten im Polizeiapparat. Vielmehr vermutete ich jedoch, dass es nichts anderes als ein gewisser Trotz war, der ihn antrieb, der gleiche Trotz, mit dem Leute giftige Farben mischten und Bilder malten, die keiner sehen wollte, oder in langen Nächten Tausende von Zigaretten rauchten und Bücher schrieben, die keiner lesen wollte, also Dinge taten, die äußerst ungesund waren und wenig Aussicht auf Erfolg hatten. Womöglich brachte mich seine schwarze Baskenmütze auf den Gedanken – was sicher nicht besonders originell war –, aber ich wurde den Verdacht nicht los, dass Oeser als Kriminalist ein Künstler war, jemand, der seinen Beruf als Berufung verstand und seine Ermittlungen voller Hingabe und Leidenschaft betrieb, auch wenn er ganz genau wusste, dass das Verbrechen in einer Stadt wie dieser nicht zu besiegen war.

»Wir haben jetzt von allen Männern, die sich hier regelmäßig treffen, die Adresse und …« Kommissar Bönninghaus stockte, als er mich sah.

»Was hat der denn hier zu suchen?«, fragte sein Kollege Röntsch, der aus seiner Begeisterung keinen Hehl machte.

»Irgendwie scheinen wir füreinander bestimmt zu sein«, bemerkte ich, womit ich wohl eine der schlimmsten Befürchtungen der beiden Kriminalbeamten gelassen aussprach.

Bönninghaus nickte betroffen, während Röntsch nur angewidert die Nase rümpfte.

Zweimal hatten wir bereits miteinander zu tun gehabt und jedes Mal waren unsere Zusammentreffen nicht sehr harmonisch verlaufen – was vor allem daran lag, dass Röntsch dazu neigte, mir Morde anzuhängen, die ich nicht begangen hatte. Im Gegensatz zu ihm war ich jedoch nicht nachtragend.

Amüsiert verfolgte Theo unser herzliches Wiedersehen, während Oeser es anscheinend an der Zeit fand, ein wenig professionelle Nüchternheit in die Szene zu bringen.

»Sind die Angehörigen schon verständigt worden?«, fragte er seine Kollegen, die mir ihre Bäuche entgegenstreckten wie zwei riesige Luftpolster.

»Ähh, wir wollten gerade …«, stotterte Bönninghaus.

»Schon gut, das übernehme ich. Setzen Sie die Befragungen fort!«

Man konnte Röntsch ansehen, dass er sich derartigen Anweisungen nur äußerst widerwillig fügte. Er war Oesers

Stellvertreter und hatte sich während der Krankheit seines Vorgesetzten bereits Hoffnungen gemacht, dessen Nachfolge antreten zu können. Ohne ein Wort drehte er sich um und eilte mit geschwollenem Stiernacken davon. Kommissar Bönninghaus wäre beinahe über einen Papierkorb gestolpert, als er ihm folgen wollte. »Warte doch mal, Volker!«

»Kommen Sie in den nächsten Tagen in mein Büro«, sagte Oeser zu Theo. »Wir müssen noch Ihre Aussage aufnehmen.« Und zu mir: »Sie halten sich da raus. Wenn Sie uns wieder in die Quere kommen, kriegen Sie Ärger – verstanden?!«

»Keine Sorge«, sagte ich, während ich beobachtete, wie Röntsch einen Fotografen anschrie, der über die Absperrung geklettert war. »Auch wenn Sie mich vielleicht für einen unverbesserlichen Quälgeist halten, der seine Nase mit Vorliebe in Dinge steckt, die ihn nichts angehen, ich habe genug eigene Probleme und bin viel weniger neugierig, als Sie glauben. Wenn Ihre Kollegen nicht darauf bestehen, mich mal wieder für einen Mörder zu halten, sehe ich keinen Grund, mich mit einem Toten im Park zu beschäftigen, den ich gar nicht kenne.«

»Na hoffentlich.« Oeser reichte Theo und mir die Hand, zog sein Handy aus der Innentasche seines Trenchcoats und lief telefonierend die Gipsstraße hoch in Richtung Rosenthaler Straße.

Wir folgten ihm ein Stück, bogen dann jedoch in die Joachimstraße ab, um im *Hackbarth's* zu frühstücken.

»Das *Embryonic Rendezvous* ist gestern Abend überfallen worden«, erzählte ich beiläufig, während ich Aprikosenkonfitüre auf einem halben Brötchen verteilte. »Veit Kässens wurde dabei verletzt. Er hat eine Gehirnerschütterung.« Ich beobachtete Theo ganz genau, weil ich den Verdacht nicht loswurde, dass er etwas damit zu tun hatte, zumal er erst kurz zuvor in der Bar randaliert hatte.

Aber seine Überraschung und seine Schadenfreude schienen echt zu sein.

»Der Ärmste«, sagte er, indem er mir mal wieder einen tiefen Einblick in die beiden Öffnungen seines Zinkens gewährte. »Hat er endlich was auf die Mütze gekriegt!« Genüsslich schlug er mit dem Löffel auf sein Ei ein.

Ich betrachtete Theos Gesicht, das schon wesentlich besser aussah als in der Nacht nach der Prügelei im *Embryonic Rendezvous.* Nur ein Kratzer an der rechten Augenbraue und natürlich die Zahnlücke, die aber irgendwie zu seinem grinsbackigen Draufgängercharme passte, erinnerten an den Zusammenstoß mit seinen beiden Freunden.

»Glaubst du eigentlich immer noch, dass Kässens und Jakubowski deinen Vater entführt haben?«, fragte ich.

»Ich habe mich ein bisschen umgehört. In der Zeit, in der ich im Knast saß, haben meine beiden Freunde ein kleines Imperium aufgebaut. Ihnen gehören nicht nur die Clubs, die unter ihrem eigenen Namen laufen, sie sind mindestens noch an einem Dutzend weiterer Läden beteiligt, die sie nach und nach übernehmen werden.«

Anscheinend war Theo der Appetit vergangen. Er schob den Becher mit dem angeschlagenen Ei weg und zündete sich eine Zigarette an. »Die Masche ist immer dieselbe. Sie beteiligen sich an einem Club und warten ab, bis die Betreiber, die sie zuvor ermutigt, beraten und unterstützt haben, in finanzielle Schwierigkeiten geraten. Und Schwierigkeiten stellen sich in der Regel ganz von selbst ein in einer Stadt wie dieser, in der ein Event das andere jagt. Ansonsten helfen sie eben ein bisschen nach. Ein paar lancierte Negativmeldungen in den Lokalspalten oder groß angekündigte Konkurrenzveranstaltungen an mehreren Wochenenden hintereinander – und wenn alles nichts nützt, dann werden kurzerhand ein paar Lieferungen umgeleitet, Veranstalter abgeworben oder der Vermieter fordert Nachbesserungen im Lärmschutz für schlappe hunderttausend. Dann ist es an der Zeit für eine gute Tat. Kässens und Jakubowski retten den Club vor dem Ruin und bieten den Betreibern an, künftig für sie zu arbeiten. Denen bleibt meistens nichts anderes übrig, als darauf einzugehen, wenn sie nicht in einem Meer von Schulden ertrinken wollen. Und kaum haben die beiden Wunderknaben das Geschäft gemacht, läuft der Laden.«

Das klang nach der üblichen Kässens-und-Jakubowski-Leier und ich hätte sicher nicht so interessiert zugehört, wenn mir Hannah nicht gestern erzählt hätte, dass ihr Kässens und Jakubowski bei der Finanzierung ihres Clubs helfen würden. Ich hatte mir Veit Kässens im Krankenhaus noch mal genau angesehen. Er hatte nicht unsympathisch gewirkt, nur ein wenig einsilbig, was angesichts einer Gehirnerschütterung jedoch kein Wunder war. Allerdings war ich mir nicht sicher, ob Hannah ihm schon etwas von dem Kind erzählt hatte. Ich hatte den Eindruck, als wäre Kässens beinahe etwas überrascht gewesen, dass sie sich seinetwegen noch in der Nacht in die Klinik bemüht hatte. Aber Hannah schien ihn wirklich zu mögen. Zärtlich hatte sie ihre Hand unter seinen Nacken gelegt und ihn geküsst. Er hatte es geschehen lassen und, als er sich zu ihr beugte, sogar ein wenig das Gesicht verzogen. Ich weiß nicht, ob ihm etwas wehgetan hatte oder ob ihm Hannahs Zuwendung peinlich war, ich weiß nur, dass er es bereuen würde, wenn er die Absicht hatte, meiner Freundin das Herz zu brechen oder sie über den Tisch zu ziehen. Theo wollte ich von der Geschichte im Augenblick noch nichts erzählen. Er war schon so paranoid genug.

»Findest du nicht, dass das alles etwas übertrieben klingt«, sagte ich, »als würden die beiden die ganze Stadt kontrollieren wie Marlon Brando in *Der Pate*?!«

»Die haben einfach überall ihre Kontakte. Politiker, Promis, Jungunternehmer und Bankdirektoren – alle tanzen auf den Partys von Kässens und Jakubowski. Wer interessiert sich da schon für ein paar Leichen im Keller. Die Typen, mit denen ich gesprochen habe, halten es sogar für möglich, dass die beiden Saubermänner hinter den Raubüberfällen stecken.«

»Und was sind das für Leute, die so was für möglich halten?«

»Alte Freunde, ehemalige Barbesitzer, die inzwischen hoch verschuldet sind. Einem von ihnen hat bis vor kurzem noch das *Embryonic Rendezvous* gehört.«

»Dann wäre es doch wahrscheinlicher, dass dein Freund hinter dem Anschlag in der vergangenen Nacht steckt.«

»In der letzten Nacht habe ich mit ihm zusammengesessen und Bier getrunken.« Theo schüttelte den Kopf, drückte seine Zigarette aus und sah mich ernst und eindringlich an. »Der letzte Anschlag war ein Ablenkungsmanöver. Ist doch ganz klar! Damit keiner auf die Idee kommt, Kässens und Jakubowski könnten die Tresengangster beauftragt haben.«

»Warum sollten sie das tun?«

»Um die Konkurrenz einzuschüchtern und ein paar Leuten klar zu machen, dass es an der Zeit ist, ihren Laden abzutreten.«

»Meinst du im Ernst, Kässens hätte sich freiwillig so zusammenschlagen lassen, dass er mit einer Gehirnerschütterung ins Krankenhaus eingeliefert werden musste?«

»Hast du ihn gesehen?«

Ich fühlte mich ertappt.

»Na also!«, missdeutete er mein Schweigen und lächelte wissend. »Außerdem kann Veit Kässens eine ganze Menge wegstecken. Jedenfalls ist es schon irgendwie merkwürdig, dass das *Embryonic Rendezvous* einen Tag, nachdem ich dort aufkreuzte, überfallen wurde.«

Theo konnte einen wahnsinnig machen. Das hatte ich wohl vergessen während der Zeit, in der er im Gefängnis saß. »Was willst du eigentlich damit sagen?«, fragte ich genervt. »Dass Kässens und Jakubowski deinen Vater haben verschwinden lassen, damit dein Buch mit den Enthüllungen ihrer Machenschaften nicht erscheint? Dass sie Clubs im Viertel überfallen lassen, die sie übernehmen wollen? Dass sie ihren eigenen Club überfallen lassen haben, um den Verdacht von sich abzulenken? Sicher sind deine beiden Erzfeinde auch für den Mord an Feueratze und den Klimakollaps verantwortlich. Theo, das ergibt doch alles keinen Sinn.«

Ich wurde etwas abgelenkt, denn durch das Fenster konnte ich einen Mann in einem schmutzigen Lodenmantel beobachten, der mit einer Mini-Salami in der Hand auf dem Bürgersteig kniete und versuchte, eine junge Katze anzulocken, die sich unter einem parkenden Auto versteckt hatte. Unwillkürlich musste ich an die tote Katze der alten Frau in Zehlendorf denken, und dann fiel mir ein, dass ich Alexa heute Vormittag die Kamera ins Büro bringen sollte. Man kann also nicht unbedingt behaupten, dass ich besonders konzentriert bei der Sache gewesen wäre, als Theo sich ereiferte.

»Okay, du meinst also, das wäre alles aus der Luft gegriffen!«, polterte er los, dass sich mehrere Köpfe nach ihm umdrehten. »Hirngespinste!«, das Wort spuckte er fast über den Tisch. »Dann kannst du mir vielleicht erklären, warum der Verleger der True-Crime-Reihe plötzlich kalte Füße bekommen hat und aus schwachsinnigen Gründen mein Manuskript nicht mehr veröffentlichen will?«

»Tut mir Leid.«

Er winkte ab. »Waschlappen sollten sich nicht mit Verbrechen beschäftigen. Ich finde schon jemanden, der genügend Mumm hat, das Buch rauszubringen.«

Sein trotziger Optimismus rührte und erschreckte mich gleichermaßen.

»Miez! Miez! Miez!«, rief der Mann vor dem Fenster – so laut, dass man es sogar im Café hören konnten. Er lag fast unter dem Wagen, unter dem sich die Katze verkrochen hatte. Am Nachbartisch amüsierten sich ein paar Mittzwanziger, die sich viel Mühe gaben, nach ganz großem Business auszusehen, über die verkrustete Gestalt im Straßendreck.

»Was ist denn nun mit deinem Vater? Gibt's da was Neues?«

Theo starrte grimmig in seine Kaffeetasse und sagte: »Ein paar Bullen haben sich in der Wohnung umgesehen und nichts gefunden, was darauf hindeutet, dass eingebrochen wurde. Der Mann, der etwas Neues wusste, ist tot.« Dann rührte er mit dem Löffel in der schwarzen Flüssigkeit, als suchte er irgendwas, das nur ganz unten, auf dem dunklen Grund, verborgen liegen konnte.

»Kanntest du diesen Feueratze?«

»Er kannte meinen Vater.«

»Klar«, sagte ich, biss in mein Brötchen und schaute aus dem Fenster.

Draußen war der Mann mit dem Lodenmantel dazu übergegangen, die Katze mit einem kleinen Ball zu locken, den er vor dem Wagen hin- und herrollte. Ein Kleintransporter bog um die Ecke. Dann folgte einer dieser Augenblicke, in denen die Ahnung durch die Realität bestätigt wird. Ich wusste, was passieren würde, während es passierte.

Der Ball rollte unter das parkende Fahrzeug. Die Katze sprang auf die Straße. Bremsen quietschten.

»Miiiiieeeez!!!«, schrie der Mann, als ginge es um sein Leben.

Der Anfang der Eindeutigkeit

Alexa war bestens gelaunt. »Henry, ich ernenne dich hiermit zum Super-Scout!«, begrüßte sie mich, als ich ihr Büro betrat.

»Was ist denn mit dir los?«

»Mit der Villa in Zehlendorf ist alles unter Dach und Fach. Ich habe vorhin diesen netten Hausmeister gesprochen und anschließend mit Frau Blomberg in Boston telefoniert. Vierzehn Tage vor Drehbeginn sind sie und ihr Mann wieder in Berlin, und sie ist stolz darauf, dass wir ihr Haus für den Film auserkoren haben.«

»Du hast die Hütte doch noch gar nicht gesehen«, sagte ich und dachte an den netten Hausmeister und sein Waffenlager im Keller, während ich die Kamera neben Alexas indigoblauen iMac legte, der wunderbar zu der funktionalen Büroeinrichtung aus Chrom und Glas und übrigens auch zu Alexas Augen passte.

»Da kannst du mal sehen, wie sehr ich dir vertraue.«

Ich schaltete die Kamera ein. Auf dem winzigen LCD-Monitor erschienen die Außenaufnahmen, die ich vom Haus der Blombergs gemacht hatte.

»Perfekt!« Alexa war begeistert. »Ich weiß gar nicht, warum du gestern so zurückhaltend warst? Das ist doch genau das, was wir suchen.«

Sie strich sich durch ihre kurzen blonden Haare und sah mich fragend an. Es verunsicherte sie etwas, dass ich nicht reagierte, sondern nur die Kamera zuklappte und ihr überreichte. Aber ich hatte absolut keine Lust auf Erklärungen.

»Ist ja auch egal«, sagte sie schließlich. »Hauptsache, es hat alles noch geklappt. Ich glaube, da ist eine Prämie für dich drin, Henry.«

»Vielen Dank.«

Meine Gleichgültigkeit irritierte sie noch mehr. »Was ist denn los mit dir? Du klingst ja nicht gerade begeistert.«

»Komm her!« Ich legte meinen Arm um ihre Schulter und ging mit ihr zum Fenster. »Dort unten, nur wenige Meter von hier, ist in der Nacht ein Mann abgestochen worden, auf einer Parkbank. Schräg gegenüber wurde eine junge Katze überfahren, die zumindest einem Menschen in dieser Stadt etwas bedeutet hat, mein bester Freund ist kurz davor durchzudrehen und manchmal habe ich einfach das Gefühl, dass es nicht mehr hell wird auf dieser Welt. Verstehst du, was ich meine?«

Alexa nahm meinen Arm von ihrer Schulter. »Mein Gott! Du kannst einem ja richtig Angst machen.«

»Ich weiß, das ist unprofessionell.«

Das Telefon klingelte, aber Alexa rührte sich nicht. »Wollen wir einen Kaffee trinken?«, fragte sie.

»Ein andermal.«

»Soll ich rangehen?« Die Sekretärin steckte ihren Kopf zur Tür herein.

»Wir wissen nicht viel voneinander, stimmt's?«, sagte Alexa.

»Stimmt.«

Die Sekretärin schloss wieder leise die Tür. Das Telefon hörte auf zu klingeln.

»Vielleicht könnten wir das jetzt ändern.« Alexa sah wirklich so aus, als wäre sie bereit, etwas zu tun, was ich für unmöglich gehalten hätte: mitten am Tag einfach alles stehen und liegen zu lassen und mit mir einen Kaffee trinken zu gehen.

»Alexa, ich weiß das wirklich zu schätzen, aber ich muss ein bisschen allein sein. Um mich herum passieren lauter Dinge, die ich nicht begreife.«

»Melde dich, wenn du wieder bei dir bist.« Sie zwinkerte mir zu und setzte sich zurück an ihren Schreibtisch. »Und denk dran, du bist mein Super-Scout!«

Alexa wäre mit Sicherheit die erste Wahl als Interviewpartnerin für jede Journalistin gewesen, die einen Artikel zum Thema ›Die neuen Frauen – jung, intelligent, attraktiv, ehrgeizig‹ zu schreiben hatte. Und zu meiner Verwunderung musste ich wieder einmal feststellen, dass ich wirklich gut mit ihr klarkam.

Zu Hause ließ ich mir ein Bad ein. Das erste Mal, seit ich bei meinen Eltern ausgezogen war, lebte ich in einer Wohnung mit einer Wanne. Allerdings nahm ich mir nur selten die Zeit, sie zu benutzen. Außerdem hatte ich die Erfahrung gemacht, dass das Lesen und Rauchen beim Baden, also Tätigkeiten, die in Filmen immer so gemütlich aussahen, in der Realität mit einigen Unbequemlichkeiten verbunden waren. Schnell wurden Buch und Zigaretten nass, das Wasser kühlte ab und man fand in dem glatten Bottich keinen richtigen Halt. Danach fühlte ich mich meistens ziemlich erschöpft. Aber nun war es mal wieder so weit, dass ich glaubte, im warmen Wasser ein wenig Entspannung finden zu können. Ich benutzte sogar den türkisen Badezusatz mit Algenextrakten, den ich nach meinem Einzug gekauft hatte.

Als ich im Wasser lag, klingelte es, und ich wurde an eine weitere Unannehmlichkeit des Wannenbadens erinnert: Kaum ist man von oben bis unten nass, fällt einem ein, dass man etwas vergessen hat: Feuerzeug, Zeitschriften, Aschenbecher, ein Getränk oder wie in diesem Fall das Telefon. Ich überlegte kurz, ob ich zum Apparat hasten sollte, entschied mich aber aus Entspannungsgründen dagegen und lauschte nur von weitem einer Stimme, die eine Nachricht auf meinen Anrufbeantworter sprach. Ich konnte die Stimme weder erkennen noch verstehen, was sie sagte. Ich hörte nur, dass eine Frau sprach.

Damit war das Projekt ›Entspannungsbad‹ einmal mehr gescheitert. Wie soll sich ein neugieriger Mensch mit so einer Ungewissheit entspannen? Keine fünf Minuten dauerte es, bis ich, in ein Badehandtuch gewickelt, barfuß übers Parkett tapste und die Wiedergabetaste des Anrufbeantworters betätigte.

»Hallo, hier ist Luzia«, ertönte eine digitalisierte Stimme.

»Du hast mir deine Karte dagelassen. Eigentlich wundere ich mich über mich selbst und vielleicht ist es ein Fehler, aber ich würde gerne mit dir reden …« Sie unterbrach sich, und es klang beinahe so, als wollte sie etwas sagen, dass sie nicht über die Lippen bekam. »Wie gesagt, du bist ein Sonderfall«, erklärte sie schließlich. Dann diktierte sie noch ihre Telefonnummer und sagte: »Ich würde mich freuen, wenn du zurückrufst.«

Ich hörte mir die Nachricht noch ein paar Mal an, als wollte ich mich vergewissern, dass ich mich nicht täuschte, und wählte, noch immer nur mit einem Handtuch bekleidet, die angegebene Nummer. Nach dem dritten Freizeichen meldete sich ihr Anrufbeantworter.

»Hallo, hier ist Henry, schade, dass du nicht da bist, ich …«

»Hallo?«, unterbrach mich Luzias Stimme. Sie klang, als hätte ich sie gerade geweckt, dabei war es noch keine zehn Minuten her, dass sie mit meinem Anrufbeantworter gesprochen hatte.

»Hallo, hier ist Henry«, wiederholte ich. Vielleicht hatte sie ja nicht alles verstanden, was ich ihrem Apparat gerade mitgeteilt hatte.

»Aha.«

Seltsame Reaktion, für jemanden, der eben noch mit mir hatte sprechen wollen.

»Luzia?«

»Ja.«

»Du hast gerade bei mir angerufen«, erinnerte ich sie vorsichtig.

»Ich weiß«, sagte sie. »Ich weiß nur nicht, ob es eine gute Idee war.«

»Du bist mir nichts schuldig«, sagte ich mit gespielter Gleichgültigkeit. »Ich lege jetzt einfach auf und wir vergessen, dass du mich angerufen hast. Obwohl ich zugeben muss, dass ich mich darüber gefreut habe.«

»Vielleicht …«

»Ja?«

»Es ist nicht ganz leicht für mich, verstehst du? Ich habe mich noch nie mit einem Kunden privat getroffen.«

»Und ich hatte noch nie mit einer Frau etwas Geschäftliches zu erledigen, bevor ich mit ihr ins Bett gegangen bin.«

»Du meinst, ich sollte deshalb auch mal eine Ausnahme machen.«

»Also wann und wo?«

»Mach einen Vorschlag.«

Ich hatte das *Reingold* vorgeschlagen – eine Cocktailbar mit einem langen Tresen und einem korrekt gekleideten Barkeeper mit Moët-&-Chandon-Aufdruck auf weißer Schürze und dunkelbraun-golden changierender Krawatte, der jedem Gast persönlich die massive Stahltür öffnete. Sein jüngerer Kollege, der gerade damit beschäftigt war, gewissenhaft ein Erdnussschälchen neben dem anderen in einer Glasvitrine aufzureihen, als wollte er eine Schaufensterdekoration aus Zeiten der DDR-Mangelwirtschaft imitieren, pflegte dagegen die schwarze Kellnerkluftvariante. Durch eine gelbe Krawatte mit roten Punkten, die zur Wandbemalung passte, versuchte er seinem Outfit eine individuelle Note zu verleihen, strahlte jedoch nicht viel mehr als artige Konfirmandensteifheit aus. Das Publikum bestand vorwiegend aus Jungunternehmern, die in der Gegend ihre Büros hatten, deren Angestellten und den verwöhnten Gören der bundesdeutschen Wohlstandserbengemeinschaft. Wenn man das Etablissement betrat, blickte man auf ein überlebensgroßes Porträt von Klaus und Erika Mann, das auf herausgerissene Seiten des Mephisto-Romans gemalt worden war. Keine Ahnung, weshalb.

Ich war erst einmal hier gewesen und hatte an den Abend nur noch dunkle Erinnerungen. Trotzdem war mir sofort dieser Laden eingefallen, als Luzia mich aufforderte, eine Stätte für unser Treffen vorzuschlagen. Ich wollte ein neutrales Territorium für unsere Begegnung, einen Ort, mit dem mich nichts verband, wo ich sicher sein konnte, dass ich niemanden traf, den ich kannte. Und dafür bot das *Reingold* die besten Voraussetzungen.

Seit einer halben Stunde saß ich bereits auf einem Barhocker, schaute jede Minute auf die Uhr und drehte automatisch den Kopf zur Tür, wenn wieder einmal die Klingel ertönte und einer der Keeper hinter dem Tresen hervorkam, um neue Gäste hereinzulassen. Dabei hatte ich mich mit Luzia erst für 21 Uhr verabredet, und bis dahin waren es immerhin noch fünfzehn endlose Minuten. Langsam füllte sich der schmale Raum. Im Hintergrund lief irgendwas Lateinamerikanisches. Die Barkeeper kamen langsam auf Touren. Sie mixten, was das Zeug hielt, und rannten zwischendurch zur Tür. Ich rauchte eine Zigarette nach der andern, nippte an meinem Bier und dachte an Luzia. Ich kannte bereits ihren Körper, ansonsten wusste ich nichts von ihr. Vielleicht machte mich das so nervös.

Mein Mobiltelefon riss mich aus meinen Gedanken. In meiner Aufregung hatte ich vergessen, es auszuschalten. Der weiß beschürzte Mann hinter dem Tresen warf mir einen missbilligenden Blick zu. Ich zog das Handy aus der Tasche und ging damit auf den Gang zu den Toiletten, um niemanden zu stören.

»Hallo, Henry.« Es war Hannah. »Ich wollte mich noch mal bei dir bedanken.« Ihre Stimme mischte sich mit einem Gemurmel, Geklapper und undefinierbarer Musik. Gewiss rief sie vom *Submarine* aus an.

»Wie geht es deinem Freund?«

»Er ist bereits aus dem Krankenhaus entlassen worden und schon wieder ganz munter, obwohl ihm noch immer der Schädel brummt. Kein Wunder nach der Erschütterung.«

»Grüß ihn von mir.«

»Danke, aber ich habe da vielleicht eine bessere Idee. Wie wär's, wenn du heute Abend ins *Submarine* kommst. Veit wird auch da sein und Theo versuche ich noch zu erreichen. Dann könnt ihr euch alle mal kennen lernen.«

»Ich bin leider schon verabredet«, druckste ich rum.

»Mit einer Frau?«

»Sei nicht so neugierig.«

»Schade, vielleicht kannst du sie ja mitbringen oder später dazukommen.«

»Hmmm.«

»Na ja, ansonsten müssen wir uns eben zu dritt vergnügen.«

Das Vergnügen, wenn Theo und Veit Kässens aufeinander trafen, konnte ich mir lebhaft vorstellen.

»Entschuldigung.« Eine Frau, die frisch parfümiert aus der Damentoilette kam, wollte vorbei. »Vielen Dank!«

»War das deine Verabredung? Dann will ich nicht länger stören. Einen schönen Abend – bis bald!«

»Augenblick, Hannah!«

Sie hatte schon aufgelegt. Ich musste unbedingt etwas unternehmen, um eine Katastrophe zu verhindern, und fragte mich wieder einmal, wie gut Hannah und Veit Kässens sich kannten, wenn sie noch nicht einmal mitbekommen hatten, dass sie einen gemeinsamen Freund hatten. Ich suchte im Speicher des Handys nach der Nummer vom *Submarine*, als sich die Tür zur Bar öffnete und sich mir lange Frauenbeine näherten, die in schwarzen Lacklederstiefeln endeten. Ich hörte das Klappern der Absätze auf den Fliesen und machte, ohne aufzugucken, den Weg zur Damentoilette frei, aber die Frau blieb stehen.

»Entspricht das deiner Vorstellung von Romantik, dass wir uns hier treffen?«, fragte sie.

»Luzia …«

»Der Barmann hat mir verraten, wo ich dich finden kann.« Da war wieder dieses ironische Lächeln, das ich jedes Mal, wenn ich es sah, als Herausforderung empfand.

Ich steckte das Telefon in die Tasche. Sollten doch Hannah, Theo und Kässens sehen, wie sie miteinander klarkamen. Ich hatte jetzt andere Probleme – zum Beispiel: Wie begrüßt man eine Frau, mit der man im Bett gewesen war, die man jedoch noch nie geküsst hatte?

Ich nahm spontan ihre Hand und führte sie zu meinen Lippen. So etwas hatte ich noch nie getan. Luzia musste lachen.

Ein Mann mit einem gepflegten Kinnbärtchen wollte vorbei, wodurch Luzia dicht an mich gedrückt wurde. Sie war einen halben Kopf kleiner als ich. Ich spürte den Hauch ihres Atems an meinem Hals und roch ihr Parfum.

»Lass uns gehen«, flüsterte Luzia. »Ich meine, in die Bar.«

Mein Glas stand noch immer halb voll auf dem Tresen. An den Tischen waren inzwischen kaum noch Plätze frei. Daher blieben wir an der Theke und setzten uns auf zwei Barhocker. Luzia bestellte sich einen Manhattan und kramte ihre Zigaretten aus der Tasche. Zwar unterschied sich ihr privates Outfit erheblich von der Kleidung, die sie in Fionas Bar getragen hatte, doch hatte sie anscheinend ein Faible für schwarzes Leder. Unter einem knielangen Mantel aus mattem Kalbsleder trug sie bis zu den Knien hochgekrempelte Jeans und ein silbergraues Seidenshirt, dazu ihre schwarzglänzenden Stiefel.

Luzia legte langsam das linke über das rechte Bein, zündete sich eine Zigarette an und schaute mich an, als wäre sie sich der Wirkung dieser Geste, die ihr längst in Fleisch und Blut übergegangen sein musste, bewusst. Dann wirkte sie plötzlich verunsichert, als entdeckte sie in meinem Blick etwas, das sie nicht sehen wollte. Sie beugte sich vor und strich sich verlegen eine Strähne hinter das Ohr. Im Gegensatz zu unseren vorherigen Begegnungen war sie diesmal kaum geschminkt. Dadurch wirkte sie blass und zart und sehr privat.

»Das dürfte der Traum der meisten deiner Kunden sein«, begann ich vorsichtig das Gespräch, während Luzia ihren Drink probierte und mich fragend ansah. »Ich meine, dass du anrufst, um dich irgendwo außerhalb von Fionas Bar mit ihnen zu treffen – kostenlos, nur weil du dazu Lust hast.«

»Irrtum«, sagte sie. »Die meisten wollen genau das, was sie bei Fiona bekommen: Sex für Bargeld, eine Geschäftsbeziehung, klare Verhältnisse. Die haben kein Interesse daran, irgendwo rumzusitzen und zu labern. Die Frauen, mit denen sie reden müssen, die Probleme machen und Ansprüche stellen, die haben sie nämlich zu Hause. Die meisten zumindest.«

»Soll das heißen, dass dir noch nie jemand einen Antrag gemacht hat?«

Sie winkte ab. »Das sind meistens einsame Typen, die von einem geregelten Sexualleben träumen und sich als Seelenretter aufspielen, indem sie versuchen, dir ihre trostlose, spießige Existenz aufzudrängen. Wenn man in diesem Job Geschäft und Privatleben nicht voneinander trennen kann, dann ist der Untergang so gut wie vorprogrammiert.«

Zu der Erkenntnis gelangten heutzutage offenbar immer mehr Frauen. Andererseits waren Paare, die sich bei der Arbeit näher kamen, absolut im Trend, hatte ich neulich in einer Zeitschrift gelesen. Weil immer weniger Menschen genügend Freizeit hatten, um dort jemanden kennen zu lernen, fingen sie etwas mit ihren Kollegen oder Kolleginnen an. Demzufolge waren Arbeitsbeziehungen eine praktische Einrichtung. Man konnte das Nützliche mit dem Angenehmen verbinden – das Geschäftliche mit dem Privaten.

»Ich hatte gar nicht vor bei dir anzurufen«, riss mich Luzias rauchige Stimme aus meinen Gedanken. »Vielleicht war es die Art, wie du von deiner Freundin erzählt hast, die mir nicht aus dem Kopf gegangen ist.«

»Von Hannah?«

Luzia zuckte mit den Schultern. »An ihren Namen kann ich mich nicht mehr erinnern. Ich weiß nur noch, dass sie tot ist.«

»Alissa.«

Luzia nickte unsicher. »Ich musste immer wieder daran denken, wie du über sie gesprochen hast. Als hätte dich der Verlust wirklich tief getroffen. Das klang nicht nach dem üblichen Selbstmitleid, das ich allzu häufig zu hören bekomme – du weißt schon: die Nutte als Seelentrösterin –, sondern eher nach einer wirklichen Erschütterung und dem Bewusstsein darüber, dass es seit dem Tod deiner Freundin Fragen gibt, auf die du niemals eine eindeutige Antwort finden wirst. Seitdem ich meinen Vater verloren habe, weiß ich, dass der Tod eines Menschen das Ende der Eindeutigkeit bedeutet.«

»Wie alt warst du, als dein Vater starb?«

»Vierzehn. Er lebte getrennt von meiner Mutter und mir. Gerade als ich alt genug war, um ihn ein wenig zu verstehen, kam er ums Leben. Er ist mit dem Auto gegen einen Baum gefahren. Unfall oder Selbstmord – das konnte nie eindeutig geklärt werden. Es gab keinen Abschiedsbrief. Niemanden, dem gegenüber er irgendwelche Andeutungen gemacht hätte. Er hat sich einfach in sein Auto gesetzt und ist mit Vollgas gegen einen Baum gefahren. Und seitdem sitze ich da mit einem Schuhkarton voller Fotos und spüre, dass es etwas gibt, das mich mit ihm verbindet, ohne jedoch zu wissen, was es ist. Vielleicht habe ich deshalb angefangen, Psychologie zu studieren.«

»Dann war das also kein Witz mit dem Studium?!«

Sie hob die rechte Braue und sagte mit einem kühlen Lächeln: »Was glaubst du, wie viele Mädchen es gibt, die tagsüber studieren und abends für Geld die Beine breit machen? Zirka ein Drittel der Mädchen, die in Fionas Bar arbeiten, sind Studentinnen.«

»Das ist wohl einer von diesen Jobs, die an der studentischen Stellenbörse vermittelt werden.«

»Es ist jedenfalls nicht besonders schwer, jemanden an der Uni zu treffen, der dir eine Adresse gibt. Die einschlägigen Etablissements, Kataloge und Internetseiten sind voll von Germanistinnen, Soziologinnen und Kulturwissenschaftlerinnen. Es gibt einen Markt für intelligente Sexpraktikantinnen.« Sie wirkte ein wenig nachdenklich. »Ich habe noch nie mit einem Mann darüber gesprochen«, sagte sie schließlich. »Seitdem ich diesen Job mache, habe ich – vorsichtig ausgedrückt – ein etwas gespaltenes Verhältnis zu Männern. Ich brauche niemanden, am wenigsten einen Mann.« Ihre Stimme klang jetzt hart, als wollte sie keinerlei Zweifel zulassen.

Wieder spürte ich diese verfluchte Eifersucht bei der Vorstellung, dass sie mit jedem schlief, der dafür bezahlte. Dabei war ich noch nicht einmal ihr Liebhaber. Aber ich war in sie verliebt. Warum sollte ich sonst eifersüchtig sein?

»Gibt es wirklich niemanden, der auf dich aufpasst?«, fragte ich vorsichtig.

»Wie meinst du das?«

»Du hast schließlich keinen ungefährlichen Job ...«

Sie kniff die Augen zusammen und beugte sich zu mir. »Er heißt Wladimir.«

»Wladimir!«

»Mein Kater!« Sie lachte und hielt dem Barkeeper mit der weißen Schürze ihr leeres Glas vor die Nase. Der nickte nur und schielte mit einem fragenden Gesichtsausdruck zu mir herüber. Ich nickte ebenfalls, woraufhin der Mann zum Zapfhahn lief und ein weiteres Glas füllte.

»Ich finde es immer aufregend, wenn mir jemand erzählt, wie gefährlich mein Leben ist«, erklärte Luzia. »Und wenn ich aufgeregt bin, kriege ich Durst.«

Ich hatte sie aufgeregt – na immerhin. Wir tranken noch eine Runde und redeten über Dinge, die wirklich wichtig waren.

»*Grace* von Jeff Buckley«, sagte ich, »weil es das Reinste und Traurigste ist, was ich je gehört habe. Dagegen sind die Smashing Pumpkins die reinste Bierzeltschunkelkapelle. Pulp, Elliott Smith und *Summerteeth* von Wilco.«

»He, du kennst dich ja aus. Ich war mal mit einem Musikjournalisten zusammen und seitdem gebe ich ziemlich viel Geld für CDs aus. Zurzeit bin ich ganz verrückt nach Mercury Rev.« Das Schwarz von Luzias Pupillen glänzte wie Kohle im Regen.

Wir liebten die gleiche Musik, das hieß, unsere Seelen vibrierten im gleichen Rhythmus. Höchste Zeit, dass sich auch unsere Körper im gleichen Takt bewegten.

»Wie wär's, wenn wir ein bisschen tanzen gehen«, schlug ich vor, um endlich der Uneindeutigkeit ein Ende zu bereiten.

Im *Oxymoron* war After-Work-Party – was nicht mehr bedeutete, als dass es bereits um 19 Uhr losging und schon um Mitternacht vorbei war, damit der jungdynamische Werbeagent und die hoch motivierte Grafikdesignerin am nächsten Tag wieder frisch und munter in ihren gestylten Büros sitzen konnten und trotzdem nicht auf ein kleines bisschen Tanzvergnügen in ihrem knallhart durchkalkulierten Alltag verzichten mussten. Clubbing für die New Economy! Dementsprechend war auch die Musik: Techno, House, House, Techno. Zwischendurch mal ein bisschen Drum 'n' Bass zur Auflockerung. Pulp und Wilco hatten hier keine Chance. Aber mitten in der Woche gab es in dieser Gegend kaum eine Alternative. Und so drängelten sich jede Menge Businessdancer auf der von Kunstnebel verhangenen Tanzfläche. Sie tanzten mit einer Beflissenheit und Kondition, die mich eher an Marathonlauf erinnerte als an lustvolles Gehopse, wie man es an einem solchen Ort erwarten konnte. Damit ein bisschen Schwung in die Schose kam, kletterte hin und wieder ein Go-go-Girl auf ein Podest und stimulierte die Meute mit rhythmischen Beckenübungen.

Luzia stürzte sich sofort ins Getümmel und ich folgte ihr willig, obwohl es nicht ganz leicht war, einen Platz zu finden, an dem man genügend Bewegungsfreiheit hatte. Allmählich bereute ich es, den Vorschlag gemacht zu haben, hierher zu gehen. Doch Luzia löste das Tanzpaar-ohne-Raum-Problem, indem sie einfach auf das Podest der Go-go-Dame stieg, die gerade eine Pause machte, und mich zu sich hinaufzog. So blickten wir auf die wogende Masse unter uns, während wir versuchten, einigermaßen in Schwung zu kommen. Es musste wohl an Luzias sehenswerten Verrenkungen gelegen haben, dass wir einen Spot bekamen und der DJ uns zuwinkte. Ein bisschen kam ich mir vor wie John Travolta beim Tanzwettbewerb in *Pulp Fiction*, obgleich ich noch weit davon entfernt war, meinen Rhythmus zu finden. Ganz im Gegensatz zu Luzia: Sie warf den Kopf nach hinten, schlängelte mit den Armen wie eine indische Tempeltänzerin und zuckte mit dem Unterleib, als würde der Bass bei jedem Beat ihre Mitte treffen. Sie sah nicht mich, sie sah nicht die Leute, die zu ihr hinaufstarrten. Sie tanzte, als wäre es ein Akt der Befreiung, als würde sie alles um sich herum und sich selbst dabei vergessen.

Plötzlich spürte ich, wie mir jemand am Hosenbein zupfte. Ein bekanntes Gesicht grinste verschlagen zu mir hinauf. Ich sprang vom Podest.

»Na, geht es dir wieder besser? Ist das deine neue Freundin? Ich bin beeindruckt.«

»Alexa!« Ich musste mich erst an ihren Anblick gewöhnen. Sie hatte sich ihre kurzen Haare nach hinten gegelt, trug eine zugeknöpfte Herrenweste mit Nadelstreifen und eine dazu passende Hose. Ihre Lippen waren dunkelrot bemalt und ihre Haut glänzte schweißnass auf den Schultern und im Dekolleté. Fehlte nur noch die Zigarettenspitze, aber auch so sah meine sonst so pflichtbewusste und arbeitsame junge Chefin schon aus wie ein androgynes Wesen aus dem Kreis von Gertrude Stein. Im Schlepptau hatte sie ihre Sekretärin, die trotz der Dunkelheit eine Sonnenbrille trug und die ich deshalb beinahe nicht erkannt hätte, sowie eine stämmige Produktionsleiterin, die sich in ein hautenges schwarzes Samtkleid gezwängt hatte. Vermutlich war die Dame für den Film zuständig, der auf dem Grundstück der Blombergs gedreht werden sollte, denn Alexa stellte mich als den Mann vor, »der die tolle Location aufgetrieben hat«.

»Übrigens hat dieser Typ noch mal bei uns angerufen«, brüllte mir Alexa ins Ohr. »Dieser Hausmeister aus der Villa. Er wollte unbedingt mit dir sprechen und war ganz aufgeregt, weil er dich zu Hause nicht erreichen konnte.«

»Ich wüsste nicht, was wir zu bereden hätten.«

»Er klang irgendwie so, als wärst du sein bester Freund. Hast du ihm irgendwas versprochen?«

»Ganz bestimmt nicht. Entschuldige!« Ich hatte mich umgedreht und festgestellt, dass Luzia inzwischen vom Podest verschwunden war. Auch sonst konnte ich sie nirgendwo entdecken.

»Sie ist bestimmt nur mal zur Toilette gegangen«, meinte Alexa, die meinen Blick verfolgt hatte. »Wie lange kennst du sie eigentlich?«

»Sei nicht so neugierig.«

Ich ließ Alexa mit ihrem lasterhaften Kreis allein, um nach Luzia Ausschau zu halten. Cooler wäre es natürlich gewesen, an der Bar einen Drink zu bestellen, eine Zigarette zu rauchen und gelassen darauf zu warten, dass sie wieder auftauchte, anstatt sofort hinter ihr herzurennen, nur weil sie mal kurz weg war, ohne sich bei mir abgemeldet zu haben. Aber ich hatte keine Zigaretten mehr und insofern einen guten Grund, nicht stolz und beherrscht bleiben zu müssen.

Ich zog gerade eine Schachtel aus dem Automaten, der sich vor den Toiletten befand, als ich beobachtete, wie ein Mann aus dem Damenklo kam. Er drehte mir den Rücken zu, während er etwas in die Innentasche seiner schwarzen Lederjacke stopfte. Zuerst hielt ich ihn für einen Fetischisten, der seine Beute – vielleicht eine Strumpfhose mit Laufmasche oder ein paar Monatsbinden – hastig verstaute. Plötzlich fiel jedoch eine Plastiktüte mit einem weißen Pulver auf den Boden, und im selben Augenblick war mir klar, was der Kerl auf der Damentoilette verloren hatte. Während er schnell die Tüte mit dem Dope wieder einsteckte, warf er mir einen Blick zu, der mir deutlich machen sollte, dass es äußerst unklug wäre, nicht sofort zu vergessen, was ich soeben gesehen hatte. Ich zog eine Zigarette aus der Schachtel. Kichernd kamen zwei Frauen die Treppe herunter. Der Dealer ging ein paar Schritte auf mich zu, holte ein silbernes Feuerzeug aus der Tasche und gab mir Feuer. Noch einmal musterte er mich, während die Flamme die Spitze meiner Zigarette berührte, eine endlose Sekunde lang, dann drehte er sich um und verschwand.

Luzia war überrascht, mich hier unten zu sehen. »Die Gänge vor den Toiletten scheinen dich magisch anzuziehen.« Mit geweiteten Pupillen schaute sie mich gut gelaunt an.

»Du hast noch etwas Puder unter der Nase.«

»Oh.«

»Warte.«

Ich hielt ihre Hand fest, mit der sie sich das Gesicht abwischen wollte, drückte sie gegen die Wand und küsste sie. Zuerst war sie überrascht von meinem plötzlichen Vorstoß und schien etwas sagen zu wollen, was nicht ging, weil ich meine Lippen auf ihre gepresst hatte, doch dann öffnete sie ihren Mund, legte die linke Hand, die ich nicht festhielt, um meinen Nacken, und unsere Zungenspitzen berührten sich – der Anfang der Eindeutigkeit.

Arm in Arm liefen wir vorbei am Straßenbahnhof in der Großen Präsidentenstraße. Aus einem aufgemotzten Range Rover stiegen zwei Prostituierte und ein Zuhälter mit Vollglatze und Schnauzbart. Er verabschiedete sich von den beiden Frauen mit Wangenküsschen und schickte sie mit einem Klaps auf den exquisiten Hintern zu ihrem Arbeitsplatz in die Oranienburger Straße.

»Bei den Pinguinen ist das so«, erzählte ich. »Sie bauen ihre Nester auf einer leicht erhöhten eisigen Plattform, für die sie schnabelgerechte Steine als Fundament verwenden. Wenn während der Brutzeit das Eis schmilzt, sind die Eier umso sicherer, je höher die Steinplattform eines Nestes ist. Aber die Steine sind rar in den Pinguin-Kolonien. So rar, dass einige Weibchen bereit sind, sie gegen Sex zu tauschen. Zoologen beobachteten Pinguindamen, die sich ledigen, aber steinreichen Männchen der Nachbarschaft zur Paarung anboten und nach der Kopulation mit einem Stein im Schnabel zu ihrem Nest zurückwatschelten. Und manch einem Pinguin-Junggesellen soll es schon gelungen sein, mit seinen Steinchengeschenken ein Weibchen für sich zu gewinnen.«

Luzia lachte, machte ein paar drollige kleine Schritte und presste dabei die Arme an ihren Oberkörper. »Schöne Geschichte, aber was willst du mir damit sagen? Hältst du mich für eine Pinguindame?«

»Vielleicht bin ich heute Abend einfach nur ein glücklicher Pinguin.«

»Na, allzu viele Steine hast du mir ja nicht gerade geschenkt.«

Auf dem Weg zu meiner Wohnung liefen wir weiter lachend nebeneinander her, und kamen – was für ein Zufall – am *Submarine* vorbei. Ich erinnerte mich an das vergessene Telefonat, als ich auf der gegenüberliegenden Straßenseite das gelbliche Licht in den Fenstern des Souterrains sah. Im selben Augenblick hörte ich einen Schuss. Luzia und ich blieben stehen. Kurz darauf stürmten maskierte Männer aus dem Lokal.

Ein Teppich voller Koks

»Ich brauche noch so ein verdammtes Handtuch!«, schrie Theo, über einen Mann gebeugt, der direkt vor dem Tresen lag. Astrid, die zweite Bardame vom *Submarine,* rannte nach hinten.

Axel brüllte wie ein Irrer ins Telefon: »Ein Mann wurde angeschossen und Sie interessieren sich für meine verdammte Telefonnummer?! Wenn Sie nicht bald hier sind, dann wird er verbluten!«

Kreidebleich hockte Hannah neben dem Kopf des Verletzten, wodurch ich dessen Gesicht nicht sehen konnte. Sie wirkte irgendwie entrückt. Offenbar stand sie unter Schock.

Zwei, drei Gäste schauten Theo dabei zu, wie er versuchte, dem Mann am Oberschenkel einen Druckverband anzulegen. Das Handtuch, das er dafür verwendete, war bereits blutdurchtränkt. Auch Theos Hemd war voller Blut. Er riss Astrid die neuen Handtücher aus den Händen.

»Der läuft aus wie ein alter Eimer«, sagte er kopfschüttelnd und begann, ein weiteres Handtuch um den Oberschenkel des Mannes zu wickeln. Im selben Augenblick erklangen mehrere Martinshörner. »Na endlich!«

Auch der Mann auf dem Boden schien die Sirenen zu hören. Stöhnend erwachte er aus der Bewusstlosigkeit und machte Anstalten, seinen Oberkörper aufzurichten.

»Liegen bleiben!«, befahl Theo. »Sonst verlierst du noch mehr Blut!«

Der Verwundete sank wieder zurück auf den Boden. Aber ich hatte sein Gesicht schon gesehen. Es war Veit Kässens, um den sich Theo da fürsorglich kümmerte.

Hannah strich dem Vater ihres Kindes mit der Hand über die Stirn.

»Hierher!«, schrie Axel, der die Tür aufgerissen hatte, in die blaulichtdurchflackerte Nacht.

Sanitäter und Polizisten kamen hereingestürmt. Veit Kässens wurde kurz besichtigt, auf eine Trage gehievt und fix in einen Krankenwagen geschoben. Dann ging's wieder ab ins Krankenhaus. Vielleicht war ja sein Bett von der vergangenen Nacht noch nicht abgezogen worden. Der Mann hatte offenbar eine ziemliche Pechsträhne.

Die Polizei war gleich mit fünf Streifenwagen angerückt. Und so liefen bald mehr Uniformierte im *Submarine* herum als Zivilisten. Jede Frage wurde von verschiedenen Beamten mehrmals gestellt und von denselben Leuten geduldig auf dieselbe Weise beantwortet. »Was haben Sie gesehen? Wann kamen die Männer herein? Wie viele waren es? Was haben sie gesagt? Wie kam es zu der Schießerei?«

»Wo kommst du denn her?«, fragte mich Theo zwischendurch, obwohl ich bereits seit fünf Minuten neben ihm stand. Auch Hannah schien mich erst jetzt zu bemerken.

»Ich bin mit Luzia zufällig hier vorbeigelaufen, als wir den Schuss hörten.«

Fast simultan richteten sich zwei Augenpaare auf Luzia, die sich hinter mir auf einen Barhocker gesetzt hatte und ein mühsames Lächeln zustande brachte.

»Was zum Teufel ist eigentlich passiert?«, fragte ich Hannah und Theo.

»Gerade als ich dabei war, Hannahs neuen Freund in mein Herz zu schließen, kriegten wir netten Besuch«, erzählte Theo, während er sich das Hemd mit den Blutflecken auszog und im Spülbecken die Hände wusch.

»Ich weiß, wir haben sie herauskommen sehen«, sagte ich.

»Hatten sie einen Fluchtwagen?«, mischte sich ein Polizist in unser Gespräch.

»Nein. Sie sind einfach weggelaufen.«

»In welche Richtung?«

»Auguststraße.«

Daraufhin redete der Mann mit seinem Funkgerät: »Fünf Mann zu Fuß Richtung Auguststraße! Nein, maskiert sind sie bestimmt nicht mehr.«

»Es wäre nichts weiter geschehen«, setzte Theo seine Erzählung fort, »wenn nicht Hannahs Freund durchgedreht wäre.«

Ich beobachtete Hannah, aber sie reagierte nicht. Nur Axel warf Theo einen missbilligenden Blick zu.

»Die hätten sich mit den paar Hundertern aus der Kasse und dem bisschen begnügt, was jeder so bei sich hatte. Aber Kässens ist völlig ausgetickt, als die Jungs ihn nachdrücklich um seine Brieftasche gebeten haben. Der Idiot hat versucht, einem von ihnen die Knarre wegzunehmen. Vielleicht hat er gedacht, das wären nur Spielzeugwummen. Na ja, da hat er sich wohl geirrt.«

»Halt's Maul, Theo!« Hannah zeigte endlich wieder eine natürliche Reaktion.

»Wir haben extra in unserer Broschüre vor falsch verstandener Zivilcourage und unüberlegten Einzelaktionen gewarnt«, gab der Streifenbulle mit wichtiger Miene seinen Senf dazu.

»Halt's Maul!«, sagte Hannah noch einmal und trank den doppelten Wodka, den Axel ihr soeben eingegossen hatte, in einem Zug.

Der Schutzmann hatte wohl seine Lektionen über den Umgang mit Zivilpersonen gelernt und ließ sich durch solche unkontrollierten Äußerungen infolge einer Extremsituation nicht provozieren.

»Also wenn ich nicht wüsste, dass Sie durch dieses Erlebnis völlig durcheinander sind …«

»Halt's Maul!«, unterbrach ihn Axel, ebenfalls mit einem Doppelten in der Hand, und prostete dem uniformierten Wichtigtuer zu. Der zog es vor, sich zu verziehen, er hatte gemerkt, dass seine verständnisvolle Masche in unserer Runde nicht besonders gut ankam.

»Schleimbacke«, schniefte Theo.

Ein Ruck ging durch den Polizistenkörper. Einen Moment schien er zu zögern. Dann entschied er sich jedoch dafür, seine Bewegung fortzusetzen.

»Muss das sein?«, maulte Axel, als Theo auch noch damit anfing, sein Hemd im Spülbecken auszuwaschen.

»Blutflecken müssen sofort entfernt werden – mit kaltem Wasser!«, erklärte Theo. »Du kannst ja morgen einen Bloody-Mary-Tag machen – passend zum Ereignis.«

»Keine schlechte Idee«, meinte Axel. »Und jeder, der mit einer Maske kommt, kriegt einen Drink umsonst.«

»Könnt ihr nicht mal mit diesen bescheuerten Witzen aufhören?« Hannahs Stimme überschlug sich, bis Luzia sie ganz selbstverständlich in die Arme nahm.

»Willst du auch einen Kaffee?«, fragte ich, als es draußen bereits wieder hell wurde. Luzia hatte sich auf einem der beiden blau-weiß gestreiften Liegestühle ausgestreckt, die ich mir eigentlich für den Balkon gekauft hatte und die mir in den kälteren Jahreszeiten im Wohnzimmer als Sesselersatz dienten. Ihre Stiefel standen neben dem Hocker, auf den sie ihre Füße gelegt hatte, die im Rhythmus von *Mr. E's beautiful blues* hin- und herwippten.

»Danke«, sagte sie und nippte an ihrem Rotwein. »Ich bin schon so aufgekratzt genug.«

Ich leerte den Aschenbecher, der kurz davor war überzuquellen, und setzte Wasser auf.

Praktischerweise war die Küche vom Wohnzimmer nur durch einen halbhohen Tresen abgeteilt. So konnte ich, während ich meinen Kaffee kochte, Luzia dabei zusehen, wie sie eine Dose aus der Tasche holte, ein weißes Pulver zu einer Line auf den Tisch streute und mit einer Geldkarte darauf herumhackte, um es dann mit einem zusammengerollten Fünfzigmarkschein in das linke Nasenloch einzuatmen. Obwohl sie wissen musste, dass es keine Wand zwischen Küche und Wohnzimmer gab, hatte ich das Gefühl, dass sie sich hinter der hohen Lehne des Liegestuhls völlig unbeobachtet fühlte.

»Glaubst du, das wird dich beruhigen?«, fragte ich, während ich das Wasser auf den Kaffee goss.

Überrascht drehte sie ihren Kopf zu mir herum, während sie sich noch mit dem ausgestreckten Zeigefinger die Nase rieb. Die kleine Dose fiel ihr aus der Hand und landete auf dem Fußboden.

»Verdammt!«, rief sie.

Als ich mich neben sie hockte, saß sie auf dem Boden und starrte fassungslos auf den weißen Puder, der wie eine dünne Schneeschicht den Teppich bedeckte. Sie schlug die erste Seite von Theos Manuskript auf, das ich unter dem Tisch liegen lassen hatte, und versuchte mit der linken Hand das Pulver auf das Papier zu streifen. Die Ausbeute war jedoch kläglich, weil der feine Kokainstaub bei jeder Bewegung ihrer Hand tiefer in die Fasern des Teppichs drang. Durch ihre verzweifelte Rettungsaktion verrutschte ihr weit ausgeschnittenes Shirt, sodass ein schwarzer Träger von ihrem BH zum Vorschein kam. Ich legte meine Hand auf ihre nackte Schulter. Als sie zu mir aufsah, bemerkte ich Tränen in ihren Augen.

Sie erhob sich und sagte: »Halt mich fest!«

Sie zitterte, als wir uns umarmten, und presste ihren Körper so entschlossen gegen meinen, als hätte sie Angst davor, irgendwann wieder losgelassen zu werden. Normalerweise reagierte ich panisch, wenn ich das Gefühl hatte, dass jemand von mir Besitz ergriff, aber in diesem Moment gab es nichts, was ich mir mehr wünschte. Wenig später landeten wir auf dem Boden – mitten im Koks.

»Was ist das?«, fragte ich und fuhr mit den Fingern über mehrere blaue Flecken, die Luzia an den Armen und an den Schultern hatte.

»Ach nichts«, sagte sie. »Berufsrisiko.« Sie suchte in unseren verknäulten Sachen nach ihrem Shirt und zog es sich wieder über.

»Das kann nicht dein Ernst sein! Wer zum Teufel hat das getan?«

»Vergiss es!«, sagte sie beschwörend. »Bitte, Henry, du musst es vergessen!« Dann ging sie ins Bad.

Auf einmal wurde mir klar, dass das verschüttete Koks auf dem Teppich nicht der Grund für ihre Tränen war, sondern nur der Auslöser.

Vergessen! Der Gedanke erschien mir absurd. Wie sollte ich vergessen, dass jemand ihr wehgetan hatte und es jederzeit wieder passieren konnte. Ich dachte an die Männer in Fionas Bar. Einer von denen, dachte ich, einer, der sich womöglich noch damit brüstet, dass er die kleine Schwarze mal richtig hart rangenommen hat! Ich hätte kotzen können. Und die Frau, die ich gerade in den Armen gehalten hatte, kokste sich Löcher in die Nasenscheidenwände, um diesen Scheiß zu ertragen. Die Frau, die sich eben noch an mich geklammert hatte, als wollte sie mich nie mehr loslassen!

»Lass uns ins Bett gehen«, sagte ich, als Luzia wieder hereinkam und anfing, auch ihre anderen Sachen einzusammeln. »Es wäre bestimmt nicht gut, wenn du jetzt einfach davonlaufen würdest.« Ich nahm ihr die Sachen aus der Hand und legte sie auf einen der beiden Liegestühle.

Normalerweise fällt es mir zu Beginn einer Beziehung schwer, neben einer Frau einzuschlafen. Der nicht vertraute Körper und die fremden Atemgeräusche lassen mich in der Regel keine Ruhe finden. Mein Arm, den ich um ihre Schulter gelegt habe, wird steif, und ich zerbreche mir den Kopf, ob ich ihn wegziehen kann, ohne sie aufzuwecken. Ihre Haare kitzeln in meinem Gesicht. Und dann dieser Pfeifton, der beim Ein- und Ausatmen durch meine Nase entsteht, ist der immer so laut? Schläft sie oder tut sie nur so? Sie muss dieses Pfeifen doch auch hören. Ich ziehe den Arm weg. Ein leises Stöhnen, dann wieder das gleichmäßige unbekannte Atemgeräusch. Sie schläft. Eigentlich könnte ich jetzt noch mal zur Toilette gehen, aber die Spülung gliche gewiss einem tosenden Unwetter in der Stille der Nacht.

So vergehen Stunden.

Mit Luzia war das anders. Sie drehte mir den Rücken zu und zog meinen Arm ganz selbstverständlich über ihren

Bauch. Ihre Füße waren kalt und suchten meine, um sich daran zu wärmen. Bevor wir einschliefen, strich sie mir mit der Hand über den Nacken und die sanfte Selbstverständlichkeit ihrer körperlichen Nähe ließ mich alles vergessen, was mich von ihr hätte entfernen können.

Großstadtpartisanen

Theos Stimme klang blechern und kam aus dem Lautsprecher meines Anrufbeantworters. Nachdem mich das Klingeln des Telefons aus dem Tiefschlaf gerissen hatte, war sie das Erste, was ich an diesem Morgen hörte.

»Geh schon ran, Henry! Ich muss mit dir reden. Es geht um den Überfall. Na, neugierig geworden? Oder schläfst du noch? Deine Freundin habe ich übrigens schon mal irgendwo gesehen. Kompliment! Hätte ich dir gar nicht zugetraut. Anscheinend bist du wirklich nicht da, alter Schlawiner, wälzt dich im fremden Lotterbett, während unsereins schon die erste Schicht hinter sich hat. Nun ja. Der Trottel von Kässens ist übrigens wieder ganz munter. Die Kugel hat nicht mal an seinen Knochen gekratzt. Irre haben wohl einen Schutzengel. Ich versuche es mal über …«

Dreimal tutete es. Die eine Minute, die ich für die maximale Nachrichtenlänge eingestellt hatte, war um. Dafür meldete sich jetzt mein Mobiltelefon. Dummerweise hatte ich mal wieder vergessen, es auszuschalten. Es war kurz vor halb zwölf. Luzia schlief noch.

Ich stand auf und nahm das Gerät aus der Jacke, die ich gestern Abend getragen hatte.

»Na endlich. Wo treibst du dich rum, alter Casanova? Pass auf, ich stehe hier am Münztelefon im *Hackbarth's* und die Markstücke rutschen nur so durch. Kannst du in einer halben Stunde hier sein? Es ist wichtig. Unser Fall hat eine neue interessante Wendung genommen.«

»Welcher Fall?«

»Letztes Markstück! Ich erkläre dir alles, wenn du hier bist. Also komm, so schnell du kannst, ich warte auf dich!«

»Theo!«

Die Verbindung war unterbrochen.

Ich musste zugeben, seit Theos Entlassung war wieder

Schwung in mein Leben gekommen, sogar mehr als mir lieb war.

Obwohl Luzia noch in meinem Bett schlief und ich nichts lieber getan hätte, als mich wieder neben sie zu legen, war ich schon dabei, mich in aller Eile zu waschen und mit der Zahnbürste im Mund die Sachen vom Fußboden aufzusammeln. Unrasiert, ungekämmt und ungeküsst verließ ich die Wohnung, allerdings nicht ohne einen Zettel auf dem Kopfkissen hinterlassen zu haben: *Ich musste schnell mal weg, komme aber bestimmt bald wieder. Es wäre schön, wenn du dann noch da wärst.*

Darunter schrieb ich meine Handynummer.

»Na endlich«, rief mir Theo zu. »Ich dachte schon, du lässt mich hier hängen.«

»Vielleicht sollte ich das wirklich mal tun«, erwiderte ich und schnappte mir ein Brötchen, das verwaist in dem Korb neben Theos leerem Frühstücksteller lag.

»Du siehst ziemlich mitgenommen aus.« Theo grinste. »Anstrengende Nacht, was?«

»Anstrengender Morgen.« Ich bestellte einen Kaffee und ein Stück Apfelkuchen.

»Mir ist übrigens eingefallen, wo ich deine Freundin schon mal gesehen habe.«

Langsam ging mir sein Breitwandgrinsen auf die Nerven und ich bekam große Lust, ihm einen weiteren Schneidezahn zu entfernen. »Ist es das, was du mir erzählen wolltest?«

»Ich hoffe, du weißt, worauf du dich einlässt.«

»Sicher«, sagte ich, obwohl das natürlich idiotisch war. Der Kellner brachte Kaffee und Kuchen. »Worum geht's denn nun eigentlich?«

»Ich weiß, wer die Typen gestern Abend im *Submarine* waren. Ich habe sie erkannt.«

»Sie trugen doch Masken.«

»Deswegen ja.«

»Hatten sie vorne ihre Namen raufgestickt?«

»Es waren Wintermützen, die sie über das Gesicht gezogen hatten. Für die Augen haben sie einen ovalen Schlitz hineingeschnitten. Auch in meine schöne Mütze.«

»Wie bitte?«

»Der Kerl, der meinem Freund Kässens eine Kugel durch den Oberschenkel gejagt hat, trug meine alte Skimütze. Und er hat sie kaputtgemacht, dieser Bandit!«

»Theo, entschuldige, es gibt von jedem Modell Tausende von Mützen.«

»Aber nicht von der, die meine Mutter für mich gestrickt hat – vor zwanzig Jahren für unseren Skiurlaub im Riesengebirge.«

»Bist du dir sicher?«

»Selbstverständlich. Damals wollte ich sie nie aufsetzen. Welcher Sechzehnjährige steht schon auf ein Muster aus Schneeflocken und Hirschen.«

Ich spülte mit einem Schluck Kaffee den etwas zu trockenen Kuchen hinunter und überlegte, wie Theos Mütze auf den Kopf des Tresengangsters gekommen sein könnte. Ein Überfall mit Hirschen und Schneeflocken!

»Glaubst du etwa, dass dieser Revolverheld im *Submarine* dein Vater war?«

Theo lachte laut auf. »Dafür ist er nun wirklich zu alt. Mit seinem Tatterich würde er aus Versehen viel mehr kaputtschießen als nur das Bein von Kässens. Aber wie es scheint, hat er die Jungs für ihre Auftritte aus seinem Fundus eingekleidet.«

»Der Kleiderschrank im Schlafzimmer!«

»Wahrscheinlich hat mein alter Herr die Bande ausstaffiert, nachdem wir uns nach unserer kleinen Wiedersehensfeier auf den Weg zu Fiona gemacht haben. Erinnerst du dich noch, wie müde er ausgesehen hat auf seinem Sofa? Alles Theater! Die müssen eine Menge Spaß gehabt haben, wenn ich daran denke, wie das Zimmer aussah.«

»Du meinst, dein Vater ist so etwas wie der Drahtzieher im Hintergrund, der die Überfälle plant und organisiert?«

»Was weiß ich.« Theo zuckte mit den Schultern und signalisierte dem Kellner, dass er bezahlen wollte.

»Das wäre zumindest eine Erklärung dafür, warum er so plötzlich verschwunden ist«, dachte ich laut vor mich hin. »Er musste untertauchen, weil die Bullen hinter ihm her sind oder irgendjemand anders Wind davon bekommen hat. Wenn man sich auf solche Geschichten einlässt, kann es immer passieren, dass man Hals über Kopf das Weite suchen muss. Und dir hat er nicht Bescheid gesagt, weil er dich nicht mit hineinziehen wollte.«

»Das werden wir gleich erfahren«, sagte Theo, drückte der Kellnerin zwanzig Mark in die Hand und stand schon auf der Straße, bevor ich den Kaffee austrinken und meine Jacke überziehen konnte.

»Entweder du sagst mir jetzt, was du vorhast, oder du kannst alleine weitergehen«, keuchte ich wütend, als ich ihn eingeholt hatte.

»Beruhige dich, wir sind schon da.«

Wir standen in der Auguststraße vor dem kleinen Parkstück, in dem der Tote gefunden worden war, mit dem sich Theo verabredet hatte. Wo gestern noch die Beamten von der Spurensicherung penibel jeden Zentimeter untersucht hatten, spielte heute schon wieder eine Hand voll Arbeitslose Fußball. Freunde des Ermordeten. Das Leben ging weiter.

»Das Paul-Heckel-Stadion?« Ich beobachtete die Männer in den bunten Jogginganzügen, die dickbäuchig hinter dem Ball herrannten.

»Was hältst du davon, wenn wir diesen wackeren Kickern einen ausgeben?«

»Sind sie Herbstmeister der Loser-Liga oder warum bist du auf einmal so spendabel?«

»Wirst du gleich sehn.«

Theo steuerte zielstrebig auf eine Filiale von *Getränke Hoffmann* zu und kam wenig später mit einer Palette Büchsenbier wieder heraus. Aus der Tasche seiner Jacke ragte der Hals einer Schnapsflasche. Damit setzten wir uns auf eine der Bänke hinter den beiden Bäumen, die den Männern als Torpfosten dienten. Theo stellte die Flasche Nordhäuser Doppelkorn vor uns auf den Boden und fischte zwei Büchsen aus der Palette.

»Nein danke«, sagte ich. »Ist für mich noch ein bisschen zu früh.«

»Mach schon!«, entgegnete er und drückte mir das Bier in die Hand. »Du brauchst es ja nicht auszutrinken, wenn du nicht magst.«

Ich öffnete die Büchse und nahm widerwillig einen Schluck. Das Bier schmeckte bitter – Berliner Pilsener. »Glaubst du im Ernst, dass die uns für ihresgleichen halten, nur weil wir hier sitzen und saufen?«

»Das ist gar nicht notwendig.« Theo schraubte den Verschluss von der Doppelkornflasche und führte sie zu seinen Lippen. »Siehst du, sie haben den Köder schon erspäht«, stellte er zufrieden fest, bevor er einen demonstrativ kräftigen Schluck von dem Schnaps trank.

Die Männer steckten die Köpfe zusammen, tuschelten und schauten immer wieder zu uns herüber. Dann spielten sie weiter, als hätten sie nichts gesehen. Ein dunkelhaariger Mann mit Schnauzbart schlug das Leder rein zufällig so weit hinter das Tor, dass es neben uns im Gebüsch landete.

»Wat jibt's denn zu feiern?«, fragte er beiläufig, während er den Ball aus dem Gebüsch holte und zurück zu seinen Freunden auf die Wiese schoss.

»Geburtstag«, antwortete Theo. »Mein Freund Henry hat mal wieder ein Jahr rumgekriegt. Darauf muss man doch anstoßen – oder?« Er warf dem verblüfften Fußballamateur eine Bierbüchse zu. Dessen Freunde hatten sich inzwischen ebenfalls unauffällig herangepirscht.

»Wat ist los? Wer hat Jeburtstag?«, fragte ein rotgesichtiger Knabe in ausgeleierten Trainingsklamotten, der zuvor im Tor gestanden hatte.

»Mein Kumpel hier.« Theo verteilte Biere, ließ die Schnapsflasche kreisen und dirigierte bald einen krächzenden Männerchor, der ziemlich schräg, aber voller Inbrunst »Happy birthday, lieeeber Henryyy, happy birthday to youuu« intonierte. Und das mitten im Januar, obwohl ich im Dezember geboren worden bin.

Die Jungs hießen Schraube, Kalle, Knochen-Jochen und Harry. Ich kannte sie alle vom Sehen. Hin und wieder hatte ich ihnen beim Fußballspielen zugeschaut. Aber sie schienen mich nicht zu erkennen. Nun ja, Alkohol fördert bekanntlich nicht gerade die Gedächtnisleistung. Der Wortführer der Crew war der Mann, der durch seine Ballholaktion den Erstkontakt zu uns hergestellt hatte. Alexander Rosinski. Die anderen nannten ihn nur Inski oder einfach Chef.

Er hob noch einmal die Büchse auf mein Wohl und stellte, nachdem er sie wieder abgesetzt hatte, mit leicht glasigen Augen fest: »Dit Trinken is die schönste zweete Nebensache der Welt.«

Im Papierkorb entdeckte ich eine stattliche Anzahl von Blechdosen, deren Inhalt die Männer vermutlich schon intus hatten.

»Da kann ick meenem Kollegen nur zustimmen«, krähte Schraube, ein kleiner Mann mit graugelbem Stoppelbart, dem man gerne glaubte, dass er meinte, was er sagte.

»Wat soll man machen«, konstatierte Knochen-Jochen, der Keeper mit dem roten Gesicht, der seinen Spitznamen bekommen hatte, weil er jeden Knochenjob annahm – wie Inski erklärte. Früher hatte er schwarz auf den Baustellen gearbeitet, die das alte Innenstadtviertel in die ›Neue Berliner Mitte‹ verwandelten. Doch die vielen Kontrollen hätten das Risiko mittlerweile unkalkulierbar werden lassen. »Wat soll man machen«, wiederholte Knochen-Jochen und nahm noch einen Schluck. »Ick hab vier Kinder und meene Wohnung kostet 1300 Mark.«

»Die machen hier ›Neue Mitte‹ und wir sollen in die leeren Platten nach Hellersdorf«, schimpfte Inski und schüttelte trotzig seinen Kopf. »Wohnste ooch hier in der Jejend?«, fragte er Theo. »Du kommst mir irjendwie bekannt vor.«

»Ich wohne zurzeit bei meinem Vater in der Auguststraße. Vielleicht hast du mich mal in meiner Lieblingskneipe gesehen, dem *Submarine*.«

»*Submarine*? Kenn ick nich!« Inski schaute verlegen zu seinen Freunden.

»Nie jehört!«, murmelte Kalle, ein kleiner Dicker mit einem Ekzem im Gesicht. Er hielt sich an seinem Bier fest und schaute angestrengt an uns vorbei. Die anderen schüttelten nur leicht die Köpfe oder starrten stoisch auf ihre Turnschuhe.

»Na ja, ich dachte, ich hätte euch schon mal dort gesehen«, sagte Theo. »So kann man sich täuschen.«

Die Jungs nickten, rauchten und nippten an ihren Bieren.

»Aber meinen Vater werdet ihr bestimmt kennen«, fuhr Theo fort. »Er heißt Richard Trepka. Ich weiß, dass er gerne hier im Park war.«

»Der Richie, klar kennen wir den«, antwortete Inski und fingerte nervös in den Jogginghosentaschen nach seiner Zigarettenschachtel. Schraube gab ihm Feuer.

Theo war auf dem besten Wege, mir meine Geburtstagsparty zu versauen. Die Männer wurden immer einsilbiger. Kalle fing an, mit der Bierbüchse in der einen und einer Zigarette in der anderen Hand mit dem Ball zu jonglieren.

»Leider ist mein alter Herr seit einiger Zeit verschwunden. Ihr wisst nicht zufällig, wo er sein könnte?«

Theo reichte Inski die Doppelkornflasche. Der lehnte jedoch ab.

»Keene Ahnung«, entgegnete Harry, der sich bislang etwas abseits gehalten hatte. Er war groß und kräftig und schob eine ziemliche Wampe vor sich her. Auf seiner Baumwolljacke stand in ausgewaschenen Buchstaben *Club Wear.* Aber es gab keinen Club in dieser Gegend, in den er damit reingekommen wäre, mal abgesehen von dem Club der Volkssolidarität. »Der hat sich hier lange nich mehr sehn jelassen.« Er nahm Theo die Flasche aus der Hand und baute sich vor ihm auf. »Wat willst 'n eigentlich? Uns erst besoffen machen und dann ausquetschen? Ick würde vorschlagen, dat ihr beeden euch jetz verpisst, aber 'n bisschen Tempo!«

Völlig ungerührt blieb Theo sitzen, steckte sich eine Zigarette zwischen die Lippen und grinste Harry unverschämt an. »Hast du mal Feuer?«

»Kannste haben!« Harry schlug Theo die Zigarette aus dem Mund und riss ihn an seiner Jacke von der Bank. Die Bierbüchse, die Theo in der Hand gehalten hatte, flog ins Gebüsch.

»Harry, hör uff!«, rief Inski, aber es war schon zu spät. Theo hatte den bierbäuchigen Angreifer mit einem Leberhaken zu Boden gestreckt. Der lag nun zusammengekrümmt vor der Bank und schnappte nach Luft.

»Okay, reden wir Klartext«, sagte Theo und wischte sich die Hände an seiner Hose ab, als hätte er sich gerade die Finger schmutzig gemacht. »Entweder ihr erzählt mir und meinem Freund Henry jetzt gemütlich bei einem Bierchen und einem Korn von euren Überfällen auf die Clubs und Bars hier im Viertel – und davon, welche Rolle mein Vater dabei gespielt hat –, oder ihr könnt das Gleiche ein paar Straßen weiter auf dem Revier tun. Überlegt es euch.« Er verschränkte die Arme und sah zu, wie Inski und Schraube ihrem Freund wieder auf die Beine halfen.

»Woher sollen wir wissen, dat du wirklich der Sohn von Richie bist und keen Bulle in Zivil?«, knurrte Kalle.

Theo verdrehte die Augen und zeigte ihm seinen Ausweis.

»Keen schlechter Treffer ...«, stöhnte Harry anerkennend, als er wieder einigermaßen atmen konnte.

»Ick hab doch jesagt, dat wir uffhörn sollen, bevor wat passiert. Und jetz isset zu spät«, schimpfte Inski.

»Woher hattet ihr eigentlich die Pistolen?«, fragte Theo.

»Von deinem Alten«, antwortete Harry, während er noch immer die Hände gegen seinen Unterleib presste. Offenbar hatte Theos Schlag die Kommunikationsbereitschaft des korpulenten Mannes erhöht. »Der hatte jute Kontakte zu unseren ehemaligen Waffenbrüdern. Die ham ihm für 'n

Appel und ’n Ei verrostete Ballermänner aus russischen Armeebeständen besorcht.«

»Wer hätte denn ahnen können, dat dieser verrückte Saftsack die Wumme vorher scharf macht«, wetterte Inski weiter.

»Na denkste, ick will mir verarschen lassen«, verteidigte sich Harry und griff nach einem neuen Bier. »Stell dir doch mal vor, irgend so ’n bescheuerter Heini wie der von gestern Abend sagt dir uff ’n Kopp zu, dat dit Ding nur ’ne Attrappe is. Da musste doch wenigstens in die Luft ballern können, um dir den nötigen Respekt zu verschaffen. Sonst stehste doch da wie ’n Affenscheißer.«

»Du bist ja vielleicht ’n nasser Hund«, mischte sich Kalle ein. »Nur um nich blöd dazustehn, hättste den Typen beinahe umjenietet.«

»Dem is doch jar nüscht passiert. Nur ’n kleener Kratzer. Ick hab doch schon jesagt, dat ick im Krankenhaus anjerufen habe. Außerdem hat der mich anjejriffen und nich umjekehrt. Also entspannt euch, ja!«

»Ick fasset nich«, ereiferte sich nun auch Knochen-Jochen. »Willste vor Jericht etwa behaupten, dat dit Notwehr war?«

»Nun mal langsam. Wer spricht denn hier vom Jericht?«, ermahnte Inski seinen Freund.

Fünf fragende Augenpaare schauten abwechselnd zu Theo und zu mir.

»Schließlich war dit Janze ja wohl die Idee von Richie Trepka.« Inski zwinkerte Theo triumphierend zu wie ein Pokerspieler, der soeben seine vier Asse auf den Tisch geknallt hat. Vier Köpfe nickten stumm.

»So? Ich bin ganz Ohr«, sagte Theo, setzte sich zu mir auf die Bank und steckte sich eine neue Zigarette in den Mund. Unaufgefordert zündete Harry sie mit seinem Einwegfeuerzeug an.

»Dit fing an mit diesem Galeriebesitzer«, meinte Kalle.

»Nee, zuerst hat der Rechtsverdreher Ärjer jemacht«, behauptete Knochen-Jochen.

»Is doch völlich wurscht«, ergriff Inski das Wort. »Dit jab jedenfalls ’n paar Leute, denen dit nich jepasst hat, dat wir uns hier immer jetroffen und unser Bierchen jetrunken haben. Die hatten wohl Angst, dat wir ihre Kunden vergraulen oder so. Da ham se ’n paar Mal die Bullen jerufen. Eenmal standen sojar zwee Mannschaftswagen uff der Aujuststraße, nur weil wir uff’m Rasen ’n kleenet Fußballmatch jemacht haben. Na ja, Richie hat sich darüber mächtig uffjeregt. Ick hab immer wieder versucht, ihn zu beschwichtijen: ›Lass doch, die beruhijen sich schon wieder.‹ Aber dein alter Herr war stinkesauer. ›Ick wohn hier seit fuffzich Jahren‹, hat er jesagt. ›Dit is ’n öffentlicher Platz und ick hab ’n Recht daruff, mich hier mit meenen Freunden zu treffen.‹«

»Jenau!«, stimmte Schraube den Worten von Theos Vater zu, als hörte er sie zum ersten Mal.

»Wat soll ’n wa machen?«, meinte Knochen-Jochen. »Früher ham wa in ’ner Kneipe unser Bier jetrunken, aber dit is inzwischen zu teuer jeworden. Fünf oder sechs Mark für ’nen halben Liter, wer kann sich dit leisten? Nur Touris und die Neureichen, die hier einziehn in die Dachjeschosswohnungen.« Er zeigte auf die hellen Fassaden der rekonstruierten Häuser in der Gipsstraße.

»Richie war der Meinung, dat wir uns dit nich jefallen lassen dürften, dat wir uns wehren müssten«, fuhr Inski fort. »Zuerst wollten wa für den Anwalt ’ne Menge Sachen bei Beate Uhse bestellen und dem Galeriefritzen ’ne nackte Olle uff sein Schaufenster sprayen.«

Die anderen grinsten und kicherten, und ich nahm mir vor, auf keinen Fall zu erwähnen, dass ich ebenfalls in einem ausgebauten Dachgeschoss wohnte. Wer weiß, was für Aufmerksamkeiten die Jungs sich sonst für mich einfallen ließen.

»Aber Richie meinte, dit wäre nur Kinderkram. Wir müssten dafür sorgen, dat uns die reichen Schnösel nicht aus unserm Kiez vertreiben. Mit andern Worten, wir bräuchten Knete und die müssten wir uns von denen holen, die sich hier breit machten. Jerechte Umverteilung, nannte er dit. Du weeßt ja, wie Richie reden kann.«

»Allerdings.« Theo kratzte sich am Kinn und schien nachzudenken.

Ich beobachtete währenddessen, wie in einiger Entfernung jemand in den Sträuchern herumkroch und etwas vor sich hin brabbelte. Als er näher kam, erkannte ich den Mann mit dem dreckigen Lodenmantel, dessen Katze gestern von einem Laster überfahren worden war.

»Miez! Miez!«, rief er schon wieder, und als er nur noch wenige Meter von uns entfernt war: »Habt ihr vielleicht ein Kätzchen gesehen, so ein kleines schwarzes?«

»Verpiss dich«, sagte Harry und schoss den Ball in Richtung des Mannes, der sich daraufhin wild gestikulierend von dannen machte.

»War Feueratze auch an den Überfällen beteiligt?«, fragte Theo.

»Klar«, antwortete Inski. »Der hat ooch unsere Einnahmen verwaltet.«

»Und obwohl er am Morgen umgebracht worden ist, habt ihr am Abend das *Submarine* überfallen?!«

»Ich weeß, dit wirkt ziemlich abjebrüht, aber wir hatten keene andere Wahl«, meinte Inski. »Wie jesagt, ick hätte sowieso schon viel früher damit uffjehört, bevor irjendwat passiert. Aber dann würde Knochen-Jochen jetz wohl uff de Straße sitzen.«

»Ick hatte Mietschulden und der Räumungstermin war für heute Morjen anjesetzt. Die Jungs ham dit für mich jemacht«, sagte Knochen-Jochen und warf einen dankbaren Blick in die Runde.

»Nachdem Feueratze über 'n Jordan war, kamen wir ja nich mehr an die Kohle ran«, erklärte Inski. »Die Bullen waren den janzen Tach in seiner Bude. Außerdem weeß sowieso niemand außer Richie, wo Feueratze die Scheinchen versteckt hat. Dit is unser Prinzip: Dit Kleinjeld wird gleich nach den Überfällen ausjezahlt, Wertsachen und die größeren Beträge erst mal im Versteck deponiert, bis jenügend Gras über die Sache jewachsen is. Und je weniger von dem Versteck wissen, umso sicherer is es – is ja klar.« Inski hob die Kornflasche. »Uff Feueratze! Ick schätze, dit is ihm zum Verhängnis jeworden, dat er wusste, wo die Kohle versteckt is.«

»Du glaubst also, dass einer von euch Feueratze umgebracht hat, um an das Geld zu kommen?«, mischte ich mich zum ersten Mal ins Gespräch.

»Wie kommst 'n daruff?« Inski verschluckte sich und fing an zu husten. Seine Freunde sahen mich stirnrunzelnd an, als hätten sie selten etwas derart Absurdes gehört.

»Wer sollte sonst wissen, dass er euer Schatzmeister war?«

Alle Blicke richteten sich jetzt auf Inski. Der betrachtete nachdenklich die Flasche in seinen Händen. »Tja, wer sollte sonst wissen, dass der Feueratze unsere Kohle hatte?«

»Ja wer?«, fragte Kalle ungeduldig.

»Der Mörder natürlich«, sagte Inski und kippte lächelnd noch einmal den Nordhäuser, bevor er ihn zu Harry weiterreichte.

»Natürlich, der Mörder!« Harry nickte und nahm ebenfalls einen Schluck. Dann nickten auch Kalle, Schraube und Knochen-Jochen. »Der Mörder … natürlich!«

»Natürlich«, sagte ich. »Aber wenn das Geld, das Feueratze für euch aufbewahrt hat, der Grund dafür war, dass er ermordet wurde, woher sollte der Mörder dann die Information haben?«

Alle Augen richteten sich wieder auf Inski.

»Von wem schon«, sagte er. »Von Feueratze. Nüchtern war der verschwiejen wie dit Grab, in das er nun verscharrt wird, der arme Kerl. Aber wenn er wat jetrunken hatte, dann neigte er nun mal zum Quatschen. Und ick verwette meenen Schwanz, dat sein Blut mit reichlich Fusel verdünnt war, als er jefunden wurde.«

»Ziemlich clever, jemandem mit einer solchen Anlage das ganze Geld anzuvertrauen«, stellte ich fest.

»Könnte man meinen«, gab Inski zu. »Aber Feueratze

trank normalerweise nich viel, jedenfalls weniger als die meisten von uns.«

»Wat kieckst 'n mich da so an?«, fragte Harry und reichte die Flasche weiter zu Knochen-Jochen.

Inskis Augen funkelten lustig. »Ick kenne jedenfalls keenen, der sich besoffen nich um Kopf und Kragen reden würde. Und dann war da ja ooch noch Richie, mit dem er immer zusammenhing. Und der passte schon uff, dat Feueratze nich allzu jesprächich wurde, wenn andere dabei waren.«

»Ausgerechnet mein Vater«, sagte Theo. »Der hat doch selbst ständig einen im Tee. Langsam frage ich mich wirklich, wie das möglich ist, dass ihr Komiker nicht gleich nach eurer ersten Thekensession aufgeflogen seid.«

»Weil wir jut sind«, meinte Harry.

»Nee, weil wir anders sind als die andern«, berichtigte ihn Schraube.

»Jenau«, stimmte Kalle zu. »Wir planen dit nich, wir trefffen uns einfach und entscheiden janz spontan, ohne lange darüber nachzudenken. Deshalb kann dit keener nachvollziehen. Wir machen dit, wat uns gerade in den Sinn kommt, und die Bullen stehn vor 'nem Rätsel.«

»Richie hat immer jesagt, dat wir vorjehn müssen wie 'ne Partisanenarmee«, ergänzte Schraube begeistert. »Untertauchen im Großstadtdschungel und zuschlagen, wenn keener damit rechnet!«

»Und nun ist euer Partisanenhauptmann verschollen.« Theo wurde langsam ungeduldig. Er hatte schon mehrmals auf die Uhr geschaut. »Vielleicht ist er mit eurer Kriegskasse durchgebrannt.«

»Du kennst deinen Vater nicht besonders gut«, bemerkte Inski.

»Wir haben uns in letzter Zeit ein wenig aus den Augen verloren.«

Inski nickte und zuckte dann mit den Schultern. »Feueratze war der Einzige, der dir hätte helfen können, Richie zu finden.«

Theo warf seine leere Bierbüchse in den Papierkorb und stand auf. »Jungs, es war schön, euch kennen gelernt zu haben. Meines Vaters Freunde sind auch meine Freunde – alter Partisanenspruch! Aber nun muss ich zur Polizei, um eine Aussage zu machen.«

Die Männer wurden auf einmal ziemlich ernst und sie sahen ihn ungläubig an.

»Keine Angst, nicht euretwegen. Ich muss zur Mordkommission. Schließlich hatte ich mich mit Feueratze verabredet, bevor er ermordet wurde. Aber eins müsst ihr mir versprechen.« Theo hob den Finger wie ein Erziehungsberechtigter, der seinen Kindern einen Vortrag hält.

Und die Jungs fügten sich in ihre Rolle. »Ja?«

»Wenn eure Beute wieder auftauchen sollte, dann steckt ihr dem Axel vom *Submarine* ganz diskret einen Umschlag mit der Summe, die ihr ihm abgeknöpft habt, in den Briefkasten. Der Mann ist nämlich in Ordnung. Versprochen?«

»Versprochen«, antwortete Inski brav. Seine Freunde signalisierten mit einem artigen Kopfnicken ihre Bereitschaft, Theos Forderung zu erfüllen.

»Was ihr mit meiner Mütze gemacht habt, war allerdings nicht in Ordnung. Daran hat meine Mutter lange gestrickt.«

»Wat 'n für 'ne Mütze?« Die Männer schauten sich fragend an und schüttelten die Köpfe.

»Grüß Hauptkommissar Oeser von mir«, rief ich Theo hinterher. Im selben Augenblick ertönte mein Mobiltelefon.

»Hast du heute schon was vor?«, fragte Alexa.

Das Unglück der Männer

Es war schon dunkel, als ich nach Hause kam. Obwohl es wieder angefangen hatte zu regnen, öffnete ich während der Parkplatzsuche in der Oranienburger Straße das Schiebedach. Ich wollte feststellen, ob in meiner Wohnung Licht brannte.

Doch ich sah nur die Regentropfen, die im Licht der Laternen glitzerten und mein Gesicht kühlten. Erst als ich ausgestiegen war, erkannte ich, dass alle Fenster im Dachgeschoss finster waren. Während ich für Alexa einen verdammten Zahnarzt am Ku'damm aufzutreiben versucht hatte, der gegen ein kleines Bestechungsgeld bereit war, in der nächsten Woche seine Praxis für zwei, drei Tage einem Filmteam zur Verfügung zu stellen, hatte ich mehrmals in meiner Wohnung angerufen. Aber Luzia war entweder nicht mehr da gewesen oder nicht ans Telefon gegangen. Natürlich hoffte ich auf Letzteres, obgleich mir klar war, dass dies die weitaus unwahrscheinlichere Variante war. Trotzdem schaute ich zunächst in die kleine Nische, die mir als Schlafgemach diente – in der unsinnigen Hoffnung, dass Luzia noch immer dösend auf meiner Matratze lag. Stattdessen fand ich den Zettel, den ich ihr auf dem Kopfkissen hinterlassen hatte, in der Küche. Unter meiner Telefonnummer stand nun in einer geschwungenen weiblichen Handschrift: *Du bist ein Sonderfall!*

Ich legte den Telefonhörer wieder auf, den ich sofort in die Hand genommen hatte, um Luzia anzurufen. Vielleicht wäre es besser, ihr Gelegenheit zu geben, sich bei mir zu melden. Um mich abzulenken, kochte ich mir einen Kaffee. Dann rief ich Alexa an, um ihr mitzuteilen, dass es am Ku'damm keinen einzigen Zahnarzt gab, der bereit war, seine Praxis zu schließen, damit dort ein paar Weißkittelszenen gedreht werden konnten.

»Nicht innerhalb der Sprechzeiten. Am Wochenende oder in den Nächten wäre vielleicht was drin. Vorausgesetzt, die Produktionsfirma könnte sich dazu durchringen, noch ein bisschen tiefer in die Tasche zu greifen.«

»Hast du den Zahnärzten gesagt, wann und wo der Film laufen wird?«

»Alexa, in welchem Jahrzehnt lebst du eigentlich? Heutzutage fällt niemand mehr vor Begeisterung in Ohnmacht, nur weil irgendjemand bei ihm einen Film drehen will.«

»Bring mir morgen die Aufnahmen und die Adressen vorbei!«, sagte sie betont geschäftsmäßig, bevor sie auflegte.

Es hatte ihr sicher nicht besonders gefallen, von mir über den angeschlagenen Nimbus der Filmbranche aufgeklärt zu werden. Das Wissen darüber, was und wie und warum etwas in einer Zeit wie dieser funktionierte, glaubten diese hyperkreativen und entscheidungsfreudigen Existenzgründer mit ihren Designerbüros ja gleich mitgepachtet zu haben. Alexa war da gewiss keine Ausnahme.

Um meine Gedanken ein wenig zu ordnen oder zu zerstreuen – ich war mir da nicht so ganz sicher –, schaltete ich das Radio ein. Anschließend schlürfte ich meinen Kaffee im Liegestuhl und hörte *HappySad* – die mit Abstand stilvollste und beseelteste Sendung, die man in dieser Stadt hören konnte. Bei den Trost spendenden Klängen aus dem Äther vergaß ich allmählich Alexa, Theo und die Zahnärzte vom Ku'damm, selbst Luzia rückte ein wenig in den Hintergrund. Ich drehte die Anlage noch weiter auf und tauchte ein in das traurig schöne Pop-Universum der großartigen Christine Heise. Bei dem Song *All the cocain in the world* von den Webb Brothers fiel mein Blick jedoch unweigerlich auf den Teppich.

Auf Knien fahndete ich nach den Krümeln von der letzten Nacht. Ich fuhr mit meinem befeuchteten Zeigefinger über das Gewebe und leckte die daran haften gebliebenen weißen Pulverreste ab. Es schmeckte nach Kunstfaser und Staub. Meine Drogenerfahrungen hielten sich in Grenzen. Ein bisschen Haschisch, ein paar Pillen. In der Regel begnügte ich mich mit Alkohol und Zigaretten. Aber dass Luzia keine Gelegenheitskokserin war, wenn sie anderthalb Stunden, nachdem sie eine Line gezogen hatte, seelenruhig schlafen konnte, brauchte mir niemand zu sagen.

Klingelte es? Ich machte die Musik leiser.

Nein, ich hatte mich nicht geirrt. Noch einmal surrte die Klingel im Korridor. Erwartungsvoll drückte ich auf den Knopf der Gegensprechanlage. Sollte Luzia tatsächlich …

Aber so sehr ich den Hörer auch gegen das Ohr presste, es war nichts zu hören. Weder Luzias noch eine andere Stimme, keine Straßengeräusche, nicht einmal ein Knacken in der Leitung. Ich öffnete die Tür mit dem ernüchternden Gedanken, dass sich vermutlich nur ein Nachbar über die Lautstärke der Musik beschweren wollte.

Der Typ im Treppenhaus sah gefährlich aus und ich bereute es sofort, die Tür ohne einen Kontrollblick durch den Spion aufgemacht zu haben. Er war unrasiert, trug eine Sonnenbrille und eine schwarze Jeansjacke, darunter ein graues Shirt mit einer Kapuze, die er sich über den Kopf gezogen hatte. Fehlte nur noch eine Knarre in der Hand.

»Hallo Henry, schön, dass du da bist«, sagte er lächelnd, bevor ich die Tür wieder zuschlagen konnte. Gleichzeitig nahm er seine Sonnenbrille ab.

»Gregor«, stellte ich erleichtert fest. »Du hast mir vielleicht einen Schrecken eingejagt.«

»Darf ich reinkommen?«

»Meinetwegen.«

In meiner Wohnung strich er sich die Kapuze vom Kopf und knöpfte seine Jacke auf. Eine prall gefüllte dunkelblaue Reisetasche, die ich zuerst gar nicht bemerkt hatte, landete auf dem Fußboden. Mit der linken Hand versuchte er, seine fettige Mähne einigermaßen in Form zu bringen.

»Scheint so, als wärst du gerade auf der Durchreise«, sagte ich mit Blick auf seine Tasche.

»Hier riecht es aber verdammt gut nach Kaffee«, ignorierte er meine Andeutung. Er zog seine nasse Jacke aus, warf sie auf die Reisetasche und setzte sich auf einen der beiden Liegestühle.

»Möchtest du einen?«, fragte ich aus purer Höflichkeit. Eigentlich hatte ich absolut keine Lust auf ein Kaffeekränzchen mit dem Waffendealer.

»Das wäre nett«, sagte er, zückte eine Zigarette, lehnte sich behaglich zurück und musterte seine Umgebung. »Nette Bude hast du!«

»Findest du?«

»Bei deinem Job scheint ja ganz schön was hängen zu bleiben.«

»Das scheint nur so.«

»Wohnst du alleine hier?«

»Das sieht man doch wohl.«

Er betrachtete meine spartanische Einrichtung und nickte zögernd.

Während ich das Wasser aufsetzte, beobachtete ich ihn von der Küche aus, so wie ich es in der vergangenen Nacht mit Luzia getan hatte. Gregor holte keinen Koks aus der Tasche, dafür eine Flasche Lagavulin.

»Was machen die Geschäfte?«, fragte ich.

»Ich hab was zum Trinken mitgebracht, wenn du zwei Gläser hättest ...«

Irgendwie konnte ich mich des Eindrucks nicht erwehren, dass Gregor im Augenblick nicht über sich reden wollte. Und ich wollte nicht mit ihm trinken.

»Brauchst du Milch und Zucker?«

»Nein danke.«

Ich stellte den Kaffee und ein Whiskyglas auf den Tisch.

»Und was ist mit dir?« Gregor deutete auf die Flasche Lagavulin.

»Heute nicht.«

»Du willst mich doch nicht mit der Flasche alleine sitzen lassen. Die habe ich extra für dich mitgebracht.«

»Ich weiß das wirklich zu schätzen.« In Wahrheit war mir

Gregors Aufmerksamkeit eher unheimlich, weil sie mich in dem unguten Gefühl bestärkte, dass er etwas von mir wollte. »Ich habe gestern ein wenig über die Stränge geschlagen. Du musst schon entschuldigen.«

»Dann ist das hier die reine Medizin!«, rief er voller Überzeugung. »Glaub mir, ein Doppelter und du bist wieder fit.«

Er sprang auf, rannte in die Küche und nahm ein zweites Glas aus dem Schrank. Er wusste schon genau, wo er es finden konnte. Er war ein guter Beobachter.

»Keine Widerrede!«, befahl er, füllte beide Gläser mit Whisky und drückte mir eins davon in die Hand. »Auf dein Wohl, mein Freund!« Er hielt mir sein Glas entgegen und nickte zufrieden, als ich mit meinem pro forma dagegen stieß und es zu meinen Lippen führte.

»Kann man sich dran gewöhnen, was?« Er goss sich nach – mein Glas war noch so voll wie zuvor – und probierte den Kaffee. »Wunderbar! Genau das Richtige bei diesem Sauwetter.«

Ich betrachtete seine Bartstoppeln und seine fettigen Haare. Genüsslich blies er mir den Rauch seiner Zigarette entgegen. Dazwischen mischte sich ein seltsamer Geruch, der ebenfalls aus seiner Richtung kam.

»Deine Kollegin«, sagte er grinsend, »diese Alexa, sieht die so gut aus, wie sie am Telefon klingt?«

»Besser.«

Mein Gott, wenn ich nicht eine halbe Flasche später immer noch in Gregors Dunst sitzen und Plänkeleien austauschen wollte, dann wurde es langsam Zeit, dass ich die Initiative ergriff.

»Es wird dich vielleicht etwas wundern«, sagte ich endlich, »aber ich habe heute Abend schon etwas vor.« Nebenbei schaute ich demonstrativ auf die Uhr. »Wenn du mir erzählen willst, warum du hier bist, dann würde ich vorschlagen, dass du jetzt gleich damit anfängst.«

»Ist doch klar«, sagte er und nickte verständnisvoll. »Lass dich durch mich nicht aufhalten!«

»Was soll das denn nun wieder heißen?«

»Ich halte so lange die Stellung, bis du zurückkommst. Vielleicht nehme ich ein warmes Bad, wenn du gestattest, ansonsten bleibe ich ganz artig hier sitzen und trinke meinen Whisky.« Gregor nahm einen weiteren Schluck aus dem Glas.

Ich brauchte einen Moment, um zu verstehen, wovon er redete, glauben konnte ich es allerdings noch immer nicht. »Heißt das, du willst hier bleiben?«

»Nur vorübergehend, bis ich etwas anderes gefunden habe.«

»Hat dir schon mal jemand gesagt, dass du eine ziemlich seltsame Art von Humor hast?«

»Nee. Eigentlich nicht.« Er lachte etwas zu laut. Entweder er war verrückt oder er stand unter Drogen. Vielleicht vertrug er den Alkohol nicht.

Während ich noch darüber nachdachte, klingelte das Telefon. Ich war froh, das Gespräch unterbrechen zu können, und ging an den Apparat.

»Ich bin's.«

»Luzia!«

»Kann ich zu dir kommen?«

»Klar.«

»In zwanzig Minuten bin ich da.«

Sie hatte aufgelegt. Offenbar konnte sie es kaum erwarten, mich wieder zu sehen.

Aufgeregt rannte ich durch das Zimmer und überlegte, ob ich schnell noch duschen oder mich umziehen sollte. Oder besser beides?

Zu Gregor sagte ich: »Okay, wir stoßen jetzt noch mal an, und dann muss ich dich leider rausschmeißen. Versteh mich bitte nicht falsch. Vielleicht können wir ja ein andermal …«

Abrupt blieb ich stehen und stierte in die Mündung der Pistole, die Gregor auf mich gerichtet hatte, während er noch immer lässig im Liegestuhl hing und mit der linken Hand seine Zigarette ausdrückte.

»Die Frauen sind schuld an unserem Unglück«, sagte er und schüttelte den Kopf über diesen Satz, den er offenbar für der Weisheit letzten Schluss hielt.

»Was soll das?«

»Habe ich dir von meiner Freundin erzählt?«

»Die jetzt mit dem Pornoproduzenten zusammen ist?«

Etwas zu dramatisch verzog er das Gesicht. »Das ist so traurig. Dabei habe ich das alles nur ihretwegen gemacht. Nur ihretwegen sitze ich jetzt in der Scheiße.«

»Sie wollte sich nicht die Finger brechen lassen«, gab ich zu bedenken.

»Genau das ist der Punkt. Deshalb sind die Frauen schuld am Unglück der Männer. Weil sie immer nur kassieren wollen, niemals bezahlen. Sobald du in Schwierigkeiten steckst, sind sie weg.«

»Und nun? Willst du mich erschießen, weil deine Freundin dich sitzen gelassen hat?« Ich deutete auf die Pistole in seiner Hand.

Er nickte. Eigentlich hätte mich das beunruhigen sollen. Aber ich hatte den Eindruck, dass meine Frage gar nicht zu ihm durchgedrungen war. »Wenn zwei Freunde wie wir sich missverstehen, dann steckt mit Sicherheit eine Frau dahinter. Es war doch eine Frau, mit der du telefoniert hast?«

»Okay! Ich kenne einen ganz hervorragenden Psychiater«, sagte ich und ging ein paar Schritte Richtung Telefon. »Ich werde dir jetzt seine Nummer aufschreiben und dann ...«

Gregor streckte den Arm aus und richtete die Waffe direkt auf meinen Kopf. Vielleicht war es doch besser, stehen zu bleiben.

»Es bricht mir das Herz, wenn ich dich so reden höre«, sagte er sichtlich betroffen. »Und ich kann es einfach nicht glauben, dass ich diese Pistole auf dich richte, auf meinen Freund Henry.«

»Dann steck sie doch weg.«

Amüsiert zwinkerte er mir zu, als hätte er mich soeben bei einem etwas zu durchsichtigen Taschenspielertrick ertappt.

»Leider brauche ich sie noch so lange, wie wir dieses kleine Verständigungsproblem haben, an dem natürlich nur diese Frau schuld ist, die dir den Kopf verdreht hat.«

»Dann komm endlich zur Sache und verschone mich mit diesem hirnrissigen Geschlechterdiskurs. Ein paar Frauen meinen nicht ganz zu Unrecht, dass die Männer seit Jahrhunderten am Unglück des weiblichen Teils der Menschheit schuld sind. Und lass bitte dieses Männerfreundschaftsgelabere. Ich bin kein Cowboy, und soviel ich weiß, haben wir uns erst einmal gesehen.«

»Das ist genau der Punkt«, sagte er und schien erfreut zu sein, dass ich ihm das richtige Stichwort gegeben hatte. »Du erinnerst dich also an unsere Begegnung im Keller der Blombergs?«

»Ist ja noch nicht so lange her.«

»Du hattest da ein Problem und bist damit zu mir gekommen. Richtig?« Ich wollte etwas einwenden, aber er fuhr einfach fort: »Und ich habe sofort gespürt: Der Typ ist in Ordnung und er braucht mich. Also werde ich mich darum kümmern. Habe ich dir geholfen?«

Die Art, rhetorische Fragen zu stellen und die Stirn in Falten zu legen, die gefährliche Sanftheit der Stimme, die pathetisch zur Schau gestellte Enttäuschung, die in der nächsten Sekunde in offene Verachtung umschlagen konnte, erinnerten mich verdammt an Robert De Niro in *Goodfellas*. Vermutlich war Gregor ein Fan des Schauspielers. Auch wenn er für die Rolle vielleicht noch etwas zu jung war, er spielte sie nicht ohne Talent.

Gewiss war das meiste Pose, aber es blieb noch ein Rest Unberechenbarkeit, der mir Sorgen bereitete, zumal Luzia bald eintreffen musste.

»Okay, verstehe. Du hast mir einen Gefallen getan, eigentlich wohl eher Alexa, aber egal, und nun soll ich dir einen Gefallen tun. Ist es das, worauf du hinauswillst?«

Enttäuscht verzog er das Gesicht. »Du machst es mir wirklich nicht leicht, Henry. Willst du, dass ich mich vor dir erniedrige? Willst du, dass ich morgen nicht mehr in den Spiegel schauen kann?«

»So wie du aussiehst, kannst du das anscheinend schon eine ganze Weile nicht mehr.«

Gregor strich sich grinsend über seinen Stoppelbart und wollte aufstehen. Dabei stützte er sich mit der linken Hand auf die Lehne des Liegestuhls, der durch die einseitige Belastung zur Seite kippte. Gregor geriet ins Taumeln. Seine Parkettsicherheit war wohl auch durch den Alkoholkonsum etwas beeinträchtigt. Er ruderte mit dem rechten Arm. Das war meine Chance!

Drei, vier Schritte rannte ich auf ihn zu und warf mich mit voller Wucht gegen seinen aus dem Gleichgewicht geratenen Körper. Beide gingen wir zu Boden, ungefähr da, wo ich in der Nacht unter wesentlich angenehmeren Umständen mit Luzia gelandet war. Gregor stöhnte laut, als ich auf ihn fiel. Sein Hinterkopf prallte dumpf auf den Teppich. Die Pistole schleuderte durch die Luft und zerschmetterte eine Blumenvase, die ich von Alissa geerbt hatte, als ich hier eingezogen war. Ich schlug Gregor mit der Faust ins Gesicht, bis ich mir sicher war, dass er sich nicht mehr wehren konnte. Gewiss nicht gerade die feine Art. Als er aufgehört hatte, sich zu bewegen, dachte ich jedoch nur: Jetzt sind wir quitt. Schließlich hatte er mich bei unserer ersten Begegnung im Keller ebenfalls zu Boden geschlagen und nun schon das zweite Mal mit einer Waffe bedroht. So etwas förderte nicht unbedingt meine Feinfühligkeit. Ich kontrollierte Gregors Puls und rappelte mich hoch.

Der Tisch, an dem er noch versucht hatte, sich festzuhalten, war umgekippt, die Whiskyflasche auf den Boden gefallen, aber nicht zerbrochen. Sie lag neben Gregors Kopf. Die Flüssigkeit war schon vom Teppich aufgesogen worden, der sich nach der gestrigen Koksorgie nun also noch einen halben Liter Hochprozentigen genehmigte. Whisky and Cocaine, das hörte sich an wie ein autobiographischer Song von Robbie Williams. Mein Teppich war echter Rock 'n' Roll.

Ich hob die Pistole auf und steckte sie mir in den Hosenbund. Als ich den Reißverschluss von Gregors Reisetasche öffnen wollte, klingelte es erneut.

»Was ist denn hier los?«, fragte Luzia irritiert. »Wer ist denn der Mann dort auf dem Fußboden?«

Sie war frisch geschminkt und roch nach einem anderen Parfum als gestern. In den Händen hielt sie einen Katzenkorb und ebenfalls eine Reisetasche, die nur unwesentlich kleiner war als die von Gregor. Anscheinend war heute Anreisetag in meinem bescheidenen Zuhause, und niemand hatte mir davon etwas gesagt. Sonst hätte ich doch frische Handtücher rausgehängt.

Während Luzia die Treppe heraufgekommen war, hatte ich Gregors Tasche untersucht. Außer einigen Kleidungsstücken befanden sich darin eine weitere Flasche Lagavulin, ein Mobiltelefon, mehrere Pistolen, ein Schalldämpfer und Munition sowie zehn Tausendmarkscheine und ein Reisepass, der auf den Namen Hannes Gregorschewski ausgestellt worden war. Ganz wollte Gregor auf seinen päpstlichen Namen wohl nicht verzichten, wenn er inkognito unterwegs war. Vielleicht glaubte er damit bei Gott ein wenig Nachsicht herausschinden zu können. Ich verstaute seine Tasche erst einmal in meinem Kleiderschrank, zog den Schlüssel ab und steckte ihn in meine Tasche.

»Das ist Gregor, ein Geschäftsmann, den ich flüchtig kennen gelernt habe und der leider etwas zu aufdringlich geworden ist«, erklärte ich und küsste Luzia nur sanft auf die Lippen, um ihr Make-up nicht zu versauen.

»Was macht er denn für Geschäfte?«

Ich zog die Pistole aus dem Hosenbund und zeigte sie ihr.

»O je, das sieht verdammt nach Ärger aus.« Sie lächelte resigniert. »Dabei dachte ich, ich könnte bei dir ein wenig Ruhe finden.«

Durch das Geflecht des Katzenkorbes musterten mich zwei grüne Augen.

»Wer ist das denn?«

»Wladimir. Er wird immer depressiv, wenn ich ihn zu lange alleine lasse.«

Allmählich begann ich wirklich an mir zu zweifeln. War das vielleicht ein Symptom von Frühvergreisung, dass ich ständig das Gefühl hatte, nicht ganz auf dem Laufenden zu sein? Erst spazierte dieser durchgeknallte Waffendealer in meine Wohnung und machte Anstalten, sich hier häuslich niederzulassen, und nun brachte Luzia ihren Kater mit. Und eine Reisetasche!

»Ich muss dir das erklären«, sagte Luzia. Anscheinend hatte sie meine Gedanken erraten. »Aber ich glaube, du solltest dich erst einmal deinem Gast widmen.«

Sie hatte Recht. Gregor meldete sich stöhnend von seinem Abstecher ins Reich der Finsternis zurück.

»Und was ist mit Wladimir? Kriegt er in dieser Schachtel keine Depressionen?«

»Er hasst es, eingesperrt zu sein.«

»Na dann, willkommen in der Freiheit!«, sagte ich und öffnete den Deckel. Ein schwarz-grauer Kater mit einem roten Halsband sah mich erst mürrisch an und sprang dann fauchend auf den Boden. Mit erhobenem Kopf sah er sich in meiner Wohnung um und verschwand zielstrebig in der Küche. Gerne hätte ich ihm noch gezeigt, wo die Fischbüchsen standen, aber Gregor begann bereits, sich aufzurichten.

»Wo sind meine Sachen?«, fragte er mit verzerrtem Gesicht, während er mit der rechten Hand über seinen Hinterkopf strich und die Pistole in meiner Hand betrachtete. Sein Kinn sah nach meiner Behandlung etwas schief aus.

»In Sicherheit«, sagte ich, als wäre seine Reisetasche zuvor irgendeiner Bedrohung ausgesetzt gewesen.

Gregor nickte, als verstünde er, was ich meinte, obwohl ich es eigentlich selbst nicht so richtig verstand. Als ein Klappern aus der Küche drang, drehte er sich erschrocken um.

»Das ist Luzia«, erklärte ich. »Sie ist mit ihrem Kater Wladimir vorbeigekommen, um etwas Ruhe zu finden.«

»Hallo«, rief Luzia aus der Küche. »Soll ich euch etwas zu trinken mitbringen?«

»Ein Glas Wasser wäre nicht schlecht, damit unser Freund hier einen klaren Kopf bekommt«, rief ich zurück und wies Gregor an, in dem Liegestuhl, der nicht umgekippt war, Platz zu nehmen. Er gehorchte mit einer zur Schau gestellten Gleichgültigkeit, wie ein Teenager, dem alles auf den Wecker fiel, was mit der Coolness, die er sich als erste eigene Haltung zur Welt zugelegt hatte, nicht vereinbar war. Ich steckte die Pistole ein, stellte den Tisch und den anderen Stuhl wieder auf und setzte mich ebenfalls. Luzia kehrte mit Rotwein, Wasser und drei Gläsern zurück. Wladimir folgte ihr neugierig und Gregor stierte in ihren Ausschnitt, während sie die Flaschen und Gläser auf den Tisch stellte.

»Nehmt euch einfach, worauf ihr Lust habt«, sagte sie und setzte sich mit einem Glas Rotwein auf das etwas abseits stehende Sofa.

»Gregor ist übrigens der Meinung, dass die Frauen die Männer zugrunde richten«, verriet ich und bemerkte nicht ohne eine gewisse Freude, dass der Waffendealer verlegen wurde.

»Hört sich an, als hätte er schlechte Erfahrungen gemacht«, sagte Luzia und nippte an ihrem Wein. Wladimir sprang zu seinem Frauchen aufs Sofa und forderte ein paar Streicheleinheiten.

»Allerdings«, bestätigte ich. »Deshalb steht er jetzt wohl auch mehr auf Männerfreundschaften.«

»So?« Luzia verzog ironisch die Brauen und betrachtete Gregor voller Interesse, dem die Situation inzwischen sichtlich auf die Nerven ging.

»Könnt ihr vielleicht mal damit aufhören, euch über mich zu unterhalten, als wäre ich gar nicht hier«, beschwerte er sich. »Redet gefälligst mit mir, wenn ihr etwas von mir wollt!«

»Das ist ein großer Fortschritt«, erklärte ich Luzia. »Vorhin wollte er absolut nicht über sich sprechen. Stattdessen hat er es vorgezogen, mit der Knarre herumzufuchteln und chauvinistisches Gedankengut von sich zu geben. Ich bin froh, dass du das nicht hören musstest.«

»Okay, es tut mir Leid«, sagte Gregor gereizt. »Ich habe mich wie ein Idiot benommen und es vielleicht auch verdient, dass du mich jetzt so behandelst. Aber wenn es um Leben und Tod geht, da scheißt du nun mal auf gute Umgangsformen. Das kannst du mir glauben. Es ist dir ziemlich egal, wie du dich aufführst, ob du jemanden ausnutzt oder seine Gastfreundschaft missbrauchst. Im Zweifelsfall wärst du sogar bereit zu töten, wenn du dadurch deinen Arsch retten kannst.«

»Na, da habe ich wohl noch mal Schwein gehabt«, stellte ich mit gespielter Erleichterung fest.

»Vielleicht hätte ich dir gleich erzählen sollen, dass ich auf der Flucht bin. Aber wer will sich schon in so was mit hineinziehen lassen.«

»Die Russen?«

Er nickte.

»Sie haben ihm die Finger gebrochen«, erklärte ich Luzia. »Und eine tote Katze vor seine Tür gehängt.«

Wladimir spitzte die Ohren.

»Im Haus der Blombergs war ich absolut nicht mehr sicher – das hast du ja gesehen«, sagte er, zog Tabak, Blättchen und Shit aus der Tasche seiner ausgeleierten Jeans, die ihm nach Hip-Hopper-Art über den Hintern rutschte, und fing an, sich einen Joint zu bauen. »Also musste ich Hals über Kopf meine Klamotten packen und bin da raus. Für ein paar Nächte habe ich mir ein Zimmer in einer Pension genommen. Aber die verdammten Bluthunde haben mich auch dort aufgespürt. Gott sei Dank habe ich sie dabei beobachtet, wie sie sich an der Rezeption nach mir erkundigten. So konnte ich rechtzeitig verschwinden.« Er fuhr mit der Zunge die Klebefläche des Zigarettenpapiers entlang.

»Wie viel Geld wollen sie von dir?«, fragte ich, während Gregor sich den Joint anzündete.

»Keine Ahnung, hundert- oder zweihunderttausend, vielleicht hat sich die Summe inzwischen auch schon wieder verdoppelt – die Forderungen der Iwans erhöhen sich ständig, nach oben kennen sie kein Limit –, jedenfalls mindestens das Hundertfache von dem, was ich besitze.«

Ich dachte an die zehntausend Mark in seiner Reisetasche und an den falschen Reisepass. Gregor inhalierte tief, dann hielt er mir den Glimmstängel hin. Ich schüttelte den Kopf und holte stattdessen zwei Beck's aus dem Kühlschrank. Als ich zurückkam, gab Luzia Gregor gerade den Joint zurück. Wladimir lag selig mit halb geöffneten Augen auf ihrem Schoß, als hätte er ebenfalls einen tiefen Zug genommen.

»Was hast du nun vor?«, fragte ich Gregor, nachdem ich ihm eines der Biere gegeben hatte.

»Erst einmal weg von hier. In die Staaten. Mindestens für ein halbes Jahr. Dann, mal sehen.« Er zuckte mit den Schultern und trank einen Schluck. »Vielleicht haben mich die Russkis ja in der Zwischenzeit vergessen und ich krieg noch mal 'ne Chance, was auf die Beine zu stellen.«

»Wieder im Eisenhandel?« Als ich das sagte, kam ich mir vor wie ein Sozialarbeiter, der sich krampfhaft bemühte, den Slang der Straße zu imitieren.

»Nee, nee!«, beteuerte Gregor und wurde sichtlich lockerer. Man konnte von dieser Streetworker-Masche halten, was man wollte, ganz wirkungslos war sie nicht. »Diesmal was Seriöses. Vielleicht im Personenschutz. Weibliche Bodyguards! Die sind absolut im Kommen. Attraktiv und viel unauffälliger als diese wandelnden Kleiderschränke. Amerikanische Politiker stehen total auf Frauen als Securitys. Ich werde mich drüben mal ein bisschen umschauen und dann hier eine Agentur oder so was aufmachen.«

»Dann bist du wenigstens immer in Sicherheit«, amüsierte sich Luzia.

»Ist das dein Ernst?«, rief ich voller Entrüstung. »Ich denke, Frauen richten die Männer zugrunde!«

»Nur wenn Liebe im Spiel ist«, erklärte er ernsthaft. »Hier

geht es aber um professionelle Beziehungen. Wer nicht in der Lage ist, Gefühl und Geschäft voneinander zu trennen, kann sowieso einpacken.«

Ich brauchte Luzia nicht anzusehen, um zu wissen, woran sie dachte.

»Du wirst dir das Sofa mit Wladimir teilen müssen«, erklärte ich und zog den Schlüssel vom Kleiderschrank aus der Tasche.

»Heißt das, ich kann über Nacht hier bleiben?«

»Nur wenn du vorher badest.« Ich rümpfte demonstrativ die Nase. Dann holte ich Gregors Sachen aus dem Schrank und stellte sie neben ihm auf den Fußboden. Die Wolken hatten sich verzogen und Milde wärmte plötzlich mein Gemüt. Dabei hatte ich mir fest vorgenommen, Gregor rauszuschmeißen, sobald er wieder in der Lage war, sich selbstständig fortzubewegen – und sei es auf allen vieren. Aber irgendwie war meine Wut inzwischen verflogen. Vielleicht hatte ich auch ein schlechtes Gewissen, weil ich nicht gerade sanft mit ihm umgegangen war – obwohl ... Der Typ schaffte es einfach, auf seine starrköpfige, kindische Art mein Mitleid zu erregen. Er war so sehr durch den Wind, dass ich es nicht fertig brachte, ihn seinem Schicksal und den bösen Kindern von Mütterchen Russland zu überlassen. Obgleich er der Verlockung eindeutig im Wege stand, die sich auf meinem Sofa rekelte. Und damit meinte ich nicht Wladimir, der mir gelangweilte Blicke zuwarf, als hätte er längst die Russenkatzenmafia damit beauftragt, das Konkurrenzproblem zwischen uns aus der Welt zu räumen.

»Wo hast du dich eigentlich herumgetrieben, nachdem du aus der Pension rausmusstest, auf 'ner Müllhalde?«

»Nee, in irgendwelchen Clubs. Ich dachte, dass ich vielleicht etwas aufreißen und so die Nacht rumkriegen könnte. Aber die Frauen sehen dir an, wenn du sie brauchst, und lassen dich eiskalt abblitzen.«

»Klar!«, pflichtete ich ihm bei. Obgleich bei Gregors Aussehen und vor allem bei seinem Geruch keine ausgesprochen weiblichen Instinkte erforderlich waren, um festzustellen, dass er nicht gerade die erste Wahl war. Luzia verfolgte unser Gespräch zurückgelehnt und mit größtem Interesse. Hin und wieder musste sie schmunzeln.

»Ich wär ja schon längst weg«, erzählte Gregor weiter. »Aber ich musste vorher noch ein paar Dinge erledigen.«

Zum Beispiel einen falschen Pass anfertigen lassen, dachte ich und fragte: »Wann soll's denn auf die große Reise gehen, Mister Gregorschewski?«

Gregor grinste. »Ziemlich bescheuerter Name – was?! Ich muss wohl bekifft gewesen sein, als ich mir den ausgedacht habe.« Als hätte er sich damit selbst das Stichwort gegeben, aktivierte er seinen Joint wieder. »Ich hoffe, morgen Abend oder spätestens übermorgen aus Berlin wegzukommen«, sagte er, nachdem er die Tüte an Luzia weitergereicht hatte. »Je eher, desto besser.«

Das fand ich auch. Doch bevor ich ihm zustimmen konnte, klingelte das Telefon.

Das Unglück der Frauen

Hannah wohnte in einem unsanierten Altbau in der Nähe der Schönhauser Allee. Nach zwanzig Uhr war es hier fast unmöglich, einen Parkplatz zu finden. Ich fuhr dreimal im Kreis, dann stellte ich den Wagen vor einer Hofeinfahrt ab. Wenn um diese Zeit noch jemand da durchwollte, dann hatte er Pech. Wenn derjenige den Abschleppdienst rief, dann war ich derjenige, der Pech hatte. So sind nun mal die Gesetze der Straße. Aber ich hatte sowieso nicht vor, allzu lange zu bleiben.

Ich hatte mich schon darauf gefreut, den Abend mit Luzia zu verbringen. Vielleicht hätten wir den Kater ins Bett gelegt, dem Dealer ein Bad eingelassen und uns ein Café gesucht, das langweilig genug war, um etwas Ruhe zu finden. Doch Hannah klang am Telefon so verzweifelt, dass ich mich überreden ließ, zu ihr zu kommen – auf ein Bier und ein Glas voller Tränen.

Als sie mir die Tür öffnete, versuchte sie tapfer zu lächeln. Aber nichts konnte darüber hinwegtäuschen, dass sich dunkle Wolken vor ihre Sonne geschoben hatten. Eingehüllt in eine schwarze Stola stand sie da wie ein Vogel mit gebrochenen Flügeln. Ihre Augen waren gerötet, und als ich sie in die Arme nahm, brachen die Dämme.

»Warum muss immer mir so was passieren, Henry?«, schluchzte sie. »Warum kann ich nicht auch mal ein kleines bisschen Glück haben? Ist das wirklich zu viel verlangt?« Sie heulte so lange in meinen Armen, bis sie einen Schluckauf bekam, was sie noch mehr aufregte.

»Am besten, du hältst jetzt die Luft an und zählst bis zehn«, versuchte ich sie zu beruhigen. »Bei mir hilft meistens auch ein Löffel Zucker.« Ein bisschen Ablenkung vom Zentrum des Schmerzes konnte nicht schaden.

Hannah schüttelte den Kopf und schluckte auf. In ihrem

Wohnzimmer sah es wie immer ziemlich chaotisch aus. Kleidungsstücke lagen auf zwei Stühlen und einem Sofa verteilt, Zeitschriften und Bücher auf dem Fußboden. Man konnte meinen, sie sei Studentin und stünde kurz vor ihren Magisterprüfungen. Der Fernseher lief ohne Ton. Dafür hatte sie die Anlage aufgedreht – Moby: *Why does my heart feel so bad?* Beleuchtet wurde das Durcheinander von einem Vollmondlampion, der noch aus Hannahs Esoterikphase stammte. Auf dem Tisch standen ein fast volles Weinglas und eine fast leere Flasche Riesling. Daneben lagen eine gerade geöffnete und eine zusammengeknüllte Zigarettenschachtel sowie ein Einwegfeuerzeug. In einem Aschenbecher häuften sich Kippen. Die Luft war zum Schneiden. Ihre Abstinenzlerphase zum Schutz des ungeborenen Lebens war entweder schon vorbei oder sie hatte sie krisenbedingt unterbrochen.

»Du erlaubst doch.« Ich stellte die Musik leiser, räumte einen Haufen Rechnungen und ein Buch *Tausend Tipps für Existenzgründer* vom Fensterbrett, legte den Stapel zu dem anderen Papierkram auf den Fußboden und ließ die frische Nachtluft herein.

»Hicks«, machte Hannah und verließ das Zimmer.

Ich lehnte mich aus dem Fenster und atmete tief durch. Es war angenehm, den Sprühregen im Gesicht zu spüren. Ich öffnete den Mund und schmeckte das Wasser. Im Hof warf jemand eilig einen Müllsack in den Container und rannte mit hochgezogenen Schultern zurück in den Seitenflügel.

Unwillkürlich musste ich an Gregor denken, dem ich vor meinem Abgang die Anweisung gegeben hatte, sein Waffenarsenal aus der Wohnung zu schaffen. Er hatte noch irgendetwas von Verteidigung und eigenem Schutz gefaselt, aber er wusste, dass er damit keine guten Karten bei mir hatte. Hoffentlich kam er nicht auf die Idee, die Knarren einfach in den Müll zu werfen oder im Hof zu verstecken. Der Hausmeister war auf der höheren Blockwartschule gewesen. Ihm entging nichts, was mit den Containern, in den Treppenhäusern, im Keller oder im Innenhof geschah. Von Gregor war es nur ein winziger Gedankensprung zu Luzia. Aber bevor ich darüber spekulieren konnte, warum sie mit Reisetasche und Kater erschienen war und Ruhe brauchte, kam Hannah mit einer Flasche Bier in der Hand wieder herein und räumte für mich einen Stuhl frei, indem sie die Sachen, die darauf gelegen hatten, einfach in eine Ecke warf. Spätestens wenn sie ihr Kind bekam, war wohl nicht nur eine Rückkehr zur gesunden Lebensweise, sondern auch eine gravierende Reform in ihrer Haushaltsführung vonnöten.

»Entschuldige, dass es hier so schlimm aussieht«, sagte sie nun einigermaßen ruhig und zündete sich eine Zigarette an. Ihren Schluckauf war sie anscheinend in der Küche losgeworden. »In letzter Zeit sind mir die Dinge einfach über den Kopf gewachsen.«

»Was ist los, Hannah?«

»Veit!« Der Name klang aus ihrem Mund wie ein fliegender Pfeil, der sein Ziel traf. »Er will kein Kind.«

»Und darüber wunderst du dich?«

»Ich weiß doch selbst, dass das idiotisch ist!«, sagte sie vorwurfsvoll.

»Entschuldige, Hannah, aber ich habe dich gewarnt. Ich habe dir gesagt, dass der Typ ein Arschloch ist. Und du warst der Meinung, dass du das Kind willst, egal was Kässens darüber denkt.«

Hannah fiel in sich zusammen wie ein gesprengtes Hochhaus und ich kam mir vor wie der Experte, der die Explosion gezündet hatte. Natürlich wollte ich ihr helfen, sie trösten und alles tun, was ich konnte, damit es ihr wieder besser ging, aber es hatte keinen Sinn, ihr etwas vorzumachen. Wenigstens hatte ich ein Papiertaschentuch dabei, denn sie kramte verheult und schniefend in ihren Taschen.

»Er will, dass ich es abtreiben lasse«, sagte sie leise, als sie wieder einigermaßen Luft bekam.

»Natürlich, weil es das Einfachste für ihn ist. Aber ich denke, du weißt, was du willst.«

»Ja, aber …«

»Vergiss ihn und mach, was du für richtig hältst.«

»Das ist nicht so einfach.«

»Kässens ist ein Arschloch!«

Sie kippte den Rest Weißwein hinunter, der noch in ihrem Glas war, und schenkte sich sofort nach. Dann zündete sie sich eine neue Zigarette an, obwohl ihre alte noch halb geraucht im Aschenbecher vor sich hin qualmte. Ihr Zickzack-Pony hing wie eine zerfranste Gardine über ihrer Stirn.

»Er hat damit gedroht, das Geld von der Bank für den Club einfach zu behalten.« Sie schüttelte den Kopf, als könne sie nicht glauben, was sie da gerade gesagt hatte. »Er will das Geld nicht an Ulli und mich weiterleiten, wenn ich das Kind nicht wegmachen lasse, sondern es einfach wieder an die Bank zurückzahlen oder in irgendeinen seiner eigenen Scheißläden stecken. Wir haben doch mit dem Ausbau schon begonnen. Das heißt, wenn ich das Kind bekomme – und ich werde es bekommen –, dann habe ich keinen Club und einen Haufen Schulden. Was sagst du dazu?«

Erst einmal gar nichts. Dass Kässens so weit gehen würde, das verschlug mir für einen Moment die Sprache. Es war mir wirklich ein absolutes Rätsel, warum eine Frau wie Hannah immer an solche Idioten geriet. Ich trank einen Schluck Bier und schaute in Hannahs traurige Augen.

»Mach dir keine Sorgen«, sagte ich endlich. »Hauptsache, du weißt, was du willst. Um den Rest werde ich mich kümmern.«

»Was hast du vor?«

»Keine Ahnung. Aber glaubst du im Ernst, ich werde es zulassen, dass Kässens mit dieser miesen Nummer durchkommt?«

Tatsächlich gelang es ihr zum ersten Mal an diesem Abend, wirklich zu lächeln. »Danke Henry, aber ich will nicht, dass du Schwierigkeiten bekommst. Veit hat viele Freunde und noch mehr Beziehungen zu Leuten, die unheimlich scharf darauf sind, ihm einen Gefallen zu tun.«

»Und ich kenne jemanden, der noch viel schärfer darauf ist, Kässens eine überzubraten.«

»Du meinst nicht zufällig unseren gemeinsamen Freund?«

»Wie kommst du darauf?«

»An dem Abend im *Submarine,* du weißt schon, als ich Theo und Veit einander vorgestellt habe, ohne zu wissen, dass sie sich bereits kannten, haben die beiden sich pausenlos gegenseitig beharkt. Vor allem Theo hat keine Gelegenheit ausgelassen, Veit zu provozieren. Ich glaube, wenn ich nicht dabei gewesen und das *Submarine* nicht kurz darauf überfallen worden wäre, hätten sie bald angefangen, sich zu prügeln.«

Das glaubte ich sofort. »Hör zu, Hannah!«, sagte ich und trank mein Bier aus. »Du versprichst mir, ab morgen wieder auf Saft umzusteigen und das Rauchen sein zu lassen, damit dein Kind gesund wird und du genügend Power hast für die Doppelbelastung als Mutter und Geschäftsführerin eines der besten Clubs der Stadt. Und ich kümmere mich darum, dass mit der Finanzierung alles glatt geht.«

Vom Auto aus rief ich bei mir zu Hause an und verabredete mich mit Luzia im *W. Prassnik,* einem Lokal in der Torstraße, das in der Regel nicht so rappelvoll war.

Als ich hineinging, saß Luzia schon auf einer dunkelgrünen Kunstlederbank und nippte an einem Glas Rotwein – so wie sie es vorhin auf meinem Sofa getan hatte. Nur der Kater fehlte. »Wer hat dich denn hierher gebeamt?«, fragte ich und warf meine Jacke über einen leeren Stuhl.

»Ich hatte Glück und habe gleich vor deiner Haustür einen Taxifahrer gefunden, der mich für sechs Mark hierher gefahren hat.«

Das war allerdings selten. Die meisten Taxis standen um diese Zeit vor den Hackeschen Höfen und warteten darauf, aufgebrezelte und angetrunkene Partytouristen in den nächsten Club zu fahren. Die restlichen waren entweder voll oder die Fahrer weigerten sich, Kurzstrecken zu fahren.

Ich setzte mich neben Luzia auf die Bank. Sie legte ihre Hand auf meinen Oberschenkel. Ich nahm sie in die Arme und wir küssten uns wie zwei verliebte Teenager, ohne darauf zu achten, was um uns herum passierte. Als Luzia und ich uns wieder ansahen, hatte sie einen roten Rand um den Mund und ich spürte einen cremigen Film auf meinen Lippen.

Der Kellner war ein diskreter Mensch. Er respektierte unsere Intimsphäre. Erst nachdem Luzia und ich uns die Münder abgewischt hatten, kam er an unseren Tisch, um meine Bestellung aufzunehmen. Vorher hatte ich ihn ebenso wenig bemerkt wie die übrigen Gäste. Ich hatte niemanden gesehen außer Luzia, wie sie da saß in ihrer engen Jeans-Jacke mit ihren dunkelroten Lippen, die so gut zu ihren schwarzen Haaren passten.

»Wie geht es deiner Freundin …?«, fragte sie.

»Hannah«, ergänzte ich. Der Kellner brachte mein Bier. »Ich weiß nicht wieso, aber sie gerät grundsätzlich an die falschen Typen.«

Luzias Stirn runzelte sich. »Das ist kein großes Kunststück. Es gibt einfach tausendmal mehr falsche Typen als richtige. Mal ganz abgesehen von *dem* Richtigen. Wenn man den zwischen den ganzen Falschen entdeckt, dann grenzt das beinahe an ein Wunder.«

»Du sprichst doch nicht etwa von mir.«

»Wie kommst du denn darauf?« Sie lächelte spöttisch.

»Na ja, wenn du gleich bei mir einziehst, dann musst du dir schon ziemlich sicher sein.«

Ihr Lächeln verschwand so plötzlich, wie es erschienen war. »Erinnerst du dich an Jochen Möbius, Fionas Steuerberater?«

»Der Goldknabe?«

»Ganz gegen seine Gewohnheit ist er noch mal mit mir aufs Zimmer gegangen. Vielleicht aus Verlegenheit, weil Fiona in den letzten Tagen keine attraktiven Neuzugänge hatte, oder aus einer Laune heraus, ich weiß es nicht. Als wir dann alleine waren, fing er an rumzulabern, dass er ganz genau wisse, wie scharf ich darauf sei, deshalb wolle er mir noch mal den Gefallen tun. Dann hat er sein Ding rausgeholt und erwartet, dass ich voller Begeisterung über ihn herfalle. Aber ich hatte keine Lust darauf, seine Spielchen mitzuspielen. Der Typ hat mich einfach angekotzt in seiner selbstgefälligen Art. Ein widerlicher kleiner Steuerberater, der sich regelmäßig im Puff sein Selbstbewusstsein aufpolieren lässt, um zu Hause einen hochzukriegen, und dann auch noch so tut, als wäre er nur gekommen, um ein paar geilen Hühnern, die nur darauf warteten, einen Dienst zu erweisen. Also habe ich ihm klar gemacht, dass er seinen Schwanz wieder einpacken und verschwinden könne. Zuerst hat er gedacht, das sei ein Scherz, aber als ihm klar wurde, dass ich es ernst meinte, ist er vollkommen ausgerastet und auf mich losgegangen.« Sie musste schlucken. Um nicht zu weinen, blickte sie starr geradeaus.

Ich nahm ihre rechte Hand, die kalt war und zitterte. Ohne ein Wort. Ich konnte nichts sagen, nichts tun, außer ihre kalte, zitternde Hand zu halten. Die Vorstellung, dass dieser Möchtegern-Sonnyboy Luzia wehgetan hatte, machte mich gleichzeitig wahnsinnig vor Wut und völlig hilflos.

»Wann war das?«, fragte ich.

»Vor zwei Tagen.«

Ich erinnerte mich an die blauen Flecken, die ich in der vergangenen Nacht an ihr entdeckt hatte. »Bist du zur Polizei gegangen?«

»Ich bitte dich.«

»Und Fiona?«

Luzia lächelte bitter. »Möbius hat sie doch in der Hand. Mit Sicherheit gibt es für jede Mark, die Fiona mit seiner Hilfe am Fiskus vorbeigeschleust hat, sauber abgeheftete Belege, die er gegebenenfalls dem Finanzamt präsentieren wird, wenn sie gegen ihn vorgeht. Fiona nimmt von ihm ja nicht mal die Zimmermiete. Nur die Mädchen muss er bezahlen.«

»Aber wenn er Fiona anzeigt, dann ist er doch mindestens wegen Mithilfe dran. Wenn man ihm nicht sogar Anstiftung nachweisen kann.«

»Solche Typen wissen, wie sie etwas zu drehen haben, damit sie mit sauberer Weste dastehen. Ich kenne Fiona. Sie ist eine knallharte Geschäftsfrau und würde niemandem einen solchen Gratisdienst erweisen – und schon gar nicht so oft –, wenn er nicht etwas gegen sie in der Hand hätte. Möbius ist jemand, den man nicht so richtig ernst nimmt, weil es durchaus komisch wirkt, wenn er solariumgebräunt und mit Goldkettchen behängt den Gigolo spielt, aber er ist brutal und skrupellos, wenn es darum geht, seine Interessen durchzusetzen. Wenn er etwas nicht bekommt, das er haben will, rastet er aus.«

»Hast du mich deshalb angerufen?«

»Nein.« Zunächst schüttelte sie energisch den Kopf, dann etwas zögerlicher. »Vielleicht doch – auch …«, sagte sie schließlich und sah mich an, als wollte sie mich um Verzeihung bitten.

»Ich bin froh, dass du es getan hast.«

Luzia nickte und wurde sehr nachdenklich. Dann ging sie zur Toilette. Als sie zurückkam, hatte sie sich die Lippen nachgezogen und auch sonst wieder auf Vordermann gebracht. Womit auch immer.

Katerstimmung

»Verdammt!«

Das war nun schon das zweite Mal, dass ich über das Katzenklo stolperte, das Luzia in mein Bad gestellt hatte. Wladimir hatte ich auf dem Weg von der Schlafnische zur Toilette noch nicht entdeckt. Aber es fing bereits an, nach ihm zu riechen. Und auf der Waschmaschine stand Luzias Kulturtasche, in der sie ihre Parfumfläschchen und Cremes aufbewahrte. Die Gerüche meiner bescheidenen Ingredienzien waren inzwischen kaum noch wahrnehmbar. Chanel, Jil Sander und Wladimir hatten über Nacht die Dufthoheit erlangt.

Ich putzte mir die Zähne und ging schnell unter die Dusche. Luzia schlief noch. Als Nachtarbeiterin war sie es gewohnt, spät aufzustehen. Deshalb fielen alle Seminare, die vor zwölf Uhr anfingen, für sie schon mal aus.

Als ich das Bad verließ, kam mir Wladimir verschlafen entgegen. Offenbar war auch er kein Frühaufsteher. Er blieb kurz stehen und beblinzelte mich argwöhnisch. Dann lief er lässig, als hätte er mich gar nicht gesehen, an mir vorbei, um ebenfalls im Bad seine Morgentoilette zu verrichten.

Ich kochte Kaffee und toastete Weißbrot. Es dauerte nicht lange, da erschien Gregor mit zerzausten Haaren in meinem Bademantel vor der Küchentheke. Den Mantel hatte er schon getragen, als Luzia und ich gestern Nacht nach Hause gekommen waren und ihn schlafend vor dem laufenden Fernseher gefunden hatten. Vor ihm auf dem Tisch stand die angebrochene zweite Whiskyflasche, daneben lag Theos Manuskript, mit dem sich Gregor offenbar die Zeit vertrieben hatte.

Normalerweise war ich ziemlich eigen mit meinen Lieblingskleidungsstücken, zu denen mein Bademantel zweifellos zählte. Dass Gregor ihn trug, bedeutete jedoch, dass er ein Bad genommen hatte und es somit zumindest eine Geruchsbelästigung weniger in meiner Wohnung gab. Insofern wollte ich ausnahmsweise ein bisschen tolerant sein.

»Das Badezimmer ist gerade besetzt«, sagte ich. »Willst du einen Kaffee?«

»Unbedingt«, murmelte Gregor und verzog das Gesicht. Der Klang seiner eigenen Stimme schien ihm Schmerzen zu bereiten. Unter seinem rechten Auge schillerte ein Veilchen. »Und wenn du ein Glas Wasser hättest ...« Er setzte sich umständlich auf einen der Barhocker, die ich mit der Küchentheke bei meinem Einzug übernommen hatte.

»Mit einem Perrier kann ich leider nicht dienen, aber ich denke, das tut's auch.«

Er kippte das Leitungswasser in einem Zug. Am liebsten hätte er sich wahrscheinlich unter den Hahn gehängt. Ich füllte gleich nach.

»Ich habe mir mal deinen Bademantel geliehen«, erklärte er, nachdem er auch das zweite Glas ausgetrunken hatte. »Ich hoffe, du hast nichts dagegen.«

»Solange du ihn nicht an den Kater weiterverborgst.«

»Keine Sorge«, sagte er lachend, wobei er sofort wieder das Gesicht verzog. »Apropos Kater, hast du vielleicht 'ne Aspirin oder so was?«

»Ich glaube schon.«

Im Badezimmerschrank fand ich eine fast volle Packung. Wladimir hatte inzwischen sein Geschäft verrichtet und drückte sich vor der Tür herum. Nachdem er mir einen weiteren missbilligenden Blick zugeworfen hatte, folgte er mir unauffällig in die Küche.

»Was ist eigentlich mit deinem Waffenarsenal?«, fragte ich beiläufig, während ich Gregor die Tabletten gab.

»Alles paletti«, sagte er.

»Was heißt das?«

»Die Knarren sind an einem sicheren Ort.«

»Aha«, sagte ich und holte Käse, Konfitüre und Butter aus dem Kühlschrank. »Das heißt, sie sind noch immer hier.«

Er zog den Kopf ein, als fürchtete er einen erneuten Schlag, und hob entschuldigend die Hände. »Es war schon spät und hat geregnet. Außerdem war ich ziemlich angeschlagen.« Demonstrativ betastete er sein Kinn und sein Auge. »Und ich hatte schon was getrunken und geraucht. Es wäre ein viel zu großes Risiko gewesen, in diesem Zustand schwer bewaffnet nach einem Versteck zu suchen. Aber keine Sorge, gleich nach dem Frühstück bringe ich das Zeug hier raus.«

»Das wird vielleicht gar nicht nötig sein.«

Gregor verschluckte sich an seiner Tablette. Dann sah er mich mit halb geöffnetem Mund an, als könnte er nicht glauben, was er soeben gehört hatte.

»Es wäre nämlich möglich«, erklärte ich, »dass ich mir deine Schießeisen mal ausborgen müsste.«

»Mach keine Witze!«

»Du würdest sie mir doch geben?« Ich goss ihm und mir Kaffee ein.

»Ja, aber … wofür?«

»Das kann ich dir im Augenblick noch nicht sagen.«

»Du willst mich verarschen!«

»Keineswegs. Ich brauche nur noch etwas Zeit, um nachzudenken.«

»Hängt das mit deiner Freundin zusammen? Die scheint ja ganz schön fertig zu sein.«

»Du wirst das schon alles früh genug erfahren«, sagte ich und bestrich eine Scheibe Toast mit Konfitüre. »Was hast du heute vor?«

Er zuckte mit den Schultern. »Ich werde wohl 'n paar Reisebüros abklappern und mir die günstigsten Flüge nach New York raussuchen lassen.«

»Auch das wird vielleicht nicht mehr nötig sein.«

»Sag mal, was ist hier eigentlich los? Hat sich über Nacht die Welt vollkommen verändert und ich weiß noch nichts davon?«

»Wart's einfach ab. Bleib zu Hause und lies noch ein bisschen in Theos Manuskript!«

Verwirrt sah er mich an, dann nickte er und nippte am Kaffee.

Wladimir hatte sich vor den Kühlschrank gelegt und betrachtete die Szenerie mit demonstrativem Desinteresse. Offenbar war es unter seiner Würde, um Futter zu betteln. Ich wusste nicht, was ich ihm geben sollte. Die Dose Fisch hatte er gestern schon gegessen und die Milch war alle. Also schnitt ich eine Ecke von dem Camembert ab und servierte sie ihm mit einer Scheibe Toast auf einem Teller. Der Kater begutachtete sein Frühstück skeptisch, roch kurz an dem Käse und verließ beleidigt die Küche.

»Dann eben nicht!«, rief ich ihm hinterher.

Gregor musste lachen. »Dieser Theo, von dem du gerade gesprochen hast …«, sagte er.

»Ja?«

»Das Manuskript ist wirklich klasse. Der Typ weiß, wovon er spricht.«

»Das wird ihn sicher freuen«, sagte ich. »Bisher waren die Reaktionen auf seinen Text wohl eher ablehnend.«

Theo sah aus, als hätte ihn mein Anruf vor einer Viertelstunde aus dem Tiefschlaf gerissen. Mit einer Tasse Kaffee in der Hand öffnete er mir die Tür. Er war unrasiert und ungekämmt.

Zur Begrüßung gähnte er mir entgegen. Wie Gregor trug er einen Bademantel, nur dass der, den Theo anhatte, mindestens zwanzig Jahre alt und weinrot-tannengrün gestreift war. Vermutlich gehörte er seinem Vater.

»Kaffee?«, fragte er, nachdem er vor mir her in die Küche geschlurft war.

»Danke. Ich habe gerade ein Tässchen mit einem Bewunderer deines literarischen Werkes getrunken.«

Theo sah mich fragend und ein wenig skeptisch an.

»Erzähl ich dir später.«

»Später habe ich einen Termin beim Zahnarzt.« Er machte den Mund auf und zeigte mir seine Zahnlücke.

»Ruf an und sag ab! Es ist wirklich wichtig. Außerdem siehst du so besser aus.«

»Willst du mich verarschen?«

»Im Ernst, das passt zu deiner ungestümen, verwegenen Art. Die Frauen stehn auf so was.«

Er ging zum Korridorspiegel und probierte sein Standardgrinsen. Entweder gefiel ihm, was er sah, oder er hatte sowieso keine Lust auf fiepende Bohrer, Betäubungsspritzen und den Geruch von Angst.

Jedenfalls sagte er: »Na gut, weil du's bist«, und ging zum Telefon.

Auf dem zerkratzten Küchentisch lag eine Ansichtskarte. Auf der Vorderseite war ein Kurort im Harz abgebildet. Ein kaminrotes Ensemble aus Ziegeldächern, umgeben von Bergen, das durch einen Bach und eine Bahnstrecke geteilt wurde. Eine winzige schwarze Lokomotive mit drei Anhängern durchquerte den Ort und stieß Rauch aus, der wie Watte aussah.

Theo war noch immer dabei, seinen Charme spielen zu lassen und mit der Sprechstundenhilfe einen neuen Termin zu vereinbaren.

Ich konnte der Verlockung nicht widerstehen und drehte die Karte um.

Mein Sohn,

stand dort in einer kleinen, zittrigen Handschrift.

Du wirst dich sicher gewundert haben, wo ich geblieben bin. Ich hatte einen Zusammenbruch und Feueratze hat mich in die Klinik gebracht. Es war einfach mal wieder alles zu viel. Entschuldige bitte, dass ich mich erst jetzt melde. Ich habe mich geschämt. Außerdem wollte ich dich nicht in eine Sache hineinziehen, von der du nichts weißt. Jetzt bin ich hier im Harz, ein kleines Rinnsal plätschert am Kurhaus vorbei, und ich möchte – so wie du – ein neues Leben beginnen. Manchmal kommt eine Hexe aus dem Wald und reicht mir eine Flasche Feuerwasser. Ich brauche also noch etwas Zeit, aber ich freue mich auf dich. Dein Vater.

PS. Ich habe dein Manuskript gelesen und bin stolz auf dich.

Die Karte war vor zwei Tagen abgeschickt worden.

»Alles geregelt«, sagte Theo, als er wieder in die Küche kam. »Ich bin ganz für dich da.«

»Seit wann hast du die?«, fragte ich und wedelte mit der Harzlandschaft.

»Heute bekommen.« Er starrte verlegen in seine Kaffeetasse.

Natürlich war mir klar, dass er an diesem Tag noch keinen Schritt vor die Tür gemacht hatte. Und er kannte mich lange genug, um zu wissen, dass ich das wusste. Es machte also keinen Sinn, irgendetwas zu sagen. Theo hielt mir eine Packung *Benson & Hedges* hin. Obwohl es mir eigentlich noch zu früh war, zog ich eine Zigarette aus seiner Schachtel.

Auf dem Abreißkalender an der Wand stand noch immer das Datum von Theos Entlassung. Daneben tickte laut eine runde Plastikuhr. Schmutziges Geschirr stapelte sich in der Spüle. Ich stieß den Rauch aus, der in meinem Hals kratzte, und verfolgte mit meinem Blick den Sekundenzeiger, während er eine Runde drehte. Der Kühlschrank sprang an und füllte den kleinen Raum mit seinem altersschwachen Brummen.

»Kässens und Jakubowski«, sagte ich und betrachtete die Zigarette in meiner Hand, die ihren Namen einem äußerst erfolgreichen Duo verdankte.

Theo sah mich an, als sehnte er sich nach einem Zahnarztstuhl.

»Der Fall ist noch nicht erledigt.«

»Wer schwatzt diesen Zahnklempnern nur all diese scheußlichen Ölschinken auf«, sagte Alexa mürrisch, nachdem sie sich meine Aufnahmen angesehen hatte. Sie sah blass aus und unausgeschlafen. »Es muss ganze Heerscharen von Künstlern geben, die skrupellos genug sind, dieses dekorative, abstrakte Gekleckse serienmäßig zu produzieren. Wahrscheinlich werden Zahnarztbilder irgendwann als Gattung in die Kunstgeschichte eingehen.« Sie blinzelte mich an, als erwartete sie Zustimmung.

»After-Work-Party?«, fragte ich stattdessen. Ich hatte jetzt wirklich keinen Nerv für eine ästhetische Debatte.

»Schön wär's«, stöhnte sie, lehnte sich in ihrem superbequemen, superdesignten und superteuren Schreibtischstuhl zurück und rieb sich die Augenlider. »Beziehungsstress.«

Obwohl ich dieses Wort hasste, war ich doch angenehm überrascht, dass Alexa für so etwas Zeit hatte.

»Willst du darüber reden?«

»Vielleicht ein andermal.« Sie lächelte dankbar. »Zunächst müssen wir eine Lösung für diesen Zahnarztschwachsinn finden.«

Ehrlich gesagt war mir das im Augenblick auch lieber. »Am einfachsten wäre es, wenn nur die Außenaufnahmen am Ku'damm gemacht würden. Wie gesagt, die Zahnärzte sind dort nicht besonders entgegenkommend, außerdem gibt es kaum Parkmöglichkeiten für die Fahrzeuge mit der Technik.«

»Ich weiß«, seufzte sie. »Aber der Regisseur war früher bei der *Defa* und glaubt, auch in Arztserien einen künstlerischen Anspruch aufrechterhalten zu müssen. Er besteht darauf, an Originalschauplätzen zu drehen – innen und außen. Das ist wahrscheinlich der letzte Strohhalm, an den er sich noch klammern kann, um nicht völlig die Selbstachtung zu verlieren. Und der Produzent besteht auf den Regisseur, weil er ein Verhältnis mit dessen Tochter hat.«

Bei dem letzten Satz verdrehte sie zwar die Augen, wurde dann aber ganz still und schaute eine Weile durch das Fenster nach draußen, wo ein winziger Sonnenstrahl durch einen Riss im Wolkendach schimmerte und die Umgebung seltsam unwirklich erscheinen ließ. Alexa lächelte in sich versunken. Wahrscheinlich hatte das Wort ›Verhältnis‹ sie wieder auf andere Gedanken gebracht.

Ich fuhr mit dem Auto zum *Embryonic Rendezvous* und wartete in der zweiten Reihe auf einen Parkplatz direkt gegenüber vom Eingang des Clubs. Während Laster, Taxis und Pkws, teilweise hupend, um mich herum sausten und mir ganze Schwärme von Vögeln und jede Menge in die Höhe gestreckte Mittelfinger gezeigt wurden, wählte ich mit meinem Handy die 110.

»Polizeinotruf, Heinzmann.«

»Es geht um die Kneipenüberfälle in Mitte, heute Abend wird wieder einer stattfinden.«

»Ja, mit wem spreche ich denn?«

»Bitte unterbrechen Sie mich nicht, Herr Heinzmann. Leiten Sie die Meldung einfach weiter. Wann und wo der Überfall über die Bühne geht, erfahren Sie später. Und dann müssen Ihre Kollegen schnell sein. Alles klar?«

»Ja, aber ...«

Ich schaltete das Handy aus, schob eine Kassette von den Strokes ins Kassettenfach und drehte die Anlage so weit auf, dass die Musik den Straßenlärm übertönte. Nach zehn Minuten fuhr ein Lieferwagen von dannen. Ich parkte ein und schloss den Wagen ab. Dann lief ich nach Hause.

Kaum hatte ich die Wohnungstür geöffnet, kam mir Luzia völlig aufgelöst im Flur entgegen.

»Es ist etwas Furchtbares passiert.«

Sie trug Jeans, ein schwarzes T-Shirt mit einem ausgeblichenen roten Stern vorne drauf und hatte ihre Haare streng nach hinten gebunden.

»Der Kater ist weg.« Gregor kam lässig, die Hände in den Taschen seiner hängenden Hose, um die Ecke geschlendert.

»Es ist meine eigene Schuld«, rief Luzia verzweifelt. »Ich war Katzenfutter kaufen und habe die Wohnungstür nur angelehnt, weil ich nicht wusste, wo die Schlüssel liegen. Gregor hat gerade geduscht. Die Haustür unten habe ich mit diesem Stopper am Boden befestigt, sodass sie nicht zuschlagen konnte. Als ich zurückkam und Wladimir füttern wollte, war er weg.« Bei dem letzten Satz vibrierte ihre Stimme. »Bestimmt hatte er Angst in der fremden Umgebung und wollte nicht allein gelassen werden.«

Obwohl Wladimir auf mich keinen ausgesprochen ängstlichen Eindruck gemacht hatte, widersprach ich nicht. »Katzen haben einen ziemlich guten Orientierungssinn«, versuchte ich Luzia zu beruhigen. »Wladimir kommt bestimmt bald wieder nach Hause.«

»Aber er ist doch hier gar nicht zu Hause.«

Da hatte sie allerdings Recht.

»Oder meinst du, er hätte sich auf den Weg gemacht, um zu *meiner* Wohnung zurückzukehren, also zu seinem Zuhause?«

Obwohl ich das eigentlich nicht gemeint hatte und es auch für absolut ausgeschlossen hielt, dass Wladimir einen Weg, den er abends im Katzenkorb mit einem Taxi durch die dunkle Stadt gefahren war, zurückverfolgen konnte, brachte ich es nicht übers Herz, Luzia die Hoffnung zu nehmen. Also tat ich ein wenig so, als würde ich darüber nachdenken, und sagte schließlich achselzuckend: »Vielleicht.«

Luzia gab mir einen Kuss. Manchmal sind kleine Lügen wirklich das beste Mittel, um jemandem Mut zu machen.

Gregor schüttelte den Kopf und verschwand wieder im Zimmer. Ich erklärte Luzia, dass ich sie leider nicht nach Hause fahren könnte, weil ich mein Auto Theo geborgt hätte. Nächste kleine Lüge. Wenn man einmal damit angefangen hat, geht es ganz leicht.

Ich schlug vor, dass ich in der Zwischenzeit mit dem Hausmeister sprechen würde. Vielleicht hatte er den Ausreißer ja irgendwo im Treppenhaus oder im Hof gesehen.

»Gute Idee«, fand Luzia. »Ich nehme mir ein Taxi.« Eilig zog sie ihre Jeansjacke über, nahm ihre Handtasche und eilte die Treppe hinunter.

Ich blieb in der offenen Tür stehen, bis ich das Geräusch von ihren Absätzen im Treppenhaus nicht mehr hörte. Dann verließ ich ebenfalls die Wohnung, zog die Tür zu, und lief, einen Hauch von Luzias Parfum in der Nase, die Treppe hinunter. Ich sah mich ein wenig im Hof um. Keine Spur von Wladimir. Dafür erschien nach wenigen Minuten Herr Zimsel, der Hausmeister. Wenn er im Dienst war – und das war er anscheinend immer –, trug er einen graublauen Nylonkittel, der nach Schweiß roch und in dessen Brusttasche stets eine Schachtel Cabinet, ein Plastikkugelschreiber und ein Notizbuch steckten.

»Tach, kann ick helfen?«, rief er mir zu, als ich hinter den Containern vorkam.

»Guten Tag. Ich suche einen Kater – haben Sie zufällig einen gesehen?«

»'n Kater?« Er baute sich vor mir auf, indem er mir seinen Bierbauch entgegenstreckte, womit er wahrscheinlich die zwanzig Zentimeter, die er kleiner war als ich, auszugleichen versuchte. Dann griff er in seine Brusttasche und zog eine Zigarette aus der Schachtel.

»Ja, so ein schwarz-grauer mit einem roten Halsband.«

»Weeß Ihre Vermieterin denn davon, dat Se hier Viecher halten?« Mit einem hinterhältigen Lächeln zog er an seiner Zigarette.

»Der Kater war nur zu Besuch da«, sagte ich und vermied es, näher als zwei Meter an Zimsel heranzutreten, damit mir sein Schweißkittelgeruch nicht zu doll in die Nase stieg.

»He, he, Katerbesuch«, meckerte er und bleckte seine gelben Zähne. »Hab ick ooch manchmal. Meistens morjens, wenn ick am Abend davor inne Kneipe war.«

Seinem roten Gesicht und seiner krächzenden Stimme nach zu urteilen, war das öfter der Fall.

»Kann ich mir vorstellen«, sagte ich und ließ ihn stehen.

»Wat soll ’n dit heißen?«, brüllte er mir hinterher. »Jedenfalls weeß ick jetz, an wen ick mich wenden muss, wenn dit irjendwo im Haus nach Katzenpisse stinkt.«

Ich hörte ihn noch vor sich hin schimpfen, während ich schon oben im Dachgeschoss meine Wohnungstür aufschloss.

Mit dem Mobiltelefon wählte ich noch einmal die 110. Diesmal meldete sich eine Frauenstimme.

»Ich möchte Herrn Heinzmann sprechen«, sagte ich.

»Das ist die Nummer des Notrufs«, sagte die Frau streng.

»Ich weiß, es geht um Leben und Tod.«

»Moment.«

»Ja, Heinzmann.«

»Haben Sie alles weitergeleitet?«

»Ja.«

»Gut, dann sagen Sie noch, dass sich mindestens zwanzig gut ausgebildete und bewaffnete Männer mit Schusswesten ab zwanzig Uhr in Bereitschaft halten sollen. Das ist kein Spaß! Haben Sie verstanden?«

»Ja, aber …«

Ich beendete die Verbindung.

Gregor lag mit hochgelegten Beinen im Liegestuhl und las wieder in Theos Manuskript. Neben ihm stand eine Flasche Bier und in der Musikanlage lief eine CD von den Dandy Warhols. Man hätte meinen können, er läge nicht in meinem Wohnzimmer, sondern an einem Swimmingpool auf Gran Canaria.

»Spannend?«, fragte ich, als ich direkt neben ihm stand.

Er zuckte zusammen und ließ das Manuskript fallen. Offenbar hatte er mich nicht hereinkommen gehört.

»Willst du mich umbringen?«

»Im Gegenteil, wir werden jetzt etwas tun, um dein Leben wieder etwas sicherer zu machen.«

Er sah mich ungläubig an. Ich bückte mich und hob das Manuskript auf.

»Wie solltest du eigentlich mit deinen russischen Freunden in Verbindung treten, wenn du das Geld hast?«, fragte ich.

»Wieso … was hast du vor?«

»Ich will dir helfen.«

Gregor wirkte ziemlich skeptisch, als wüsste er nicht so recht, ob er das gut finden sollte. »Auf einem der Drohbriefe stand mal die Nummer von einem Mobiltelefon.«

»Hast du die noch?«

Er nickte zögernd.

»Gib sie mir!«

»Erst wenn du mir sagst, was du vorhast.«

»Ich möchte mich mit ihnen verabreden.«

»Bist du lebensmüde? Diese Iwans verstehen keinen Spaß. Die fackeln nicht lange.«

»Genau deshalb werden wir dafür sorgen, dass sie aus dem Verkehr gezogen werden. Es gibt schon zu viele humorlose Leute in dieser Stadt. Findest du nicht?«

Er antwortete nicht. Offenbar hatte es ihm die Sprache verschlagen. Aber ich konnte ihm ansehen, dass er mich für komplett verrückt hielt.

»Was ist, verrätst du mir endlich die Nummer?«

Gregor holte gerade Luft, als mein Telefon klingelte.

»Ist Wladimir wieder aufgetaucht?«

»Tut mir Leid, Luzia.«

Ich hörte sie tief seufzen.

»Ich bin jetzt zu Hause. Hier ist er auch nicht. Eigentlich ist es ja auch völliger Quatsch anzunehmen, so ein Kater könne quer durch die Stadt wieder nach Hause finden. Ich habe mich gerade mit dem Taxifahrer darüber unterhalten. Trotzdem, danke Henry.«

»Wofür?«

»Du weißt schon.«

»Kommst du jetzt wieder zurück?«

»Nein. Ich werde versuchen, mich noch ein wenig auszuruhen, dann muss ich mich fertig machen für heute Abend.«

»Hast du was vor?«

»Steine sammeln, du weißt schon, wie die Pinguinweibchen.«

»Verstehe.«
»Ich rufe dich an.«
»Ja.«
Mehr brachte ich im Augenblick nicht heraus.
»Was ist nun? Liefern wir die Iwans heute ans Messer?!«, wandte ich mich an Gregor wie ein wahnsinniger Kommandeur, der sich und seine Leute für ein Kamikaze-Unternehmen zu motivieren versuchte.
»Lass uns erst mal einen Joint rauchen«, sagte Gregor. »Dann können wir alles in Ruhe besprechen.«

Russisches Roulette

Theo kam pünktlich. Er hatte sich in Schale geworfen. Schwarzer Schlips, weißes Hemd und ein schwarzer Anzug, der allerdings etwas zu klein war und mit Sicherheit aus dem Kleiderschrank seines Vaters stammte. So hatte er zwar mehr Ähnlichkeit mit einem Mitglied der Blues Brothers als mit einem seriösen Geschäftsmann, aber er hatte getan, was er konnte.

»Hier riecht's ja wie im Kifferparadies«, sagte er, als er meine Wohnung betrat.

»Wir mussten uns ein wenig Mut anrauchen«, erklärte ich mit einem Seitenblick zu Gregor, der jetzt wesentlich gelassener wirkte als vorhin. »Gregor – Theo, Theo – Gregor«, stellte ich die beiden einander vor. Sie nickten sich mit konspirativer Ernsthaftigkeit zu und reichten sich die Hände wie zwei knallharte Revoluzzer, die nichts Geringeres vorhatten, als die Welt umzukrempeln.

Ich ließ sie allein, um mir vor dem Korridorspiegel meine silberblaue Krawatte zu binden, die ich zu dem hellgrauen Hemd und dem dunkelgrauen Anzug ausgewählt hatte. Die Wahl der passenden Kleidung war mir nicht sehr schwer gefallen. Ich besaß nur zwei Krawatten, einen breiten grellbunt gemusterten Nylonschlips aus den Seventys, den ich mal in einem Secondhandladen gekauft hatte, um der Verkäuferin, die mich an Alissa erinnert hatte, zu gefallen, und diese. Den Nylonschlips hatte ich noch nie umgebunden und werde es, wenn mich nicht urplötzlich ein bisher unbekanntes Verlangen nach modischer Extravaganz überwältigen sollte, auch niemals tun. Warum ich mir diesen Anzug gekauft hatte, wusste ich nicht mehr so recht. Vielleicht hatte ich einfach ein bisschen dazugehören wollen zur ›Neuen Mitte‹, in der ich ja seit einiger Zeit lebte, oder etwas tun, was ich noch nie getan hatte: viel Geld ausgeben für etwas, das ich eigentlich nicht benötigte. Nachdem ich mir den Schlips gebunden und zurechtgerückt hatte, betrachtete ich mich im Spiegel. Ich sah aus wie ein Start-up-Yuppie auf Koks, und das war gut so.

Als ich zurück ins Zimmer kam, verteilte Gregor die Waffen. Eine winzige Browning für mich, eine Walther PPK für Theo. Gregor selbst steckte sich eine russische 9-mm-Parabellum-Pistole in den Gürtel, an dem bereits die Tasche mit seinem Mobiltelefon hing, und streifte anschließend sein Kapuzenshirt darüber. So zogen wir also los, Theo bewaffnet wie James Bond, Gregor mit einem Russenmafiaschießeisen unter dem Pullover und ich, nun ja, mit einem Miss-Marple-Handtaschenspielzeug in meiner Jacketttasche. Gregor hatte uns erklärt, worauf wir unbedingt achten mussten, wenn wir mit den Dingern hantierten, aber nicht, nach welchen Kriterien er sie verteilt hatte. Dabei hätte mich das ebenfalls sehr interessiert.

Eigentlich war es natürlich egal, wer welche Waffe bei sich trug, weil wir selbstverständlich davon ausgingen, dass wir sie nicht benutzen mussten. Wenn alles glatt lief. Tja, wenn … Aber wann lief schon mal alles so, wie man es sich vorgestellt hatte? Jetzt war es natürlich zu spät, das Ganze abzublasen. Die Kugel war ins Rollen gekommen und niemand konnte sie mehr aufhalten.

Ich hatte vor zwei Stunden mit diesem Sergej telefoniert, dessen Nummer Gregor nach einem halben Joint endlich herausgerückt hatte, und dem Russen den Tipp gegeben, sich doch mal mit Kässens und Jakubowski über den Dreckskerl Gregor zu unterhalten. Die beiden wüssten, wo er sich im Augenblick versteckte. Heute Abend würden sie sich mit zwei Unternehmern im *Embryonic Rendezvous* treffen, um ein Geschäft klarzumachen. Eine gute Gelegenheit, sie dort abzupassen und ein wenig auszuquetschen. Für den Fall, dass Kässens und Jakubowski die Information nicht gleich herausrücken wollten, hatte ich Sergej noch den Tipp gegeben, doch ein wenig Lärm in dem Laden zu veranstalten. Der Deal, den Kässens und Jakubowski dort zum Abschluss bringen wollten, wäre enorm wichtig für die beiden, und ihre Geschäftspartner könnten es sich noch einmal überlegen, wenn sie den Eindruck gewännen, dass auf der anderen Seite etwas nicht ganz in Ordnung wäre. Dann würden Kässens und Jakubowski sicher schnell anfangen auszupacken.

Sergej war ein misstrauischer Mann mit einem harten Akzent, der sofort wissen wollte, wer ich war und warum ich ein Interesse daran hatte, Gregor ans Messer zu liefern. Die erste Frage ignorierte ich, wobei ich mir ziemlich profimäßig vorkam, und erklärte ihm, dass ich mit Gregor ebenfalls noch mehrere Rechnungen offen hätte, im Gegensatz zu ihm jedoch außerstande sei, die fälligen Raten einzutreiben. Darauf sagte er nichts. Vermutlich glaubte er mir kein Wort.

»Zu wann hast du die Russen ins *Embryonic Rendezvous* bestellt?«, fragte Theo, als hätte er meine Gedanken erraten.

»Halb neun«, entgegnete ich, während ich noch immer an das bedrohliche Schweigen im Telefon dachte.

»Dann müssen wir uns beeilen.«

Theo hatte Kässens noch von der Wohnung seines Vaters aus angerufen und sich für zwanzig Uhr mit ihm und Jakubowski verabredet, »um ein paar Dinge ein für allemal aus der Welt zu räumen«, wie er sich vage ausgedrückt hatte. Jetzt war es Viertel vor acht.

In der Rosenthaler Straße begann bereits das allabendliche große Gedränge auf dem Bürgersteig. Wartende Männer und Frauen standen vor Kinoaushängen, ein Bauchladenverkäufer bot seine Bagels an, Taxis und Straßenbahnen öffneten ihre Türen, um Menschen auszuspucken. Wir bahnten uns einen Weg durch Gruppen von schnatternden Teenagern und lächelnden Asiaten. Theo immer vorneweg.

Im Gegensatz zu mir schienen Theo und Gregor völlig ruhig zu sein. Vor allem Theo. Er entschuldigte sich freundlich, wenn er mit jemandem zusammenstieß, während ich jedes Mal unwillkürlich die Hand auf die Tasche legte, in der meine Pistole steckte, die kaum schwerer war als mein Mobiltelefon.

Als ich die roten verschlungenen Leuchtbuchstaben des *Embryonic Rendezvous* sehen konnte, gab ich Gregor meinen Autoschlüssel und zeigte ihm den Volvo auf der anderen Straßenseite. Dann trennten sich unsere Wege. Gregor streifte sich die Kapuze des Shirts über und bezog seinen Posten in meinem Wagen, während Theo und ich, stumm und entschlossen, weiter auf das *Embryonic Rendezvous* zuliefen.

Es war genau zwanzig Uhr, als wir das Lokal betraten.

Ein Mann in einem engen schwarzen T-Shirt, das seinen imposanten Brustkorb betonte, öffnete uns die Tür. Seine Koteletten bildeten zwei Zacken auf seinen Wangen.

»Ist schon gut, Bruno, wir sind verabredet«, erklärte Theo und klopfte auf eine der beiden Schultern, die uns den Weg versperrten.

Der Mann zückte sein Mobiltelefon. »Theo Trepka ist hier mit noch einem Typen. Soll ich sie reinlassen?« Er nickte und steckte das Telefon zurück in sein Handyhalfter, das wie eine Pistolentasche an seinem Gürtel hing. Dann machte er uns den Weg frei.

»Danke, Cowboy«, sagte Theo.

»Wenn du wieder Ärger machst, gibt's Senge!«, drohte der Türsteher.

»Keine Angst«, beruhigte ihn Theo. »Wir rauchen nur eine Friedenspfeife mit den beiden Häuptlingen.«

In der Bar war noch wenig los. Der DJ sortierte seine Platten. Zwei coole Jungs, die wie Bruno viel Wert auf eine pedantisch gestutzte Gesichtsbehaarung legten, lümmelten sich auf einem Ledersofa und nuckelten gelangweilt an ihren Corona-Flaschen. Ein dicker Mann mit rotem Gesicht unterhielt sich mit der Bardame, die den Tresen polierte. In ihrem Rücken befand sich eine Wand aus quadratischen Spiegeln, in denen ihr knapp berocktes Hinterteil zu sehen war. Der Dicke schielte mit dem einen Auge dorthin, mit dem anderen in ihr Dekolleté, das während der Putzerei tiefe Einblicke bot. In der Mitte der Spiegelwand fehlte ein Quadrat. Dorthin musste Theo bei seinem Auftritt auf der Einweihungsparty den Aschenbecher geschmissen haben. Auf der gegenüberliegenden Wand stellte ein Fresko in Ockertönen ein zusammengekauertes Zwillingspaar im Mutterleib dar. Eine kleine Reminiszenz an den Namen des Lokals. Ich musste sofort an Hannahs Bauch denken. Insgesamt machte das *Embryonic Rendezvous* keinen unangenehmen Eindruck. Ein paar Ledersessel, ein paar Schalensitze, schwere Aschenbecher auf Glastischen und ein paar Kugelleuchter, das war's. Nicht zu kitschig, nicht zu sachlich, durchaus geeignet, um bei tödlichen Drinks die Nacht in den Morgen auszudehnen. Als Musikteppich diente irgendeine reanimierte Soft-Soul-Ballade mit obligatorischen Rap-Einlagen. Es war eben noch früh am Abend.

Kässens und Jakubowski saßen an einem runden Tisch in einer hinteren Ecke. Sie rauchten und taten so, als würden sie sich freuen. Jakubowski stand auf, um uns zu begrüßen. Kässens hatte sein rechtes Bein ausgestreckt. Neben ihm lehnte eine Krücke an der Wand.

»Was wollt ihr trinken?«, fragte Jakubowski, nachdem Theo uns miteinander bekannt gemacht hatte.

»Habt ihr Perlzwiebeln?«, fragte Theo.

»Ich glaube schon.« Jakubowski wirkte etwas irritiert.

»Dann nehme ich einen Bloody Mary mit drei Zwiebeln und einem Schuss Worcestersauce.«

»Bloody Mary!«

»Ich muss meinen Kater töten«, erklärte Theo.

»Ach so.« Kässens und Jakubowski lachten erleichtert.

»Für mich ein Bier«, sagte ich.

Jakubowski ging zum Tresen, um der Bardame unsere Getränkewünsche mitzuteilen.

»Was macht das Bein?«, erkundigte sich Theo indes, gefährlich gut gelaunt.

»Danke, joggen kann ich noch nicht.« Kässens rutschte in

seinem Sessel ein Stück nach hinten, als befürchtete er eine Attacke auf den durchlöcherten Oberschenkel.

»Zum Wohl!«, sagte Jakubowski, nachdem die Bardame die Getränke vor uns auf den Tisch gestellt hatte. Er selbst und Kässens tranken nur Mineralwasser. »Worum geht es eigentlich?«

Jacques Jakubowski war offenbar ein Mann, der schnell zur Sache kam. Äußerlich bildete er einen krassen Gegensatz zu seinem Kompagnon. Jakubowski war hager und groß, rauchte Zigarren und orientierte sich in seinem Kleidungsstil an der zeitlosen Eleganz der High Society. Zu einem dunklen Anzug, gegen den meiner geradezu schäbig wirkte – ganz zu schweigen von Theos –, trug er ein weißes Hemd, goldene Manschettenknöpfe und einen schwarzen Schlips mit einem dezenten weißen Gittermuster.

»Nun ja.« Theo betrachtete das zähflüssige rote Getränk in seinem Glas. »Ich denke, es ist an der Zeit, ein paar Dinge zu klären, die unser momentanes Verhältnis, vorsichtig ausgedrückt, ein wenig belasten.«

Jakubowski schien gerührt. »Es ist schön, dass du zu uns kommst«, sülzte er. »Wir haben uns ehrlich gesagt schon Sorgen um dich gemacht, vor allem, nachdem du letztens ein wenig die Contenance verloren hast.« Kässens nickte bestätigend. »Du kannst uns glauben, das hat uns damals tief getroffen, als wir von deiner Verhaftung erfuhren. Und wenn wir jetzt etwas für dich tun können ...« Jakubowski machte eine einladende Geste.

»Das ist nett von euch.« Theo lächelte zwar, aber an der Art, wie er sein Glas umkrallte, konnte ich sehen, dass er sich nur mühsam beherrschte. »Gut, dass du meine Verhaftung ansprichst, Jacques. Weißt du, was ich mich im Knast immer wieder gefragt habe?« Theo machte ein Pause, in der er seinen Blick langsam von Jakubowski zu Kässens wandern ließ. Keiner von beiden ließ sich irgendetwas anmerken. »Ich habe mich gefragt, warum ihr so sehr auf dieser letzten Pillenlieferung bestanden habt, obwohl ihr wusstet, dass ich aus dem Geschäft aussteigen wollte? Und als ich erst einmal angefangen hatte, darüber nachzudenken, ging das immer weiter. Wie konnte es passieren, dass die Polizei ausgerechnet von diesem letzten Deal Wind bekommen hatte, nachdem es tausendmal gut gegangen war? Ein dummer Zufall? Oder hat sie irgendjemand informiert, jemand, der ein Interesse daran hatte, dass ich verhaftet wurde? Ihr wisst, wie das ist, wenn man viel Zeit hat. Ein Gedanke zieht den anderen nach sich. Nein, ihr wisst es natürlich nicht. Im Gegensatz zu mir hattet ihr in den letzten Jahren wenig Zeit. Während ihr also einen Club nach dem anderen aufgemacht habt, habe ich in meiner Zelle die Wand angestarrt und bin ins Grübeln gekommen. Wem könnte es nützen, dass ich den Bullen ins Netz gegangen bin? Und irgendwann habe ich dann immer öfter Bilder von euch in der Zeitung gesehen. Fotos von Benefizveranstaltungen mit dem regierenden Bürgermeister oder von Filmpremieren. Jacques immer schwerelegant mit Schlips und Kragen und Veit in seinen lustigen Kindersachen.«

Kässens räusperte sich missbilligend. Mit seinem weiten Hemd, das er offen über einem weißen T-Shirt trug, und den tief sitzenden Hosen mit ausgefransten Rändern an den Beinen, aus denen ein funkelnagelneues Paar himmelblauer Puma-Turnschuhe guckte, sah er aus wie ein in die Jahre gekommener Popstar, über dessen Musik sich die Kids längst kringelig lachten. Seine Halbglatze kaschierte er mit einer knallroten Baseballkappe. Vielleicht glaubte er so, eine subkulturelle oder subversive, jedenfalls noch immer verdammt coole Ausstrahlung zu haben. Vielleicht hatte er auch einfach nur Angst vor dem Älterwerden.

»Als ich diese Bilder von euch sah und die Artikel dazu las, wurde mir klar, dass ihr irgendwann einen Schnitt gemacht haben müsst«, fuhr Theo fort. »Zwischen den abgefahrenen Partys der Nachwendezeit in halblegalen Kellerclubs, die häufig schon nach wenigen Wochen geschlossen und woanders wieder eröffnet wurden, und diesem Jetset-

Gespreize lagen Welten. Schneller als andere habt ihr begriffen, dass man mit einer gezielten Kommerzialisierung der Szene einen Haufen Geld machen kann. Um das möglichst effektiv aufzuziehen, musstet ihr jedoch diesen anrüchigen Ruf loswerden. Wer unterstützt schon Projekte von Leuten, die halbe Kinder mit Drogen versorgen? Also brauchtet ihr ein Bauernopfer, um selbst als Saubermänner dazustehen. Es war schließlich kein Geheimnis, dass in euren Läden jede Menge Stoff umgeschlagen wurde.«

»Das ist doch völlig absurd!«

Kässens Lachen war etwas zu laut, um echt zu wirken. Jakubowski hingegen nickte verständnisvoll.

»Natürlich«, sagte er. »Ich kann dich gut verstehen. Es ist schwer, im Gefängnis zu sitzen, während andere Erfolg haben. Da kommt man auf die seltsamsten Ideen. Gut, dass wir jetzt darüber sprechen können.«

Bislang hatte ich Theos Vermutungen für ziemlich abenteuerlich gehalten, doch so wie Kässens und Jakubowski sich verhielten, glaubte ich langsam, dass er mit seinen Spekulationen nicht ganz falsch lag. Wenn Jakubowski so weiterschwafeln sollte, dann war zu befürchten, dass Theo ihn bald an seinem Schlips durch die Bar schleifen und zwangsläufig mit Bruno kollidieren würde. Ich schaute auf die Uhr. Es war Viertel nach acht. Wenn die Situation jetzt eskalierte, wäre alles umsonst gewesen. Ich konnte nur hoffen, dass Theo sich dessen bewusst war. Seine Nasenlöcher gewannen schon erheblich an Größe.

Und Jakubowski redete weiter: »Nimm's mir bitte nicht übel, mein lieber Theo, aber du neigst ein wenig dazu, die Bedeutung deiner Festnahme zu überschätzen. Das ist ganz natürlich nach dem, was du durchgemacht hast. Aber mit uns hatte das nichts zu tun. Wir hatten keinerlei Vorteile davon. Das musst du uns einfach glauben. Du hast Recht, wir wollten die Pillen von dir, aber nur, weil wir wussten, dass die okay waren. Wir konnten es uns einfach nicht leisten, dass irgendein Dreckszeug bei uns verkauft wurde. Verstehst du? Du glaubst gar nicht, wie Leid es uns tut, dass es ausgerechnet dich erwischt hat.«

Theo griff mit seiner rechten Hand in die Innentasche seines Jacketts, wo seine Pistole steckte.

»Netter Laden«, sagte ich, weil mir nichts anderes einfiel, womit ich die Situation etwas entspannen konnte. »Wird sicher zu fortschreitender Stunde noch belebter.«

Kässens und Jakubowski sahen mich an, als wären sie keineswegs überrascht, wenn ich jetzt einen Baseballschläger auspacken und ihre Einrichtung zertrümmern würde. Manchmal kann harmloses Geplänkel gefährlicher wirken als Morddrohungen. Anstelle der Pistole zog Theo eine Schachtel Zigaretten aus der Tasche.

»Und was ist mit meinem Buch?«, fragte er. »Warum macht mein Verleger kurz vor der Veröffentlichung plötzlich einen Rückzieher? Bestimmt nicht wegen der darin geschilderten Kindheitserlebnisse, sondern weil ihr Wind davon bekommen habt, dass etwas über euch darin steht. Und das gefällt euch nicht so besonders. Deshalb habt ihr mit euren beschissenen Anwälten gedroht.«

»Was für ein Buch?«, riefen Kässens und Jakubowski im Chor. Diesmal klang ihre Verwunderung ausnahmsweise überzeugend. Theo zündete sich eine Zigarette an.

Ich sah ein weiteres Mal auf die Uhr und sagte: »Okay, dann würde ich vorschlagen, dass wir nun zum geschäftlichen Teil kommen.«

»Wer ist das eigentlich?«, fragte Jakubowski.

»Mein Aufpasser«, sagte Theo. »Seid froh, dass der hier ist, sonst würde unser Gespräch bestimmt nicht so gesittet verlaufen.«

»Alles klar?«, erkundigte ich mich, obgleich Kässens und Jakubowski deutlich anzusehen war, dass ihnen absolut nicht klar war, was hier eigentlich abging. »Wir hätten folgende Forderungen an euch: Erstens bezieht Theo von euch ein monatliches Gehalt von, sagen wir, zweitausend Mark, bis er sich eine neue Existenz aufgebaut hat, quasi als Wiedergutmachung dafür, dass ihr seine hoffnungsvolle Karriere aus egoistischen Gründen vorzeitig beendet habt. Könnt ihr ja aus der Portokasse bezahlen. Zweitens verzichtet ihr ausdrücklich darauf, juristisch gegen Verlage vorzugehen, die die Absicht haben, Theos Buch herauszubringen – was übrigens hinsichtlich unserer ersten Forderung in eurem eigenen Interesse ist und sich erledigt hat, wenn ihr tatsächlich so ahnungslos seid, wie ihr tut. Drittens – und dieser Punkt liegt mir ganz besonders am Herzen – werdet ihr euch an die Vereinbarungen halten, die ihr mit Hannah Lachmund und ihrem Partner getroffen habt. Mit anderen Worten: Auch wenn Hannah ein Kind von Veit Kässens bekommt – und sie wird es bekommen –, werdet ihr die Eröffnung ihres Clubs mit einem großzügigen Kredit unterstützen.«

»Sie kriegt ein Kind von dir?« Jakubowski war offenbar noch nicht auf dem Laufenden.

»Diese dämlich Kuh … Aaaaaahhhhh …« Kässens schrie und sein Gesicht lief von einer Sekunde zur anderen rot an.

Theo hatte seine rechte Pranke auf den verletzten Oberschenkel fallen lassen und kräftig zugedrückt. Sofort tauchte Bruno in Theos Rücken auf, packte ihn an den Schultern und riss ihn hoch. Doch Theo klammerte sich mit beiden Händen an dem Oberschenkel des Hannah-Beleidigers fest, wodurch der vom Sessel hochgerissen wurde und schließlich, nachdem Theo losgelassen hatte, in Embryohaltung auf dem Boden liegend, jämmerlich anfing zu winseln.

Ich sprang auf, um Theo zu helfen, aber da sagte Jakubowski bereits: »Ist schon gut, Bruno. Veit hat es verdient.«

Bruno warf einen ungläubigen Blick zu seinem ungerührt an einer kubanischen Zigarre saugenden Chef, dann ließ er Theo los und half seinem zweiten Arbeitgeber wieder in den Sessel.

»Wo waren wir stehen geblieben?«, fragte Jakubowski, nachdem wir uns wieder gesetzt hatten. Kässens hielt sich den Schenkel und biss die Zähne zusammen. »Ach ja, bei euren Forderungen.« Er grinste schief und stieß eine

Qualmwolke aus. »Wieso sollten wir uns darauf einlassen? Die Sache mit dieser Hannah ist Veits Privatangelegenheit. An ein Kreditversprechen kann ich mich nicht erinnern. Weißt du was von einem Kredit?«

Kässens schaute zu Theo und sagte lieber nichts.

»Der Rest sind nur unbewiesene Vorwürfe. Und überhaupt, was habt ihr eigentlich als Gegenleistung anzubieten?«

Darauf hatte ich gewartet. »Ihr werdet es vielleicht nicht glauben«, sagte ich mit einem Blick auf die Uhr, »aber wir können euch eine Menge Ärger ersparen.«

»So?« Amüsiert lehnte sich Jakubowski zurück.

»Ich bin mir sicher, dass ihr ziemlich bald versteht, was ich meine. Es gibt in diesem Viertel ein paar Leute, die der Meinung sind, dass ihnen ein Teil von dem nicht unbeträchtlichen Gewinn zusteht, den ihr mit euren Läden erwirtschaftet. Ich weiß nicht, warum, aber sie sind jedenfalls der Meinung. Die Überfälle in den letzten Wochen waren nur ein harmloses Vorspiel. Und ich könnte mir vorstellen, dass die Forderungen, die auf euch zukommen, wesentlich höher sind als lumpige zweitausend Emmen und die Einhaltung einer zugesagten Kreditvereinbarung. Ganz abgesehen davon, dass es nur sehr wenige Menschen gibt, die es amüsant finden, in euren Clubs ständig mit Ballermännern Bekanntschaft zu machen. Wir können euch diese Leute vom Hals halten. Wenn ihr auf unsere Vorschläge eingeht und danach trotzdem noch einer eurer Läden überfallen werden sollte, verzichten wir auf alles.«

Jakubowski, der während meines Vortrags sogar vergessen hatte, an seiner Zigarre zu ziehen, musterte mich mit einer Mischung aus Mitleid und Verwunderung. Erst presste er die Lippen zusammen, dann platzte es aus ihm heraus. Er schüttelte den Kopf und lachte laut.

»Das ist ja wirklich ... Also Theo, dein Freund ... so etwas Komisches!« Die Asche fiel von seiner Zigarre und sein drahtiger Oberkörper bog sich hin und her.

Selbst Kässens, obwohl er sich noch immer den schmerzenden Schenkel hielt, wippte glucksend in seinem Sessel auf und nieder. Theo saß da mit versteinertem Gesicht und übte sich in Selbstbeherrschung. Währenddessen schaute ich noch mal auf die Uhr. Es war bereits fünf Minuten nach halb neun. Wenn diese verdammten Russen uns hier hängen ließen, hatten wir uns ziemlich lächerlich gemacht.

»Überlegt es euch. Ich bin gleich wieder da«, sagte ich und stand auf.

»Das ist vielleicht 'ne Nummer!«, hörte ich Jakubowski noch zwischen zwei Lachsalven herauspressen.

Die Bardame, die ich nach der Toilette gefragt hatte, zeigte mir eine Tür neben dem Tresen. Dahinter befand sich ein schummriger rot beleuchteter Gang mit einem Zigarettenautomaten an der Wand, auf dem jede Menge Flyer lagen. Ein schwarzer Filzvorhang verdeckte eine Tür, auf die ein Pfeil mit der Aufschrift *Notausgang* hinwies.

Ich nahm mein Mobiltelefon und wählte die Nummer von Gregor. Besetzt. Ich spürte, wie sich mein Puls beschleunigte. Wenn Gregor sich nicht die Zeit mit einem Flirt vertrieb, konnte das eigentlich nur eines bedeuten: Er rief die Bullen an. Die Russen kamen! Hastig steckte ich das Telefon ein und riss die Tür wieder auf.

Der rothaarige Mann, der den Lauf seiner Pistole auf mich richtete, gegen die die Browning in meiner Tasche wie ein Schlüsselanhänger aussah, spuckte mir ein russisches Wort entgegen und dirigierte mich mit einer lässigen Kopfbewegung zu der Bardame und dem Tresengast, die beide mit erhobenen Händen hinter der Theke standen. Bruno lag wie eine gefällte Eiche mitten im Raum.

»Dawai, dawai!«, befahl ein grimmiger Glatzkopf, der verwegen mit einer handlichen Maschinenpistole herumfuchtelte, den beiden sorgfältig rasierten Jungs, die daraufhin völlig uncool vom Ledersofa sprangen und sich auf den Boden fallen ließen.

Das war jedoch nur die Nebenhandlung. Das eigentliche Geschehen spielte sich an dem runden Tisch in der Ecke ab. Dort beschäftigten sich gerade zwei weitere Besucher aus dem Land des roten Oktobers mit Kässens, Jakubowski und Theo. Sie trugen schlecht sitzende, aber sicher nicht billige Anzüge und waren ebenfalls bewaffnet. Der Glatzkopf und der Rothaarige hatten sich mit Jeans und Lederjacken begnügen müssen.

Einer der Anzugträger fischte gerade die Walther PPK aus Theos Jackett und präsentierte das Beutestück seinem Kompagnon, der jedoch nicht weiter darauf achtete, weil er dabei war, Kässens und Jakubowski in ein etwas einseitiges Gespräch zu verwickeln.

»Ihr wisst, von wem ich spreche!«, brüllte er sie an. Das musste Sergej sein. Ich erkannte den starken Akzent von dem Telefonat wieder.

Kässens und Jakubowski schüttelten synchron die Köpfe.

»Sehe ich aus wie ein Mann, der sich gerne lässt belügen?«, fragte Sergej Jakubowski, den er wegen seines seriöseren Kleidungsstils wohl für den eigentlichen Chef hielt. Dann schlug er, ohne eine Antwort abzuwarten, Jakubowski hart mit der Faust ins Gesicht. »Sehe ich so aus?«

Jakubowski hielt sich die Hand vors Gesicht. Die Zigarre, die er zuvor noch in der Hand gehalten hatte, war jetzt verschwunden. Blut tropfte aus der Nase auf sein Jackett, aber Sergej gönnte ihm keine Pause.

Er hielt ihm die Pistole an die Schläfe und sagte: »Du willst mit mir spielen, spielen wir! Sicher du kennst bekanntes Spiel – Russisch-Roulette. Auf der ganzen Welt wird falsch gespielt. Nur wir kennen richtige Regeln. Kommt ja aus unserer Heimat. Wird nicht gespielt mit nur einer Kugel. Nein, nein. Wir spielen mit vollem Magazin. Mütterchen Russland ist nicht für halbe Sachen. Bei zehn ich werde abdrücken, danach darfst du.« Er grinste seinem Kollegen zu und fing an zu zählen.

Keiner im Raum rührte sich. Während Sergej zählte, lief

im Hintergrund eine Gospel-Ballade von Destinys Child. Niemand hatte sich darum gekümmert, die Anlage abzustellen. Sergej zählte – mit dem Finger am Abzug –, während himmlische Frauenstimmen die Kraft des Glaubens besangen. Und niemand zweifelte daran, dass Sergej abdrücken würde. Er zählte bis acht, dann stieß er plötzlich ein höhnisches Gelächter aus. Er nahm die Waffe von Jakubowskis Schläfe und rief seinen Männern ein paar russische Worte zu, woraufhin auch diese anfingen zu lachen. Dann zeigte er mit dem Finger auf den Sessel, auf dem Jakubowski saß. Es war nicht schwer zu erraten, was Jakubowski passiert war – das, was wahrscheinlich jedem in seiner Situation passiert wäre. Die Angst hatte die Flüssigkeit aus seinem Körper getrieben. Jakubowski wirkte erschöpft und gedemütigt.

Längst war mir klar geworden, dass ich zu weit gegangen war. Diese Männer waren unberechenbar. Wie hätte ich damit leben können, wenn Sergej Jakubowski einfach erschossen hätte, nur weil ich behauptet hatte, dass er Gregors Aufenthaltsort kannte? Wie hätte ich damit leben können, einen Menschen sterben zu sehen, der keine Ahnung hatte, was sein Mörder von ihm wollte, der nichts dagegen tun konnte, umgebracht zu werden, der seiner Angst ohnmächtig ausgeliefert war? Ich spürte, dass meine Knie anfingen zu zittern. Ich dankte Gott, der noch immer besungen wurde, dafür, dass bis jetzt nichts weiter passiert war, und betete, dass er die Polizei vorbeischicken würde, bevor tatsächlich ein Unheil geschah.

Sergej nahm sich jetzt Kässens vor. Angesichts der Urinpfütze auf dem Sessel war ihm wohl klar geworden, dass aus Jakubowski nichts rauszuholen war.

»Weißt du, was ich nicht kann leiden?«, fragte der Russe, während er die linke Hand um Kässens Nacken legte und ihn an der Mündung seiner Pistole schnuppern ließ, die er in der Rechten hielt. »Wenn jemand glaubt, er kann machen sich lustig über mich. Wie dieser Gregor. Bist du auch jemand, der gerne lacht über Sergej?«

Kässens konnte den Kopf nicht schütteln, weil Sergej ihn festhielt.

»Bist du auch jemand, der gerne lacht über mich?«, brüllte Sergej ihn an.

Als Kässens antworten wollte, schob Sergej ihm den Pistolenlauf in den Mund. »Schmeckst du den Tod?«

Kässens zitterte am ganzen Körper.

»Was ist los? Musst du auch pissen wie Kollege da drüben? Warum du gehst nicht einfach auf Toilette?«

Kässens schrie auf, weil Sergej mit dem Fuß gegen sein verletztes Bein gekommen war.

»Was ist los mit Bein? Kaputt, musst du an Krückstock gehen? Wollen mal sehen.« Er zog die Pistole aus Kässens Mund und schlug mit dem Knauf auf den durchlöcherten Oberschenkel.

Gegen den Schrei, den Kässens jetzt ausstieß, war das, was Theo ihm vorhin mit seinem Oberschenkelpressgriff entlockt hatte, nur ein leises Wimmern gewesen.

Sergej zielte mit seiner Pistole auf den unverletzten Oberschenkel von Kässens. »Diesmal ich zähle bloß bis drei. Dann du brauchst einen Rollstuhl. Eins, zwei ...«

»Nein!«, schrie Kässens.

Im selben Moment ging das Licht aus. Ein Schuss fiel, ein Sprengsatz detonierte irgendwo dort, wo es zu den Toiletten ging. Der Hintereingang, dachte ich und riss die Bardame mit zu Boden. Wir fielen weich, unter uns stöhnte jemand – der Tresengast!

Die Tür neben der Theke wurde aufgestoßen. Eine Männerstimme rief: »Polizei! Keine Bewegung!«

Dann brach Krieg im *Embryonic Rendezvous* aus. Schüsse, Maschinenpistolensalven, markerschütternde Schreie, Kommandorufe, schwere Stiefeltritte. Ich spürte, dass sich ein Körper an mich klammerte, während ein Splitterregen auf uns niederfiel. Es roch nach Pulver, Schweiß und Alkohol. Die Frau neben mir schluchzte: »Ich habe doch ein Kind!« Der Tresengast betete.

Die Sekunden der Angst dehnten sich zur Ewigkeit. Die Schüsse hallten noch in meinen Ohren nach, als ich begriff, dass es vorbei war, dass das, was ich vernahm, nur noch Stimmen waren, hastige Schritte und das Schnarren von Funkgeräten. Ich öffnete die Augen. Lichtkegel von Taschenlampen durchbohrten die Dunkelheit.

»Licht! Wir brauchen Licht!«, rief jemand. Und als hätte er eine Direktverbindung zu dem Mann am Verteilerkasten, gingen alle Lampen an, die den Kugelhagel unbeschadet überstanden hatten. Es reichte nur für eine Schummerbeleuchtung. Staub und Qualm hing in der Luft.

An meinen Händen, mit denen ich meinen Kopf geschützt hatte, bluteten ein paar Schnittwunden.

»Alles in Ordnung?«, fragte ich und befreite mich sanft aus der Umklammerung der Bardame. Sie wischte sich die Tränen aus dem Gesicht und sah mich an, als wäre es mein Verdienst, dass ihr Kind noch eine Mutter hatte.

»Ich bin auch in Ordnung«, meldete sich der Tresengast, der seinen fassähnlichen Korpus von Splittern befreite.

»Na, Gott sei Dank!«

Die Rauchschwaden im *Embryonic Rendezvous* waren dünner geworden. Die Tür zur Straße stand offen. Sanitäter sprangen über kaputtes Mobiliar. Einer der beiden coolen Jungs krümmte sich am Boden. Eine Kugel hatte ihn am Arm erwischt. Neben ihm lag einer der Lederjackenrussen in einer Blutlache. Sein Kollege wurde gerade in Handschellen abgeführt. Polizisten einer Sondereinheit rannten in schusssicheren Westen und schwer bewaffnet durch den Raum und sprangen dabei über den noch immer bewusstlosen Bruno. Manche trugen Helme mit hochgeklappten Visieren und Nachtsichtbrillen. Die Ermittlungsbehörden hatten meinen Anruf offenbar ernst genommen und weder Kosten noch Mühen gescheut, den Tresengangstern endlich das Handwerk zu legen. Das war keine Selbstverständlichkeit angesichts der Haushaltskürzungen in dieser Stadt.

Aber ich hatte keine Zeit, länger darüber nachzudenken,

denn ich war voller Sorge, weil ich Theo noch nicht gesehen hatte.

Durch einen Trupp von gepanzerten Männern bahnte ich mir einen Weg zur hintersten Ecke des Raumes. Kässens wurde gerade auf eine Trage gehievt. Um seinen rechten Oberschenkel hatte jemand einen Verband gewickelt, durch den das Blut bereits wieder durchsickerte. Die Finsternis hatte Sergej also nicht davon abhalten können, seine Drohung wahr zu machen.

Jetzt klebte der Russe mit aufrechtem Oberkörper an der Wand. Eine breite Blutspur zog sich einen Meter zu ihm herunter. In seinem weißen Hemd waren mehrere Einschusslöcher zu sehen.

Jakubowski saß mit blutiger Nase in seinem Urin und betrachtete teilnahmslos die Szenerie. Nur Theo konnte ich immer noch nicht entdecken.

»Was ist mit dem da?«, fragte ein Polizist einen Sanitäter und zeigte auf den zweiten Anzugrussen, der mit einer Schusswunde im Rücken neben dem Tisch lag.

»Tot.«

»Und der darunter?«

»Theo!«

Ich warf mich auf die Knie und drehte den toten Russen zur Seite.

Theo lag auf dem Rücken. Auch sein Hemd war blutdurchtränkt.

»Gehn Se zurück, dit is unser Job!«, hörte ich eine Stimme hinter mir. Zugleich packte mich jemand am Ärmel und zog mich nach hinten.

»Theo!«, rief ich noch einmal und versuchte die Hände, die mich von meinem Freund wegrissen, abzuschütteln. Als das nicht gelang, trat ich mit dem Fuß nach hinten und erwischte ein Schienbein.

»Nun hörn Se doch uff mit dem Blödsinn!«

»Lassen Sie mich los!«, schrie ich den Polizisten an. »Dieser Mann bedeutet mir mehr, als Sie sich vorstellen können.«

Als ich mich wieder zu Theo wandte, sah ich das vertraute Grinsen in seinem Gesicht. »Du verdammter Idiot!«

»Schätze, Vaters bester Anzug ist hinüber«, stellte Theo fest, nachdem er die Augen geöffnet und das viele Blut auf Hemd und Jackett begutachtet hatte. »Aber das ist ein geringer Preis, wenn man bedenkt, dass man dafür so warmherzige Worte aus Herrn Palmers Mund zu hören bekommt.«

Ich nahm ihn stumm in die Arme. Tränen liefen über mein Gesicht.

»Na, jetzt wollen wir mal nicht übertreiben. Ist ja nichts weiter passiert.«

Uniformierte Polizisten lösten die Kollegen mit den Kampfanzügen ab, um die Drecksarbeit zu erledigen.

»Was machen Sie denn schon wieder hier?«, fragte der ambitionierte Schutzmann, der uns bereits nach dem Überfall im *Submarine* auf die Nerven gefallen war. Wahrscheinlich hatte er das Gefühl, ein Déjà-vu zu erleben, als er Theo im blutbefleckten Hemd vor sich sah.

»Und täglich grüßt das Murmeltier«, sagte Theo und ließ ihn einfach stehen.

Unzählige Blaulichter flackerten auf Autodächern, als wir auf die Straße traten. Zwei Sanitäter wuchteten die Trage mit Veit Kässens in einen Krankenwagen. Ein schwarzer 700er BMW stand mit offenen Türen vor dem Eingang. Der Fahrer war mit Handschellen ans Lenkrad gekettet worden und stieß russische Flüche aus, während zwei Uniformierte den Kofferraum leer räumten, in dem sich ein beeindruckendes Waffenarsenal befand.

Theo stieß mich an und zeigte auf die andere Straßenseite. Wo mein Volvo gestanden hatte, parkte jetzt der Kleinwagen eines Pizzalieferanten.

Der Schmerz der Erkenntnis

Der Taxifahrer konnte nur mit einem Extraschein dazu bewegt werden, Theo und mich mitzunehmen, nachdem schon drei seiner Kollegen unsere Beförderung abgelehnt hatten. Bevor er losfuhr, öffnete er stöhnend die beiden vorderen Fenster.

»Mann, du stinkst wie 'ne Schnapsleiche«, stellte auch Theo naserümpfend fest.

Ich hatte inzwischen wieder die Nummer von Gregors Handy gewählt. Es meldete sich nur seine Mailbox.

»Ich möchte wissen, was er vorhat«, murmelte ich.

»Hier rechts«, wies Theo den Fahrer an, der daraufhin in die Auguststraße einbog.

Wir umarmten uns zum Abschied – eine Geste, die eher zu den Raritäten im Repertoire unserer Umgangsformen zählte.

»Pass auf dich auf!«, sagte Theo, bevor er die Wagentür zuschmiss.

Ich sah ihm nach, wie er wie ein einsamer Held in seinem blutdurchtränkten Hemd die Straße überquerte und vor dem Haus stehen blieb, in dem sich die Wohnung seines Vaters befand.

»Wat is 'n mit deinem Kumpel passiert?«, fragte der Fahrer.

»Überfall auf das *Embryonic Rendezvous*«, sagte ich. »Und jetzt in die Oranienburger!«

»Na, uff so wat bin ick jut vorbereitet«, sagte er mit einem selbstsicheren Lächeln und kramte eine Pistole aus dem Handschuhfach.

Es herrscht Krieg, dachte ich. Jeder in der Stadt, der in dieser Nacht unterwegs war, schien eine Waffe zu besitzen und darauf zu warten, sie zu benutzen – so wie ich.

»Stopp! Ich bin gleich wieder da«, rief ich.

Das Taxi hielt vor meiner Haustür. Ich rannte die Treppe

hinauf. In meiner Wohnung riss ich mir die verdreckten und alkoholgetränkten Sachen vom Leib, wusch mir das Blut von den Händen und klebte ein paar Pflaster über die Schnittwunden. Ich schlüpfte in ein T-Shirt und in eine schwarze Jeans, verhakte mich in der Eile mit meinem Fuß im rechten Hosenbein und fiel hin. Als ich mich wieder aufgerappelt hatte, entdeckte ich eine blinkende Zwei auf der Anzeige meines Anrufbeantworters. Kurz überlegte ich, ob ich mir überhaupt die Zeit nehmen sollte, um die Nachrichten abzuhören, dann dachte ich, dass Luzia vielleicht etwas draufgesprochen hatte, und drückte auf die Abspieltaste:

»Hallo, Henry!« Es war Gregor. »Tut mir Leid, wenn ich dich enttäuscht habe. Ich hoffe, es ist alles gut gegangen. Als ich das Bullenbataillon in Kampfausrüstung gesehen habe, bin ich abgehauen. Ich wollte es einfach nicht riskieren, von ein paar übereifrigen Staatsdienern, die auf dem Kriegspfad sind, aufgehalten zu werden. Ich musste weg, verstehst du? Wenn Sergej und seine Männer ins Loch gehen, werden andere nachrücken, die schon lange darauf warten, seine Geschäfte übernehmen zu können. Und auf deren Abschussliste wird mein Name ganz oben stehen. Oder hast du wirklich geglaubt, die Sache sei nun für mich erledigt? Ich habe keine Lust ...«

Die Minute, die mein Anrufbeantworter ihm gewährte, war um. Während die synthetische Stimme die zweite Nachricht ankündigte, durchwühlte ich Gregors Reisetasche, die noch immer in meinem Zimmer stand. Er hatte nur das Geld und den gefälschten Pass mitgenommen.

»Du solltest deine Technik mal auf etwas längere Nachrichten einstellen. Also jetzt im Telegrammstil: Wie geplant fliege ich über den großen Teich. Dein Auto steht auf dem Parkplatz vom Flughafen Tegel. Der Schlüssel kommt mit der Post – ebenso etwas Geld für ein Taxi. Wenn ich drüben bin, schicke ich dir ’ne Karte. Vielen Dank für alles. Und grüß Theo! Es war schön, euch kennen gelernt zu haben. Ihr seid zwei mutige alte Guerilleros. So long!«

Es war noch keine Viertelstunde her, dass Gregor mir diese warmen Worte auf den Anrufbeantworter gesprochen hatte. Ich hätte also noch gute Chancen gehabt, ihn auf dem Flughafen zu erwischen. Aber vermutlich hatte er Recht. Es war wohl besser, wenn er erst mal für eine Weile von hier verschwand. Außerdem hatte ich jetzt etwas anderes vor.

Zwei mutige alte Guerilleros! Ich musste lachen, während ich die Browning in mein Secondhandsakko steckte und die Tür hinter mir zuzog. Das sollte wohl ein Kompliment sein.

Info-Radio brachte die ersten Berichte von der Schießerei im *Embryonic Rendezvous*. Der Taxifahrer spitzte die Ohren und drehte den Ton lauter. Drei Tote, zwei Verletzte. Trotzdem bezeichnete ein Sprecher der Polizei den Einsatz als vollen Erfolg. Schließlich seien die Getöteten »skrupellose Kriminelle« gewesen, die ohne zu zögern das Feuer eröffnet hätten. Außerdem könne man davon ausgehen, dass die Täter auch für die Überfälle auf diverse gastronomische Einrichtungen des Stadtbezirks verantwortlich seien.

»Wurde ja ooch langsam Zeit!«, brummte der Taxifahrer mit einem Blick in den Rückspiegel.

Der Polizei war es anscheinend völlig egal, dass weder das Täterprofil noch das Vorgehen von Sergejs Truppe mit dem der Tresengangster übereinstimmte. Man hatte eine Gruppe von Männern mit Knarren in der Hand »auf frischer Tat« ertappt – das genügte. Dass es Russen waren, von denen nicht allzu viele überlebt hatten, passte ganz gut ins Konzept. Galten doch die schwer bewaffneten Banden aus den Staaten des ehemaligen Ostblocks, die nichts zu verlieren hatten außer einem Leben ohne Zukunft, als hauptverantwortlich für das organisierte Verbrechen. So hatte man den »Tresengangstern das Handwerk gelegt« und der »Russenmafia einen schweren Schlag« versetzt. Der Polizeisprecher war hochzufrieden. Und die Presse würde es morgen auch sein. An diesem Abend war eine Bastion der westlichen Welt gegen die allgegenwärtige Bedrohung aus dem Osten verteidigt worden. Tröstlich daran war nur, dass Inski und seine

Jungs auch weiterhin in aller Ruhe im Park Fußball spielen und ihr Büchsenbier trinken konnten. Der Fall war erledigt.

Der Fahrer verrechnete das Geld, das er von Theo und mir vor Antritt der Fahrt verlangt hatte, mit dem tatsächlichen Fahrpreis und zwinkerte mir vertraulich zu, als ich vor Fionas Bar aus dem Taxi stieg, obgleich ich seine neugierigen Fragen nach den Geschehnissen im *Embryonic Rendezvous* nur sehr einsilbig beantwortet hatte. Bestimmt entsprach es seinem Männlichkeitsideal, dass man nach einer Schießerei mit Gangstern zwischen den Beinen einer Prostituierten das Vergessen suchte.

Die Männer in Fionas Bar hätten dafür gewiss ebenfalls viel Verständnis gehabt. Wenn man sie jedoch beobachtete, wie sie sich tapfer am Tresen festhielten, dankbar für jedes aufmunternde Gratislächeln von Fiona, entweder plump oder verlegen auf die signalisierte Kontaktbereitschaft der Frauen reagierten, und dann aus Geiz oder Verklemmtheit doch davor kniffen, mit einer von ihnen aufs Zimmer zu gehen, dann wurde klar, dass es schon zu den großen Herausforderungen ihres Lebens zählte, in einem Etablissement wie diesem ein Bier im Stehen zu trinken.

Luzia konnte ich nirgendwo entdecken. Sicher war sie gerade Steinchen sammeln. Ich spürte, wie sich meine Eifersucht in Wut verwandelte. Ich war wütend auf mich, weil ich eifersüchtig war, auf diesen verdammten Laden, in dem Luzia arbeitete, und vor allem auf all die flachwichsenden Ehekrüppel, die hier rumstanden und mit der Kohle, die sie an der Haushaltskasse vorbeigeschmuggelt hatten, die einzige Frau vögelten, die mir seit langem etwas bedeutete.

Neben einem stämmigen Typen in Schlips und Kragen bemerkte ich Irina, die blonde Russin mit den pinkfarbenen Lippen, die gerade wieder dabei war, ihre Zigarettennummer abzuziehen.

»War Möbius heute schon hier?«, fragte ich sie, während der Mann neben ihr in seinen Taschen nach dem Feuerzeug kramte.

»Jochen?« Sie sah mich fragend an. Wenn sie mich wieder erkannte, dann waren ihre Erinnerungen gewiss nicht die besten.

Ich nickte. Der Anzugtyp war inzwischen bereit zum Feuergeben und warf mir einen ärgerlichen Blick zu.

»Ist mit Luzia im Zimmer«, sagte Irina und hielt ihre Zigarette in die Flamme.

Ich drehte mich um, schubste jemanden zur Seite, der sein Bier verschüttete, und jagte, ohne auf die Flüche und Beschimpfungen hinter meinem Rücken zu achten, aus dem Lokal. Die Tür zum Hof wurde gerade geöffnet. Eine müde aussehende Frau mit einer ruinierten Dauerwelle und ein Mann, der seine Krawatte zurechtrückte, kamen mir entgegen. Ich rannte an ihnen vorbei zum Hinterhaus, dann die Treppe hinauf zum ersten Stock. Die Tür zu der Wohnung, in der Fiona ihre Zimmer eingerichtet hatte, war verschlossen. Ich klingelte so lange, bis sie geöffnet wurde. Eine sehr junge Rothaarige mit Sommersprossen im Gesicht, die ich in Fionas Bar noch nie gesehen hatte, musterte mich erstaunt. Sie hatte sich nur flüchtig einen seidenen Morgenmantel übergeworfen.

»Hab noch was vergessen«, nuschelte ich und stieß die Tür auf.

»Nicht da reingehen!«, rief sie, als sie sah, dass ich auf das Zimmer zusteuerte, in dem ich neulich mit Luzia gewesen war. Dann schickte sie noch ein paar Wörter in einer osteuropäischen Sprache hinterher, deren Bedeutung mir niemand zu übersetzen brauchte, die mich aber dennoch nicht davon abhielten, die Klinke zu drücken und die Tür zu öffnen.

Das Bild, das sich mir bot, war überwältigend. Eine korpulente Mittvierzigerin saß auf einem schmächtigen grauhaarigen Mann, der wie ein Säugling an der rechten ihrer überdimensionalen Brüste nuckelte und sich gleichzeitig an der anderen festhielt, als wollte er wenigstens einmal in seinem Leben diesen Gipfel erstürmen.

»Mach, dass du rauskommst, verdammter Spanner!«, keifte die Dicke und der kleine Mann starrte mich an wie einen Abgesandten der Hölle, der ihm im schönsten aller Augenblicke Gottes Geschenk entreißen will.

»Entschuldigung!« Schnell schloss ich die Tür wieder.

Im Korridor zeterte die Rothaarige noch immer, bis eine Männerstimme nach ihr rief. Schimpfend und in meine Richtung gestikulierend verschwand sie in dem Raum, aus dem sie gekommen war.

Die nächste Tür, die ich öffnen wollte, war verschlossen. Blieb noch ein Zimmer ganz am Ende des Korridors. Ich zog die Browning aus der Tasche und stürmte hinein.

Jochen Möbius' Kopf fuhr herum. Er kniete halbnackt auf dem Bett und hatte ein Messer in der Hand. Vor ihm lag Luzia mit entblößten Brüsten. Ihre Augen waren mit einem schwarzen Tuch verbunden, ihre Hände an das Bettgestell gekettet.

Möbius versuchte aufzuspringen, aber ich war schon neben ihm und hielt ihm die Waffe an den Kopf, so wie ich es vorhin bei Sergej gelernt hatte.

»Messer weg!«, zischte ich und schlug, als ich den zerschnittenen schwarzen BH von Luzia bemerkte, Möbius voller Wut mit der Pistole, die wie ein Schlagring in meiner Faust lag, ins Gesicht.

Mit einem kurzen Schrei fiel er vom Bett auf den Fußboden.

»Was ist denn los?«, rief Luzia panisch und zerrte an den Handschellen.

»Keine Angst, ich bin's«, versuchte ich sie zu beruhigen, bevor ich mich wieder Möbius widmete.

»Henry?!«

»Verdammte Scheiße, wer ist der Irre?« Möbius spuckte zwei Goldkronen aus. Blut tropfte aus seinem Mund auf die helle Auslegware.

Das würde Fiona gewiss nicht freuen, aber vielleicht konnte sie ja mit Möbius' Hilfe die Reinigung von der Steuer absetzen.

»Die Schlüssel von den Handschellen!«, befahl ich und richtete die Pistole auf ihn.

Er zog aus seiner Tasche zwei kleine Schlüssel, die an einem silbernen Ring hingen. Ich riss sie ihm aus der Hand und drohte noch einmal mit der Waffe. »Und rühr dich nicht von der Stelle!«

Zuerst nahm ich Luzia die Augenbinde ab.

»Es ist vorbei«, sagte ich.

»Henry, um Gottes willen, was machst du hier?«

»Gleich bist du erlöst.« Ich schloss die Handschellen auf, wobei ich Möbius stets im Blick behielt.

Er wischte seine herausgeschlagenen Goldkronen ab und steckte sie in die Brusttasche seines Hemdes, das offen über seiner ebenfalls offenen Hose hing.

»So, und jetzt legst du dich da hin, wo Luzia eben gelegen hat«, sagte ich zu ihm.

»Henry, hör auf!« Luzia fing an zu schluchzen. Wahrscheinlich hatte sie einen Schock.

»Wat soll ick?«

»Hinlegen!« Ich richtete die Pistole auf seinen offenen Hosenschlitz.

»Is ja schon jut!« Möbius krabbelte brabbelnd aufs Bett und legte sich hin. »Wer zum Teufel ist dieser durchgeknallte Heini, Luzia?«

»So, und jetzt die Arme hoch!« Nacheinander packte ich seine Handgelenke und fesselte sie mit den Handschellen.

»Hör doch bitte auf, Henry.« Luzia hatte ihre Arme vor den Brüsten verschränkt und saß zitternd auf dem Bettrand.

»Nun wollen wir mal sehen, ob dir das gefällt.«

Ich hob das Messer auf, das Möbius fallen gelassen hatte, und drückte die Klinge an seine Kehle – so wie er es bei Luzia getan hatte.

»Na, ist das nach deinem Geschmack?«

Möbius' Gesicht lief rot an, er sagte keinen Mucks und wagte nicht einmal mehr zu atmen. Mit einer ruckartigen Bewegung durchschnitt ich seine Goldkette. Möbius zuckte zusammen und unterdrückte einen Schrei. Dann fuhr ich langsam mit der Messerspitze über seine behaarte Brust, umkreiste den Nabel, wobei sich Möbius' Bauchmuskulatur unter dem Fettpolster straffte.

»Bitte nicht!«, flehte er, als er den kalten Stahl unter seinem Slip spürte.

Ich reagierte mit einem Schnitt, der das Gummiband seiner Unterhose durchtrennte. Möbius schielte nach unten auf sein bestes Stück, das sich ganz in sich zusammengezogen hatte, als wollte es den Anschein größter Unschuld erwecken.

»Ey, mach keinen Scheiß!«, wimmerte er.

»Luzia, wie wär's, wenn wir Möbius ein für allemal von seinen perversen Neigungen erlösen?«

Ich wollte mich zu ihr umdrehen, doch mich traf ein harter Gegenstand am Kopf.

Ich weiß nicht, was zuerst da war, der Schmerz oder die Stimmen.

Eine Frauenstimme, vibrierend vor Erregung: »Ich habe euch hundertmal gesagt, dass ich keine privaten Verwicklungen hier dulde.«

Die Stimme von Luzia: »Fiona, ich schwöre, dass ich keine Ahnung hatte, dass er hierher kommen würde. Er hat sich offenbar in mich verliebt. Dafür kann ich doch nichts!«

Fiona: »Idiot!«

Möbius, lispelnd: »Und wat is mit meine Jacketkronen? Wer bezahlt den Scheiß?«

Fiona: »Wir werden uns schon irgendwie einigen. Ich will keine Polizei hier. Ansonsten machen die mir den Laden gleich dicht. Die Tussen vom Amt warten doch nur auf so was.«

Luzia: »Und meine Bezahlung? Ich hatte heute noch nichts. Du siehst doch, dass es mir schlecht geht.«

Möbius: »Soll dit 'n Witz sein, du verkokste Schlampe? Dein Typ fuchtelt hier mit 'ner verdammten Knarre rum, poliert mir die Fresse, massakriert mich fast mit meinem eigenen Messer und du willst dafür noch wat haben?! Du kannst dir dein Pulver künftig von 'nem andern Deppen in deinen schönen Arsch blasen lassen.«

Fiona: »Ich halt's nicht aus. Macht denn hier jeder, was er will? Wie oft habe ich euch gesagt, dass ich dieses Zeug nicht in meinem Laden haben will? Was ihr draußen macht, ist mir egal, aber wer diesen Drogendreck hier reinschleppt, fliegt. Bei dir habe ich schon öfter ein Auge zugedrückt, Luzia. Oder glaubst du, ich hätte nicht mitbekommen, wenn du diesen Koksblick hattest? Aber jetzt ist endgültig Schluss, ich möchte dich hier nicht mehr sehen!«

Luzias Stimme, tränenerstickt: »Fiona, bitte ...!«

Möbius: »Und wat machen wir mit dem da?«

Schweigen.

Ich öffnete die Augen. In meinem Kopf fühlte es sich an, als wäre mein Gehirn angeschwollen und drohte jeden Moment die Schädelknochen auseinander zu sprengen.

»Ich hätte da vielleicht eine Idee«, nuschelte ich und drehte mich auf den Rücken.

Fiona, Möbius und Luzia sahen mich an wie eine Leiche, die plötzlich zu reden angefangen hatte. Möbius griff sofort nach der Browning, die auf der Minibar lag, aber Fiona hielt ihn davon ab, sie auf mich zu richten.

»Lass das, es ist schon genug passiert!«

Sie streckte die Hand aus wie eine Lehrerin, die ein unerlaubtes Spielzeug von einem ihrer Schüler konfisziert, und Möbius gab ihr artig die Waffe.

Luzia saß noch immer zusammengekauert auf dem Bettrand. Sie hatte sich inzwischen eine transparente Bluse übergezogen, die ihre Nacktheit jedoch eher betonte. Auf dem Boden stand eine volle Sektflasche, mit der sie mich vorhin vermutlich außer Gefecht gesetzt hatte. Ich lag auf dem Bett ausgestreckt wie zuvor Luzia und Möbius und hoffte, dass mein Kopf den Erschütterungen, die schon die kleinsten Bewegungen verursachten, standhalten würde.

»Eine Viertelstunde«, sagte ich. »Ich möchte mit Luzia allein sein.«

Vorsichtig richtete ich meinen Oberkörper auf und lehnte den Rücken gegen das Bettgestell, an dem noch immer die Handschellen hingen. Mein Kopf beschwerte sich mit einem heftigen Pochen. Aus meiner Brieftasche zog ich zwei Fünfzigmarkscheine – das letzte Bargeld, das ich dabeihatte.

»Ich hoffe, das reicht.« Ich warf die beiden Banknoten zusammengefaltet zum Fußende.

Fiona kassierte nickend die hundert Mark. Als kluge Geschäftsfrau hatte sie wohl erkannt, dass für sie nicht mehr herauszuholen war. Sie legte die Pistole zurück auf die Minibar und schob Möbius resolut aus dem Zimmer.

»Und wer bezahlt nun meene Jacketkronen?«, jammerte der Steuerberater noch, bevor sich die Tür hinter den beiden schloss.

Luzia wich meinen Blicken aus, indem sie mit gesenktem Kopf beharrlich zu Boden schaute. Ihre Haare verdeckten ihr Gesicht.

Ich zündete zwei Zigaretten an und reichte ihr eine.

»Du hattest kein Recht dazu«, sagte sie leise, nachdem sie einen Zug genommen hatte. »Du hast alles kaputtgemacht.«

»Warum bist du zu mir gekommen?«

Sie zögerte kurz, bevor sie antwortete. Dann sagte sie mit trauriger Stimme: »Vielleicht habe ich einfach nur ein wenig Trost gebraucht. Zum ersten Mal seit langer Zeit hatte ich das Gefühl, dass sich jemand nicht nur für meinen Körper interessiert. Vielleicht war es die Sehnsucht nach Nähe, der Wunsch, jemanden an meinem Leben teilhaben zu lassen. Und für einen Moment hatte ich wohl tatsächlich vergessen, dass so etwas unmöglich ist, wenn man mit Sex sein Geld verdient.« Abwesend starrte sie ins Leere und zog an ihrer Zigarette. Dann schüttelte sie den Kopf und sagte vorwurfsvoll: »Aber ich habe dich nicht gebeten, mir zu helfen. Ich brauche keine Hilfe. Von niemandem! Du siehst ja, was du angerichtet hast.«

Ich erinnerte mich daran, was sie bei einer unserer ersten Begegnungen in Fionas Bar gesagt hatte: Den meisten Menschen, von denen man glaubt, dass sie einen bräuchten, sei vor allem dadurch geholfen, dass man sich um sich selbst kümmert. Vielleicht hatte sie Recht, vielleicht sind die Sorgen, die man sich um andere macht, nur ein Ausdruck der Angst, sie zu verlieren. Eine Angst, die fatal ist, weil sie in der Regel dazu führt, dass genau das eintritt, wovor man sich fürchtet. Mir war klar, dass ich Luzia ein für allemal verloren hatte. Ich stieß mit dem Kopf gegen das Bettgestell. Ein alter Trick, den ich von meiner Mutter hatte. Wenn es beim Zahnarzt angefangen hatte wehzutun, hatte sie mir geraten, mich in den Arm zu kneifen. Das machte ich heute noch. Und meistens half es. Jetzt zog sich der Schmerz vom Hinterkopf bis zu den Augenhöhlen. Ich spürte, dass sich meine Augen mit Tränen füllten.

»Aber was ist das für eine verdammte Scheiße? Wie kannst du mit dem Typen, der dich vor kurzem noch grün und blau geschlagen hat, solche Fesselspiele veranstalten?«

Luzia zuckte gleichgültig mit den Schultern. »Das ist mein Job. Meine Gefühle sind meine Privatsache und ich habe dir schon mal gesagt, dass man Beruf und Privatleben voneinander trennen muss.«

»Das ist ein Scheißjob!«, schrie ich sie an. Plötzlich hatte ich eine Idee. »Lass uns einfach von hier verschwinden. Fiona hat dich sowieso rausgeschmissen. Wir suchen für dich etwas anderes. Vielleicht kannst du in Alexas Agentur anfangen ... Komm erst mal raus hier!«

»Es ist mein Job«, wiederholte sie stupide, als hätte sie gar nicht gehört, was ich gesagt hatte.

Kokain, dachte ich. Das weiße Pulver hatte Luzia von Möbius abhängig gemacht. Es half ihr dabei, ihre Gefühle abzuschalten. Sie brauchte es für das Leben, das sie führte, und sie musste so leben, weil sie es brauchte. Das war für mich die einzige Erklärung dafür, dass sie gestern noch in meinen Armen Trost gesucht hatte und sich heute schon wieder von Möbius ans Bett ketten und mit dem Messer traktieren ließ. Zugleich wurde mir klar, dass die Frau, in die ich mich verliebt hatte, ein Phantom der Droge war. Ihr Selbstbewusstsein und ihr strahlender Stolz, auch dafür brauchte sie ihre täglichen Lines. Ich erinnerte mich an ihre geschlossenen Augen beim Küssen, den sanften Klang ihrer rauchigen Stimme, wenn sie mir etwas ins Ohr flüsterte, an ihre kalten Füße, die sie sich vor dem Einschlafen bei mir wärmte, und an ihren Körper, der sich an mich schmiegte.

Nun saß sie mit hängenden Schultern auf dem Bettrand und rauchte und schwieg. Ihre Nacktheit wirkte trostlos unter der durchsichtigen Bluse.

Es tat mir weh, sie so zu sehen. Es tat mir weh, ihr nicht helfen zu können.

Ich stand auf, nahm die Pistole von der Minibar und verließ das Zimmer.

Weiße Orchidee

Hannah Lachmund machte an diesem Abend ihrem Namen alle Ehre. Ihre kirschroten Lippen strahlten im Scheinwerferlicht. Auf dem fliederfarbenen T-Shirt, das über ihrem Nabel endete, stand in silbernen Buchstaben *TIBOR*. So sollte das Kind heißen, das sie in ihrem Bauch trug. Allerdings konnte sich der Name – so wie ich Hannah kannte – durchaus noch ein paar Mal ändern. Schließlich waren es bis zur Geburt noch acht Wochen. Ihre Schlaghosen saßen tief unter der Wölbung ihres Bauches, den sie stolz in praller Schönheit dem Publikum präsentierte. Sie klopfte auf das Mikrofon und strich sich verlegen lächelnd durchs Haar.

»Willkommen ...«, rief sie. Der Verstärker antwortete mit einer fiesen Rückkopplung. »Also noch mal, willkommen im *Melodic Sunshine*!« Johlen, Klatschen, Pfeifen! »Wir haben lange überlegt, wie wir den Club nennen sollen. Ich habe mich schließlich durchgesetzt.« Sie warf einen Blick zu Ulli, der mit einer Zigarette im Mundwinkel das Mischpult bediente und die Augen verdrehte. »Letztendlich waren wir uns aber darüber einig, dass es genügend coole Clubs in dieser Stadt gibt. Deshalb wollen wir euch dazu einladen, ins strahlende Licht der Melodien einzutauchen und auf den Wellen der Musik zu reiten. Klingt vielleicht ein bisschen pathetisch. Ich hoffe, ihr habt einfach Spaß.«

»Cool!«, rief Axel, der vor kurzem einen Umschlag in seinem Briefkasten gefunden hatte, auf dem *Sorry!* stand. Darin waren tausend Mark gewesen, in etwa die Summe, um die ihn die Tresengangster erleichtert hatten.

Ulli zog die Regler hoch. Hannah kletterte von der Bühne und wurde sofort von lachenden Menschen umringt, die sie umarmten, Blumen überreichten und gratulierten. »Sunshine brings love«, sangen die Cosmic Rough Riders.

Ich stand etwas abseits und beobachtete die Szenerie. Mir

wurde ganz warm ums Herz, wenn ich Hannah dabei zusah, wie sie im Glück badete. Der Club war sehr schön geworden, ganz anders, als sie ihn mir damals bei unserem Rundgang beschrieben hatte, aber wirklich sehr schön. Die goldgelben Wände waren mit girlandenartig ineinander verschlungenen Meerjungfrauen, Fischen, Algen und seltsamen Fabelwesen bemalt worden. Hinter der langen Theke stand ein großes Aquarium mit tropischen Zierfischen, an denen Hauptkommissar Oeser gewiss seine Freude gehabt hätte. Geraffte orange Vorhänge trennten den Barbereich von der Tanzfläche, in deren Mitte anstelle der sonst üblichen Discokugel ein riesiger Kristallkronleuchter hing. Er wurde von bunten Scheinwerfern angestrahlt und die Kristalle verteilten das Licht in alle möglichen Richtungen. Auf die Wand hinter der Bühne wurde ein Farbspektrum projiziert, das aussah wie ein Regenbogen.

In den Ecken standen Sessel mit dunkelblauen Samtbezügen, auf denen sich Inski und seine Freunde vom Paul-Heckel-Stadion fläzten. Sie hatten Hannah und Ulli beim Ausbau geholfen und kriegten nun Freibier bis zum Abwinken. Etwas abseits saßen Kässens und Jakubowski. Nach der Schießerei im *Embryonic Rendezvous* hatten sie Theo als Sicherheitsberater eingestellt. Auch mit Hannahs Kredit gab es keine Probleme mehr. Kässens humpelte noch ein wenig und hatte eine dralle Blondine dabei, die ungefähr halb so alt war wie er und an der er sich gerne festhielt. Ansonsten schien er alles ganz gut überstanden zu haben. Er trug ein Hemd, dessen Farbe mich an Waldmeisterlimonade erinnerte, und teilte sich mit der Blondine einen Caipirinha, wobei er abwechselnd an dem Strohhalm und an der Frau saugte. Jakubowski hingegen war sehr einsilbig und ernst geworden, seitdem er dem Tod ins Auge gesehen hatte. Beharrlich reicherte er die Luft mit Zigarrenrauch an und blinzelte melancholisch ins Nichts.

Alexa war mit ihrer Sekretärin und der stämmigen Produktionsleiterin gekommen, mit denen ich sie schon im

Oxymoron gesehen hatte. Sie standen neben mir an der Bar und steckten die Köpfe zusammen. Mit jeder von ihnen – das hatte ich inzwischen herausgefunden – pflegte Alexa ein Verhältnis, das über den freundschaftlich kollegialen Rahmen weit hinausging – was die Sache nicht gerade unproblematisch machte. Aber im Augenblick erholten sie sich gerade vom ›Beziehungsstress‹ und tranken sich kichernd durch die Cocktailkarte.

Auf der Bühne hatten sich inzwischen vier Jungs mit Instrumenten und Mikrofonen bewaffnet, die Ulli als ›The Marvellers‹ angekündigt hatte – »eine der besten Pop-Bands der Stadt«. Der Sänger trug einen ausgefransten Strohhut und machte ein paar Scherze, bevor er hingebungsvoll zu Gitarre, Schlagzeug und Bass einen wunderschönen, sehnsuchtserfüllten Love-Song intonierte, der *Hannah in the sun* hieß. Ich konnte Hannah nur von hinten sehen, aber ich wusste, dass für sie in diesem Moment ein weiteres Mal die Sonne aufging.

»Oh, Hannah in the sun, I've been waiting too long and you're in the sun with your son«, grölte eine nur allzu vertraute Stimme neben mir den Refrain mit.

»Theo!«, stöhnte ich.

Breit grinste es von der Seite.

»Ihr habt wohl schon ohne mich angefangen«, sagte Theo mit einem aufgesetzten Stirnrunzeln. »Nun ja, ich hatte noch geschäftlich zu tun. Darf ich dir Charlie Lauchhammer vorstellen, meinen Agenten. Er will mein Buch bei einem vernünftigen Verlag unterbringen.«

Ein blasser junger Mann mit einer Designerbrille reichte mir schüchtern lächelnd die Hand.

»Hast du eigentlich was von Gregor gehört? Charlie meint, dass diese True-Crime-Idee gar nicht so schlecht wäre und man eine ganze Reihe daraus machen sollte. Im Paket ließe sich das Buch wahrscheinlich besser verkaufen. Die Erlebnisse eines Waffendealers in der neuen Hauptstadt wären als Ergänzung genau das Richtige.«

Gregor hatte mir eine Karte aus New York geschickt. Aus seiner Geschäftsidee mit den weiblichen Bodyguards war offenbar nichts geworden. Dafür schwärmte er von einem mexikanischen Mädchen, das in einer Cocktail-Bar arbeitete und kaum ein Wort englisch sprach. »Aber du solltest mal sehen, wie sie mit dem Shaker umgeht!!!« Sein Unglück war also vorprogrammiert.

»Ich glaube nicht, dass er im Moment Zeit hat, ein Buch zu schreiben«, sagte ich und klatschte Beifall, als die Marvellers ihre Nummer beendet hatten.

»Hast du seine Telefonnummer?«

»Entspann dich doch erst mal! Wir sind hier, um zu feiern. Charlie, was willst du trinken?«

Der Jungagent zuckte mit den Schultern. »Ein Bier?«

»Das ist doch ein Wort. Und du?«

Keine Antwort. Meinem Freund hatte es die Sprache verschlagen. Das war in all den Jahren noch nie vorgekommen. Er stand da und starrte mit offenem Mund zur Tür. Als ich ebenfalls dorthin sah, blitzte es.

»Richieeee!«, krähte Inski durch den ganzen Laden und übertönte damit mühelos die Marvellers, die nicht gerade leise spielten.

In der Tür stand Theos Vater mit seiner Polaroidkamera und lächelte gutmütig in die Runde.

»Der Moment muss doch für die Ewigkeit festgehalten werden, in dem mein Sohn seinen Vater als neuen Menschen erblickt«, sagte er, bevor er die Kamera, die das Foto ausspuckte, auf den Tresen legte und Theo in die Arme schloss.

Minutenlang hielten sie sich aneinander fest. Der alte Mann schluchzte und Theo heulte wie ein Schlosshund. Hin und wieder flüsterte der eine dem anderen etwas ins Ohr, woraufhin dieser nickte und den anderen besonders fest an sich drückte.

Theos Vater hatte zugenommen in dem letzten halben Jahr. Er war frisch frisiert und trug den Anzug, den Theo sich für unseren Auftritt im *Embryonic Rendezvous* geliehen hatte. Anscheinend waren die Blutflecken doch rausgegangen.

»Ich habe ja meine alte Wohnung kaum wieder erkannt«, sagte Theos Vater, nachdem sie sich endlich wieder losgelassen hatten, und spielte damit auf die Renovierungsarbeiten an, die Theo und ich während seiner Abwesenheit durchgeführt hatten. »Aber über die lila Vorhänge müssen wir noch mal reden.«

Inski, Knochen-Jochen und die anderen Partisanen warteten ungeduldig darauf, ihren Hauptmann endlich begrüßen zu können.

»Mann, wo warste denn jewesen die janze Zeit? Haste jehört, wat mit Feueratze passiert is? Wat, du willst nich mal mit uns anstoßen? Nur mit Wasser? Biste krank?«, redeten sie aufgeregt durcheinander.

»Einen Moment!«, verschaffte sich Theos Vater, der sich inzwischen mit einem Taschentuch die Tränen aus dem Gesicht gewischt hatte und nun seine Brillengläser putzte, endlich Luft. Er zog einen durchsichtigen Plastikbehälter mit einer weißen Orchidee aus der Jacketttasche, setzte seine Brille wieder auf und sagte: »Zuerst möchte ich dem Fräulein Hannah gratulieren.«

Die Marvellers hatten ihren Auftritt gerade beendet und Ulli betätigte sich wieder als DJ.

Der alte Mann verschaffte sich, den Rücken etwas nach vorn gebeugt, auf seine sanfte Art Platz und arbeitete sich durch eine tanzende Menschenmenge. Er ergriff Hannahs Hand, küsste sie auf die Wange und sagte, während er noch immer ihre Hand hielt und ihr lächelnd in die Augen schaute, Dinge, die Hannah offenbar ganz verlegen machten. Dann überreichte er ihr die Orchidee, woraufhin sie sich zu ihm beugte und ihm nun ihrerseits einen Kuss auf die Wange gab. Danach eilte sie zu Ulli und redete wild gestikulierend auf ihn ein.

Wenig später drehten sich Hannah und Theos Vater – wie damals in seinem Wohnzimmer – zu den Klängen der *Moon-*

light Serenade auf der Tanzfläche. Um sie herum blieben die Leute stehen und sahen zu, wie sich die Vertreter dreier Generationen gemeinsam im Rhythmus der Musik bewegten. Theo machte derweil Fotos mit der Polaroidkamera.

Es wurde bereits hell, als ich glücklich, müde und ein wenig benebelt nach Hause ging. In der Oranienburger Straße standen nur noch wenige Prostituierte. Eine von ihnen rief mir etwas zu, aber ich winkte nur lächelnd ab und wankte weiter. Auf der gegenüberliegenden Straßenseite hielt ein silberner Mercedes. Eine Frau mit schwarzen Haaren und glänzenden Stiefeln lief darauf zu und beugte sich durch das heruntergelassene Fenster der Beifahrertür in den Wagen. Obwohl ich sie nur kurz von hinten gesehen hatte, spürte ich, wie mir das Blut in den Kopf schoss und ich mit einem Schlag nüchtern wurde. Luzia!

Die Frau öffnete die Beifahrertür und stieg ein. Im Wageninneren ging das Licht an. Doch das Gesicht der Frau wurde vom Kopf des Mannes verdeckt. Sie zog die Tür zu und es wurde wieder dunkel im Auto.

Ich rannte auf die Straße. Im selben Augenblick gab der Fahrer Gas. Durch die Heckscheibe konnte ich sehen, dass sich die beiden unterhielten. Sie bemerkten nicht, dass ich sie zu Fuß verfolgte. Natürlich hatte ich nicht die geringste Chance, sie einzuholen. Von Sekunde zu Sekunde vergrößerte sich mein Abstand zu dem Wagen, dessen Bremslichter noch einmal kurz vor der nächsten Kreuzung aufleuchteten, bevor er in einer Seitenstraße verschwand.

Moritz

Der Kater hatte sich im Gebüsch versteckt. Er roch die Sardinen, die ihm Jonathan hingelegt hatte, aber mindestens ebenso groß wie sein Hunger war seine Angst.

Schon seit Tagen hatte Jonathan das schwarz-graue Tier mit dem roten Halsband im Park beobachtet. War wohl ausgerissen wie Max und Mona. Katzen laufen weg, weil die meisten Menschen grausam sind. Wie dieser Tierarzt. Wie dieser Rothaarige da drüben auf der Bank. Aber Mona hatte er gerächt. Wenigstens Mona. Jonathan wischte das ölige Messer, mit dem er den Fisch aus der Büchse befördert hatte, an seiner Hose ab.

»Na komm schon, du kleiner Racker, vor mir brauchst du dich doch nicht zu fürchten.«

Jonathan war froh, dass die Männer nicht da waren, die hier sonst immer Fußball spielten und Bier tranken. Sie waren laut und lachten über ihn. Und sie hatten Hunde, grausame Tiere, die Katzen hassten und verjagten. Hunde sind wie ihre Besitzer – laut und gemein.

Der dicke Mann, der auf der Bank gegenüber saß, dort, wo Jonathan Mona gerächt hatte, sah harmlos aus. Er aß Kekse aus einer Papiertüte und lächelte gutmütig. Jonathan hatte schon überlegt, ob er ihn um eine Zigarette bitten sollte. Er selbst konnte sich keine mehr leisten. Sein letztes Geld war für eine Bockwurst und die Sardinen draufgegangen. Aber der Mann saß schon seit über einer halben Stunde hier und hatte nicht geraucht, nur Kekse gegessen.

»Miez! Miez!« Katzen mögen die Sanftheit in der Stimme. Wie kleine Kinder. »Miez! Miez!«

Na bitte, das half immer.

Der Kater näherte sich vorsichtig dem öligen Fisch. Jonathan miezte weiter und konzentrierte sich auf jede Bewegung des Tieres. Er musste schnell sein, wenn er das Tier fangen wollte. Eine zweite Chance würde er wohl nicht bekommen. Und es wäre so schön, wieder einen kleinen Kater zu haben.

Plötzlich machte der Kater einen Sprung, schnappte sich eine Sardine und wollte damit ins Gebüsch flüchten. Doch schon hatte Jonathan ihn an seinem roten Halsband gepackt. Der Kater ließ die Sardine wieder fallen, er fauchte und kratzte und strampelte. Aber nichts half. Jonathan fasste ihn mit geübtem Griff am Genick und steckte ihn in seinen Katzenkorb.

»Ist ja gut, mein Kleiner«, sagte er. »Jetzt kannst du gleich in dem schönen Körbchen weiteressen.« Er sammelte die Sardinen wieder auf.

»Ist Ihnen wohl weggelaufen, der Schlawiner!«

Jonathan zuckte zusammen, als er die Stimme in seinem Rücken hörte. Er hatte gar nicht bemerkt, dass der dicke Mann seine Bank verlassen hatte.

»Ja, aber jetzt habe ich ihn ja wieder.«

Der Dicke sollte verschwinden. Jonathan wollte jetzt allein sein mit seinem Kater. Es brauchte Zeit, bis Katzen sich an Menschen gewöhnten. Moritz? Sollte er ihn Moritz nennen?

»Wie heißt er denn?«

»Moritz!«

»Aha.« Der dicke Mann beugte sich zu dem Korb hinunter, um durch die Schlitze sehen zu können. Jonathan betrachtete die Krümel im Schnauzbart des Mannes. »Du bist also der Moritz.«

Jonathan kratzte nervös mit dem Messer den Sand von den Sardinen, obwohl Moritz sie bestimmt nicht fressen würde. Wenn Katzen gefangen werden, dann fressen sie nicht gleich. Da musste man Geduld haben. Aber davon hatte Jonathan genügend.

»Ein imposantes Messer haben Sie da, darf ich mal sehen?« Der dicke Mann streckte die Hand aus.

Jonathan zögerte und sah ihn fragend an.

»Entschuldigen Sie, dass ich mich nicht vorgestellt habe, Hauptkommissar Oeser von der Mordkommission.«

Jonathan blickte auf die Karte, die ihm der dicke Mann entgegenhielt.

»Mordkommission«, wiederholte er und überreichte ihm das Messer.

»Mit so einem Messer wurde vor ein paar Tagen ein Mann ermordet – hier in diesem Park. Wussten Sie das?« Der Hauptkommissar wog Jonathans Springmesser in der Hand.

Jonathan schüttelte mit gesenktem Blick den Kopf.

»Wir haben Katzenhaare an seinen Sachen gefunden. Ich möchte wetten, die sind von Moritz.«

»Von Mona«, berichtigte ihn Jonathan. »Die sind von meiner Mona.«

Ralph Gerstenberg

Ganzheitlich sterben

ISBN 3-89425-236-7

»Klasse sind wieder die Dialoge und die Beschreibungen der Hauptstadt.« (Subh)

»Ein intelligenter, vor Lokalkolorit nur so strotzender, zudem schnörkellos exoterisch verfasster Krimi mit bisweilen comic-grotesken Zügen.« (tip)

»Gerstenberg versteht es nicht nur, vor dem Leser eine ungewöhnliche Handlung auszubreiten, die von der ersten bis zur letzten Seite fesselt, sondern beschreibt die Berliner Szene mit ihren Originalen, Sonderlingen und schrulligen Charakteren so plastisch, dass man fast geneigt ist, seinen nächsten Urlaub für eine Berliner Städtetour zu opfern.« (city-trends.de)

»Selbst in höchster Lebensgefahr erkennt Henry die Kuriositäten des Lebens und die kleinen Tücken des Alltags und weiß sie stilistisch und inhaltlich ungemein pointiert und treffsicher zu beschreiben und zu kommentieren … Henry Palmer zeigt die Welt als das, was sie manchmal zu sein scheint: Als Kabinett der Kuriositäten.« (Ruhr Nachrichten)

»Augenzwinkernd erzählt Ralf Gerstenberg von Menschen in einer Großstadt, die sich in kein Schema pressen lassen, sei es, weil sie schon mal in der fünften Dimension schweben, sei es, weil sie nur eine Frage beschäftigt: Heißt der Plural von Pizza Pizzas oder Pizzen?« (Deutsches Entertainment Magazin)

»Ein Märchen für alle Freunde der Love-Parade. Hübsch bunt, hübsch unangepasst, hübsch locker.« (Hessischer Rundfunk)

»Das Berliner Milieu der kleinen Leute abseits der großen Politik ist mit Ironie und Treffsicherheit beschrieben. Ein stimmiger, spannender gesellschaftskritischer Krimi.« (Buchprofile)

»Moderner Krimi, klar strukturiert, frei von Klischees und bis zum klärenden Finale höchst spannungszentriert.« (ekz-Informationsdienst)

»Ein ebenso unkonventioneller wie sympathischer Held, ein klarer Handlungsfaden, der trotzdem Raum für überraschende Wendungen lässt, vor allem aber eine lebendige Sprache, die den Leser fesselt. Ralph Gerstenberg … liefert ... ein starkes Stück Krimi-Literatur ab. Witzige und zum Teil völlig durchgeknallte Typen machen einfach Spaß … Dazu gibt's ein realistisches Alltags-Berlin mit all seinen Widersprüchen und Faszinationen, mit einem Hauch Esoterik und Kneipen-Philosophie. Die Frage ›Wer war's‹ ist wichtig und wird intelligent beantwortet – sie ist aber eben nicht alles.« (Rhein-Zeitung)

grafit